天理図書館綿屋文庫 俳書集成 36

俳諧師手鑑

八木書店

あ 51
25

続古今誹諧手鑑（九三頁）

目次

古今誹諧手鑑

あ 51
25

天理圖書館
252330
昭和廿四年拾壹月貳拾日

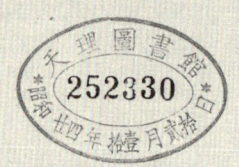

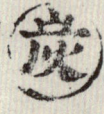

徒歩茸狩して歌よみ侍ける返し

柳々の見汝鳴鶯うくひすも狂──事等

古今集巻二十卷首五種筆被いる事

そには筆清書引妝吉田川にて清書

名とるこぬ能書箋生け侍らむ此

苦疫枉して古今囲く人によ更

ける年戊戌もあ用戈月四十六

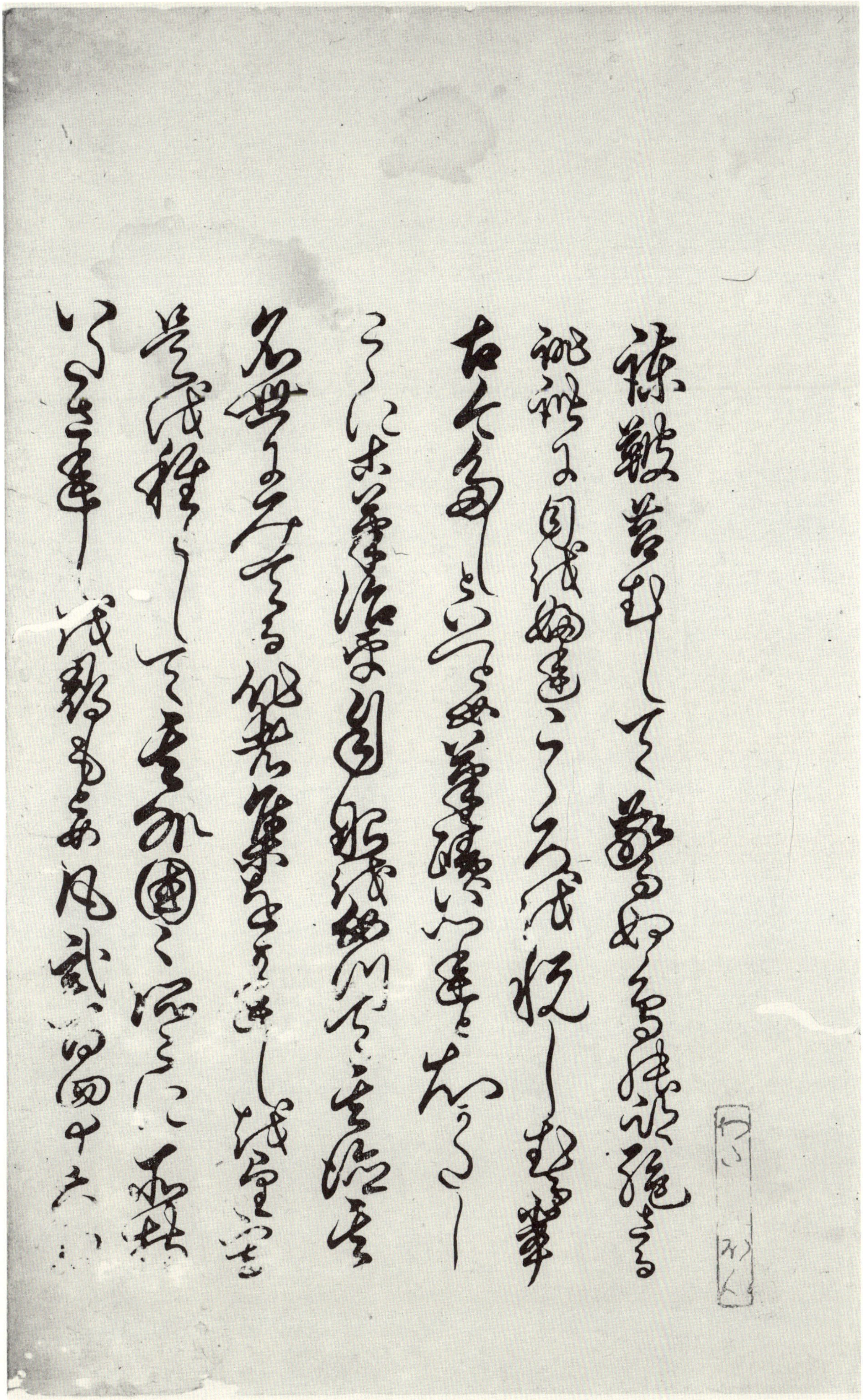

菊よりも心ざし高きと捧よねりとも
俳諧又品ありぬめしくやとり
そなへ人源氏物語の句くるおほえつる
うつし草葉いつまてもたえぬ人
乃種なるや有ける

画讃四百廿句月廿三日
大坂松寿軒
井原西鶴

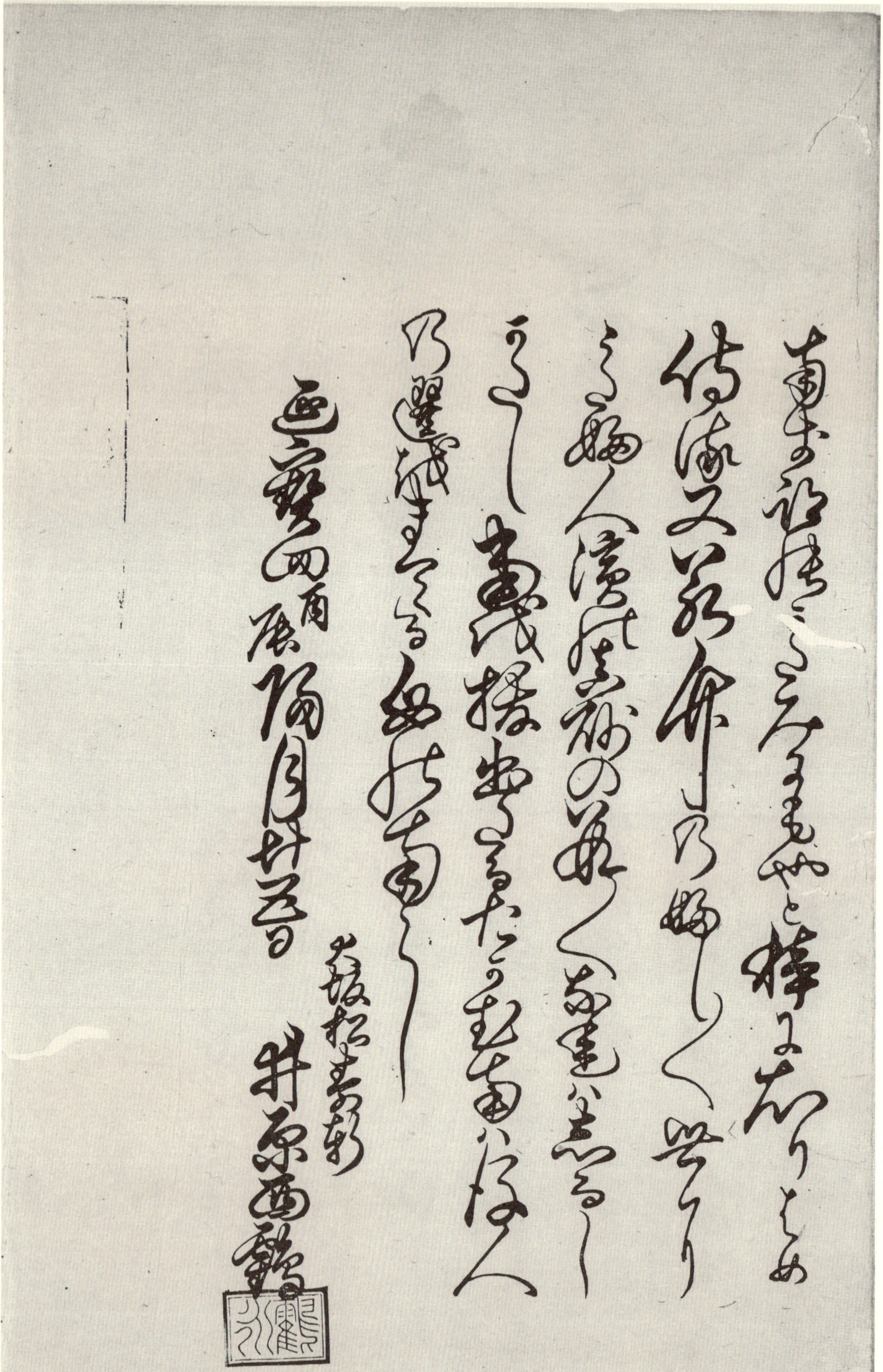

伊勢　荒木田守武

千句一　飛梅やかろ〳〵しくも神の春　いせ山田　守武

山崎　一夜庵宗鑑

満まねよいてもなくさきのみや　宗鑑

法雲院殿
鳥丸　大納言光廣公

寛永十二試筆　元日　丑也

いやことに霞たちいつる牛のうら　黄

寛永十五戊寅年七月十三日薨六十歳

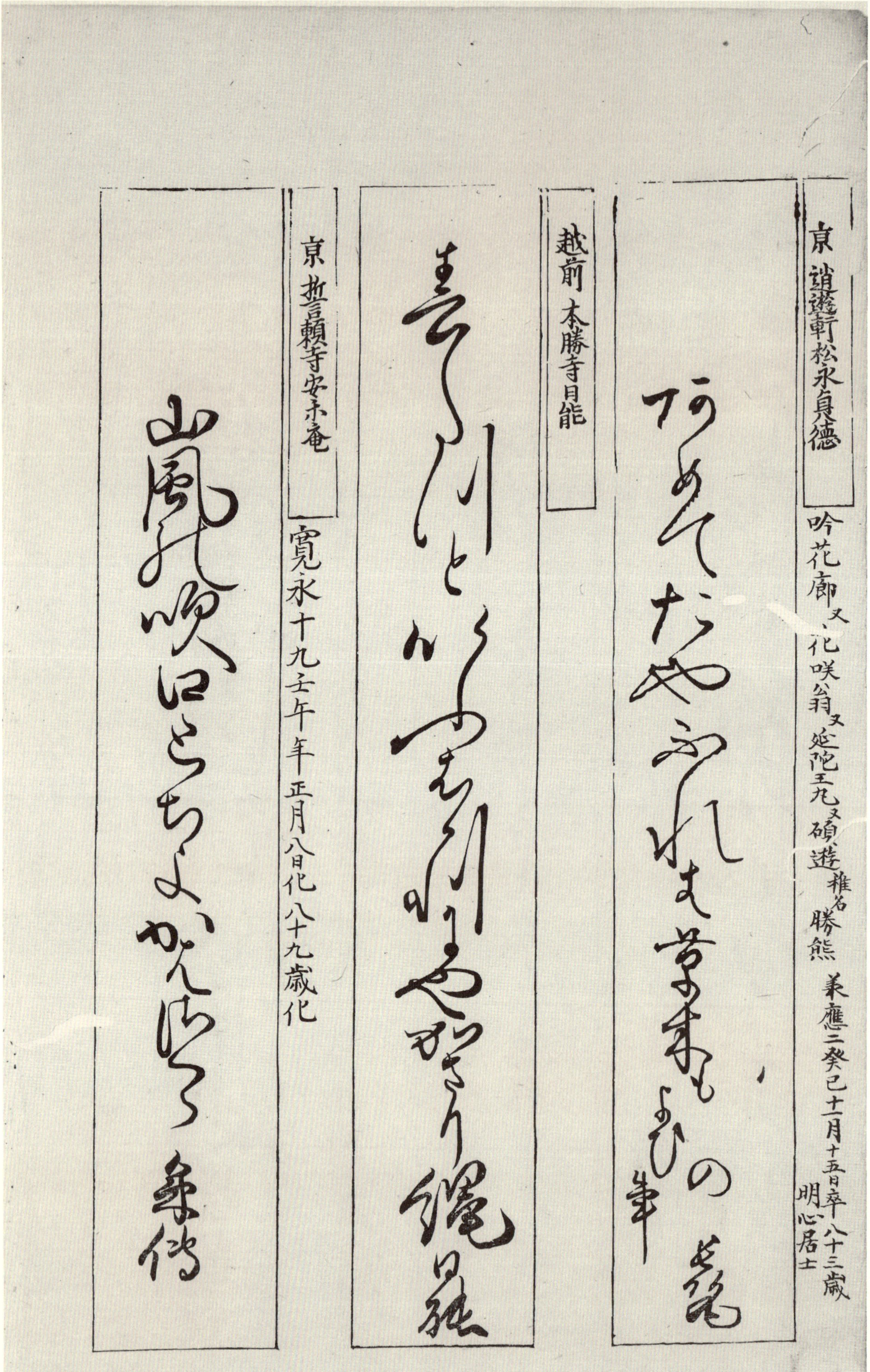
京 逍遊軒松永貞徳
吟花廊又花咲翁又延陀王丸又碩遊 稚名 勝熊
承應二癸巳十一月十五日卒 八十三歳
明心居士
越前 本勝寺日能
京 誓願寺安楽庵
寛永十九壬午年正月八日化 八十九歳化

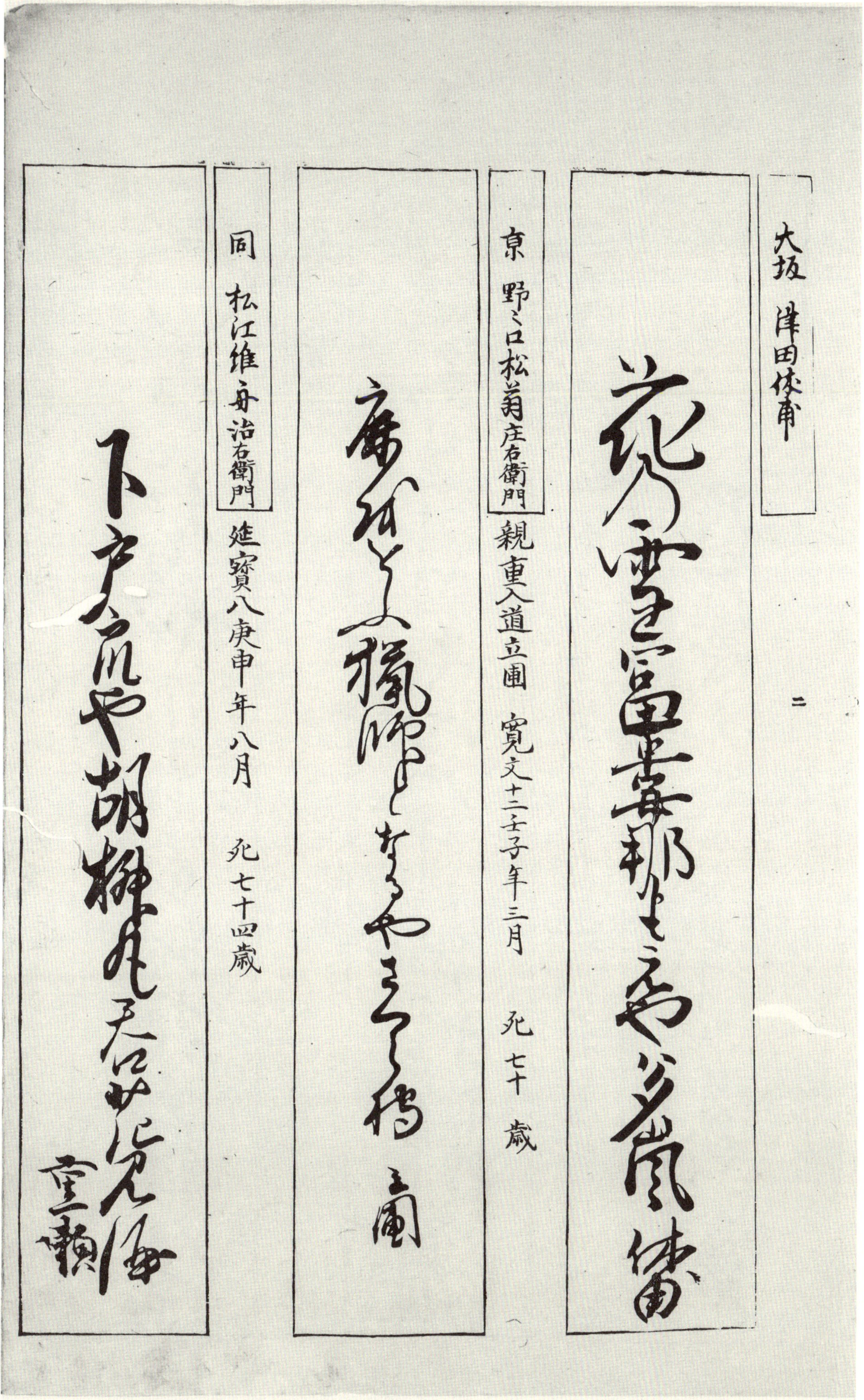

大坂 岸田休甫

花の雲鐘は上野か浅草か 休甫

京 野々口松菊庄右衛門
親重入道立圃 寛文十二壬子年三月 死七十歳

蝶々と上ゆりけりや三ヶ村 立圃

同 松江維舟治右衛門
延宝八庚申年八月 死七十四歳

下戸ゆや胡桃ノ尾なひ花くらへ 重頼

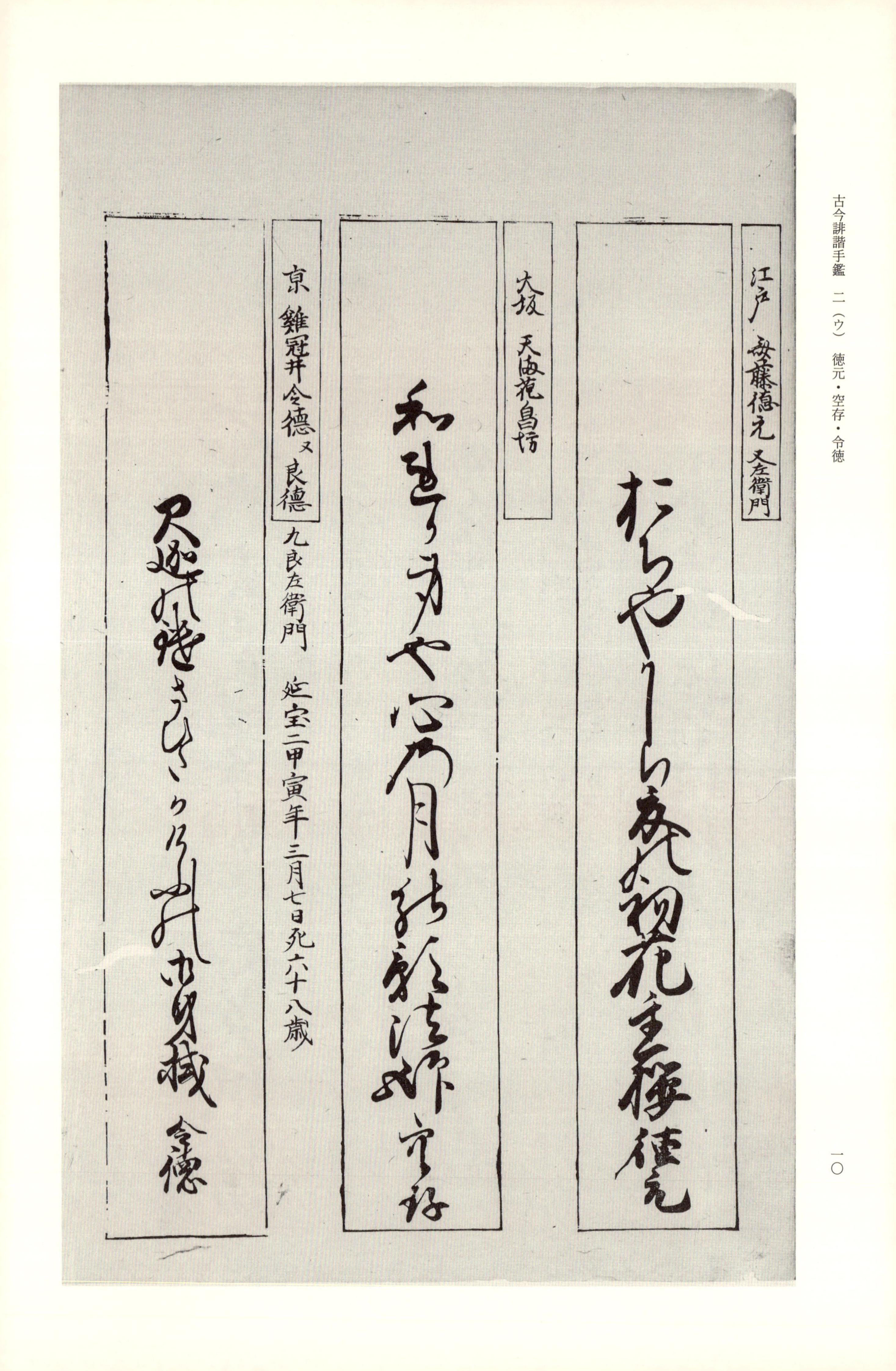

江戸　斎藤徳元　又左衛門

徳元

大坂　天満花島坊

空存

京　雛冠井令徳　又良徳

九良左衛門　延宝二甲寅年三月七日死六十八歳

令徳

京　安原正章　入道貞室

俗名 彦左衛門　延宝二甲寅年 三 二月　死 八十四歳

花の札花乃しま津も近し郭公　正章

江戸　高崎玄札

住本町四丁目

九三乃月や天下如弓そし鏡　玄札

京　山本西武　無外軒

屋号鍵屋 子 哥道ハ一華堂門弟ナリ古今傳受ノ人也

九良右衛門　延宝六戊午二月死 七十三歳

花衣きるやおそひもむくきり　西武

伊勢 山田女

京 壬生昌意

平野 末吉道節

天乃戸をかけあくるその　さたつま

秋乃蝉新月汲のみ哉　昌意

うす煙むらさきのしみじ　道節

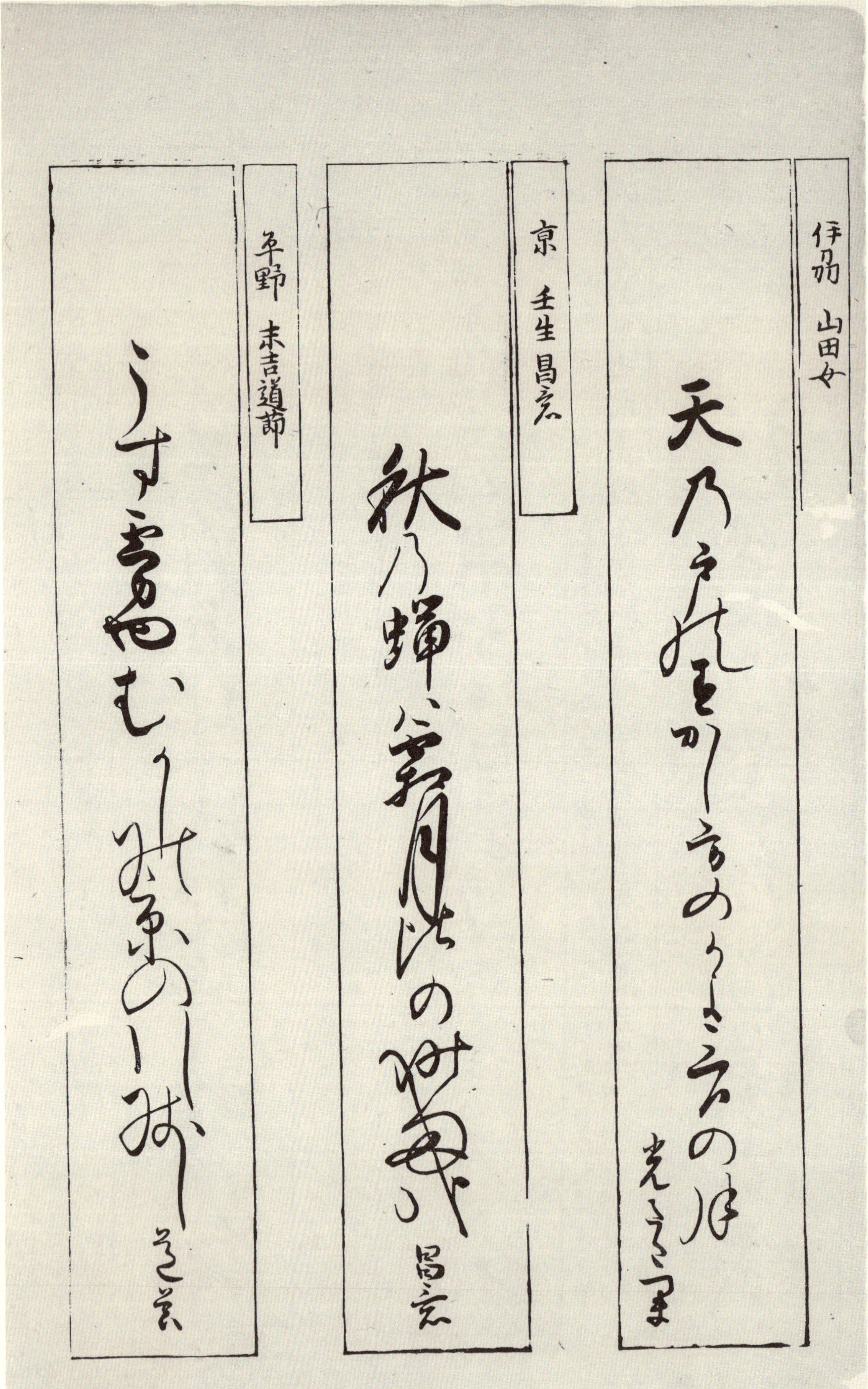

京　纖篭斎春可

松は花かれて〳〵紅葉かな　春可

京　江崎幸和　太右衛門
野々口門人

さかつきや二度と下月に水乃月　幸和

伏見　西岸寺　如羊大和尚
雲蓮社寶誉上人壁我　貞享三丙寅年四月十三日化

秋風や月宮殿の修理寮　任口

京　拾穂軒再昌院法印

寳永二乙酉年六月十五日卒　八十二歳

はきちやしにおもすわゆひの綾　季吟

播州山田加藤盤斎　冬木翁

延寳二甲寅年八月十一日没ス

槐きそ風は神無や時雨　盤斎

江戸　石田未得

寛文九己酉年七月　死

あひめ雅い今朝様し多摩川　未得

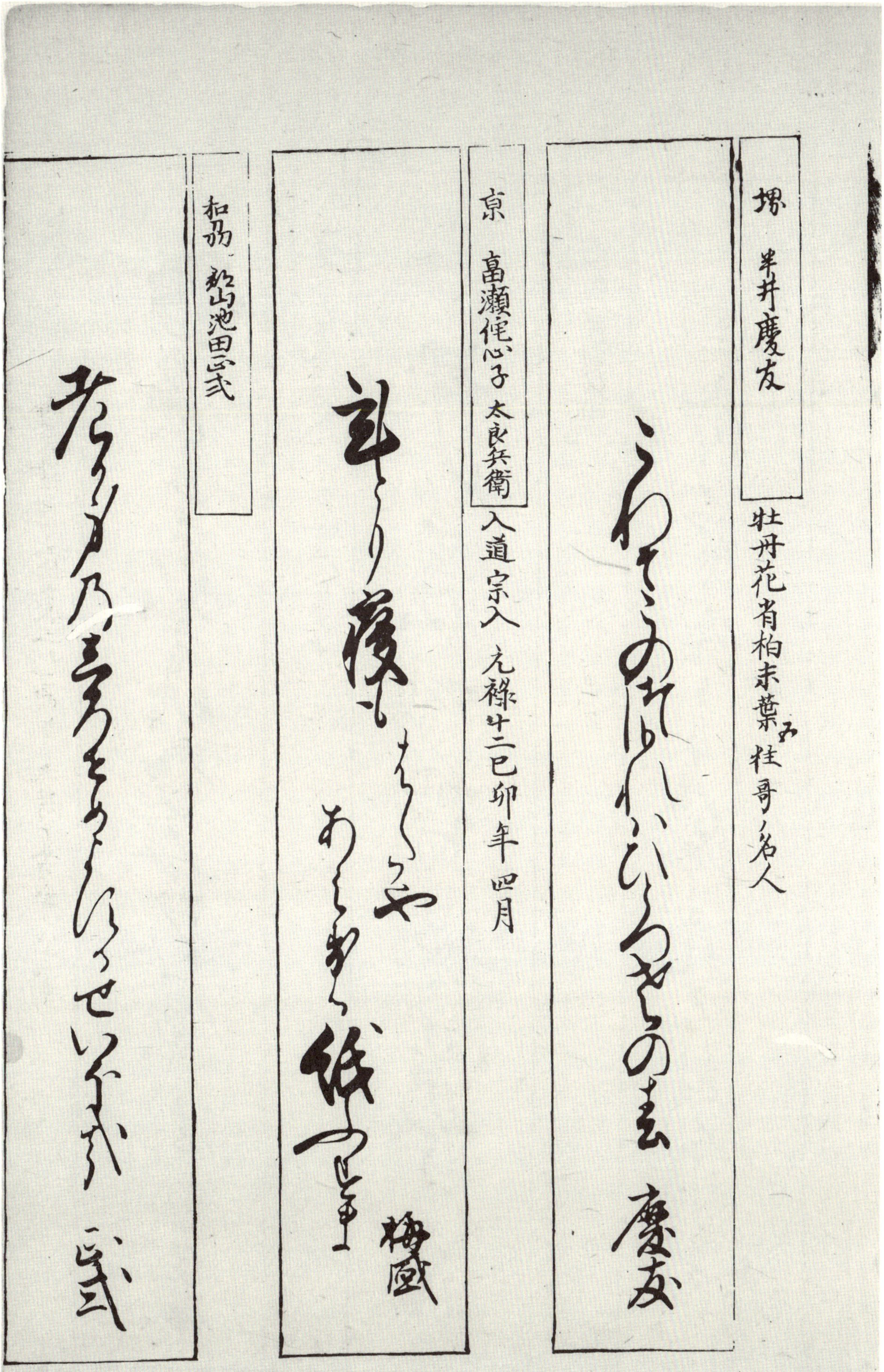

堺　半井慶友

牡丹花肖柏末葉ニ而　桂哥ノ名人

慶友

京　高瀬俳心子　太良兵衛

入道宗入　元禄十二己卯年四月

梅盛

和州　郡山池田正式

正式

古今誹諧手鑑　五（ウ）　もと綱・嘉隆・宗明

泉州　岸和田忩助元綱

にうをそむ涙のミれ層いまり綠

大坂　小濱民部殿

哥の旅枕やわらもふかり露

紀州　若山宗明

ゆう賀めり塵廣よれ志て乃川義
宗明

一六

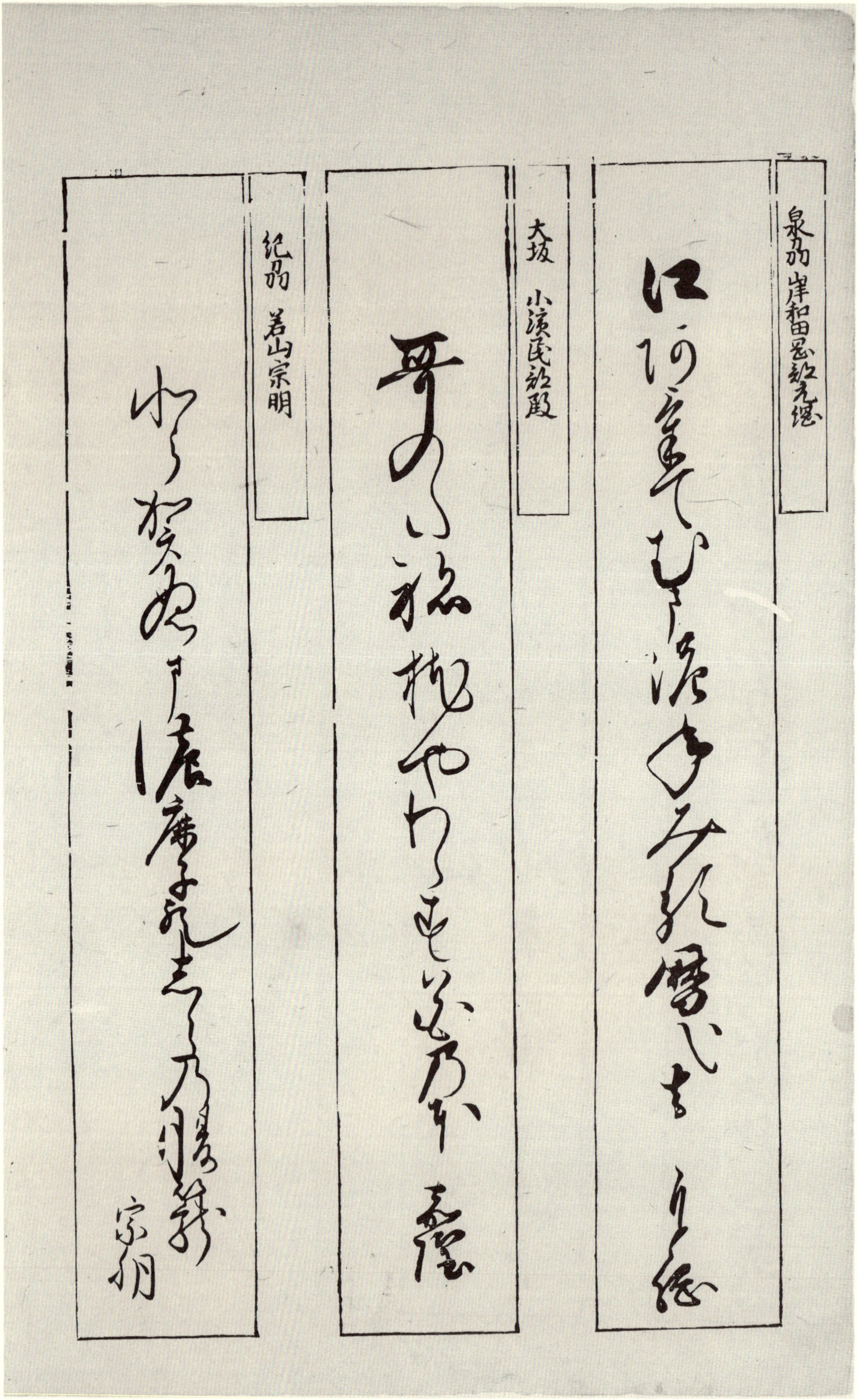

京　馬渕宗畔

かつらぎや雪にきえ行くはしの跡　重治

天王寺　夕陽庵次春

苔くあらはや冬の月　道寸

京　中井正直

池に家氷るや魚の同か探れ墨

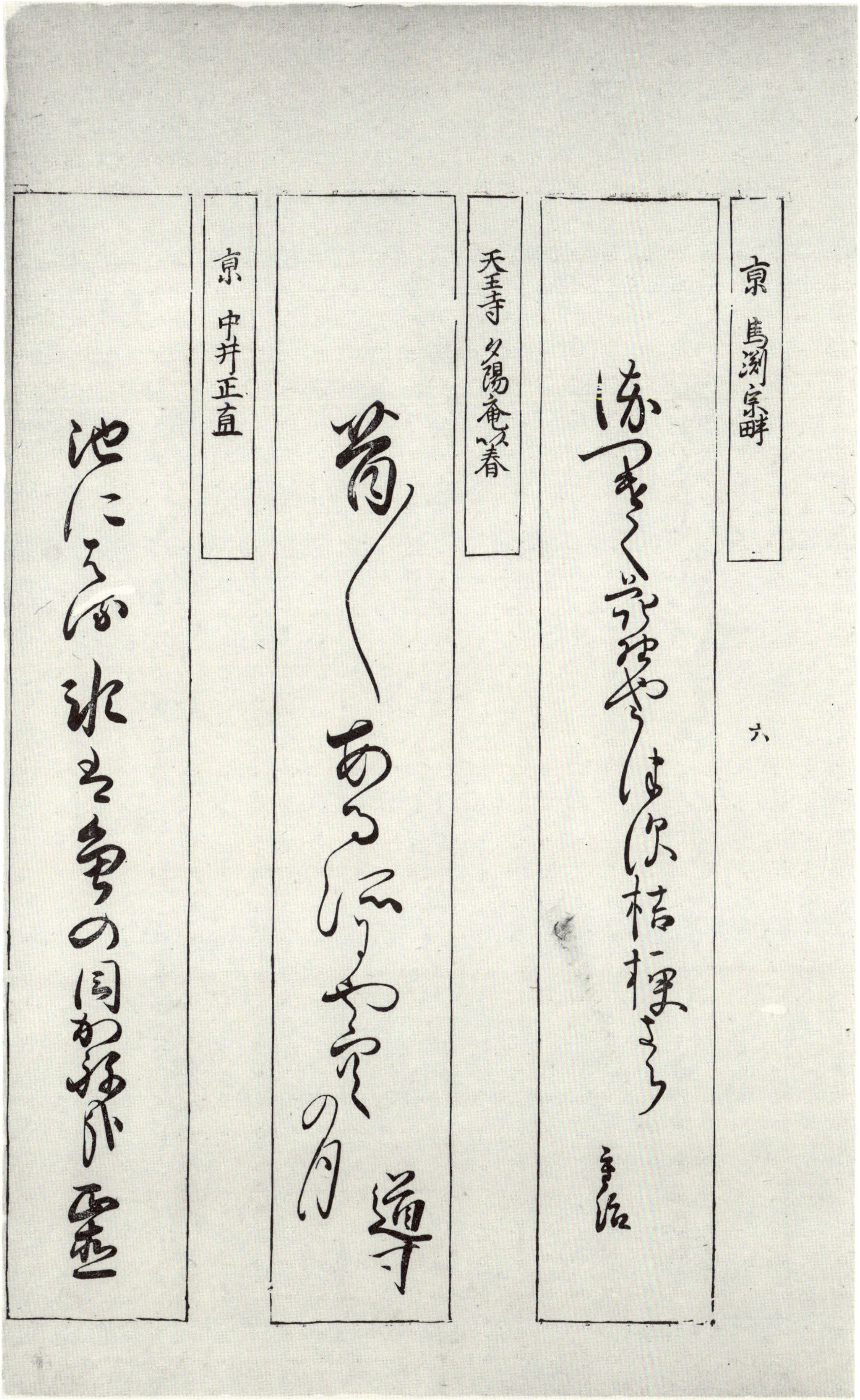

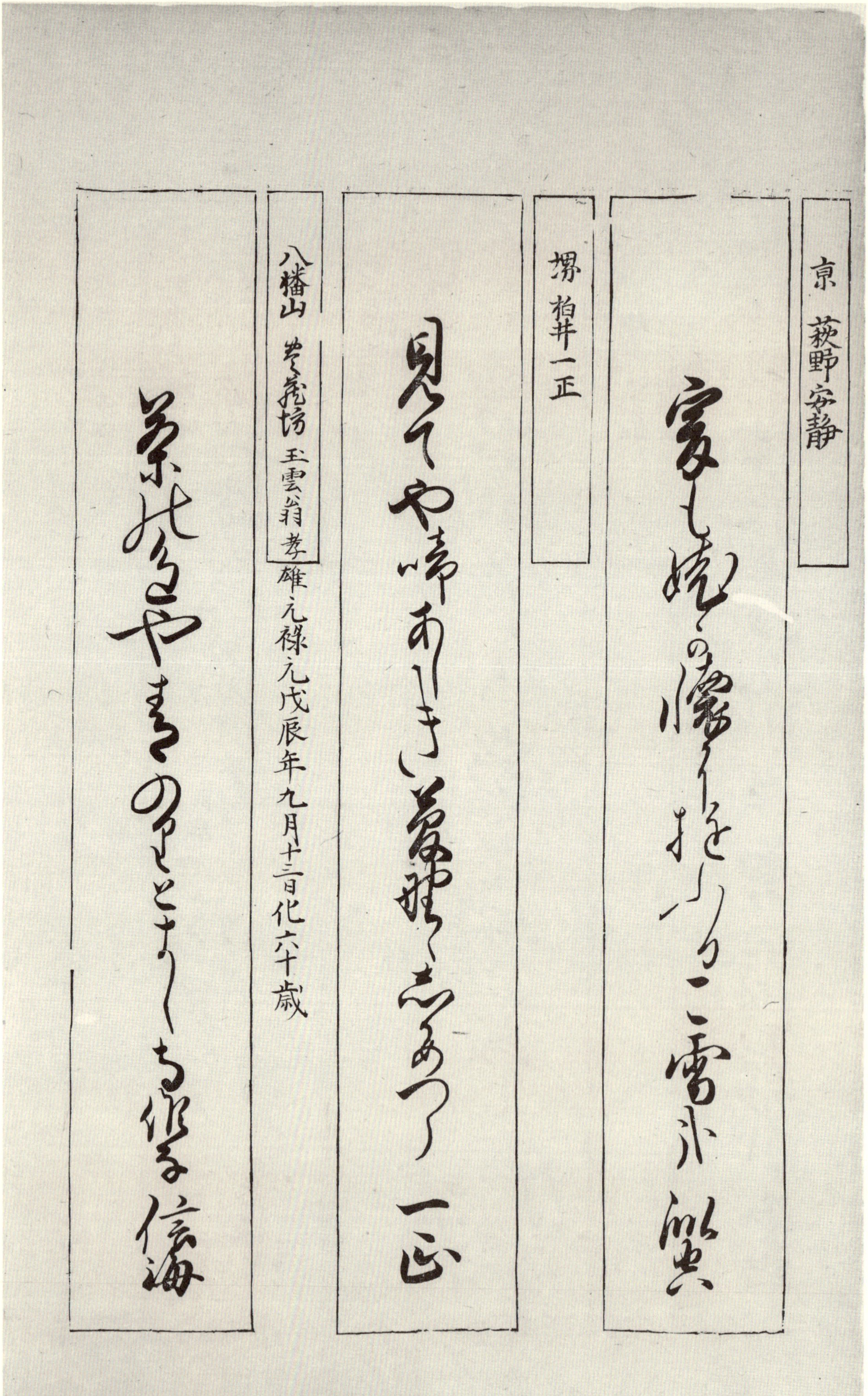
京　萩野安静
家も焼の濡は柱にのこる雪　似空
堺　柏井一正
見てや帰るあしき萬歳しかめつら　一正
八幡山　豊蔵坊　玉雲翁孝雄元禄元戊辰年九月十三日化六十歳
菊咲るやまきのととおしち修学　信海

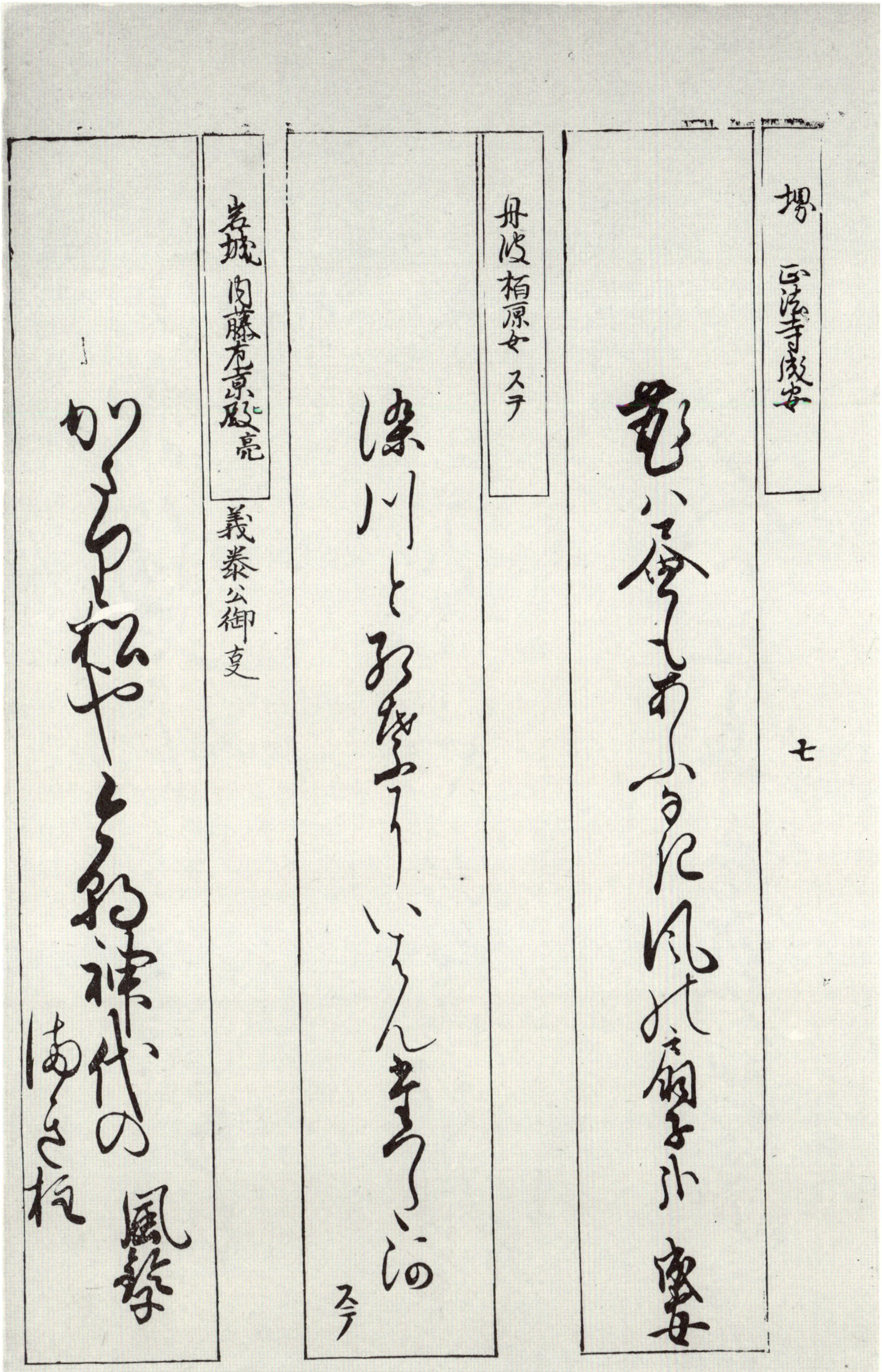
堺　正法寺成安

七

龍ハ今もあふ々に風わた扇子か　成安

丹波柏原女　ステ

染川と移りかはりしいはん寺の河　ステ

岩城　内藤右京殿亮
義泰公御息

かゝる松やとしの褌代の梅さ枝　風鈴子

大坂 松山玖也

廣嶋 中川喜雲

土佐 圓滿寺皆虚

中綠やしくつまる
馬畷 玖也

うきーや月おちノ鉃川和卓
喜雲

人ハ肛年を鄭むつきふ 皆虚

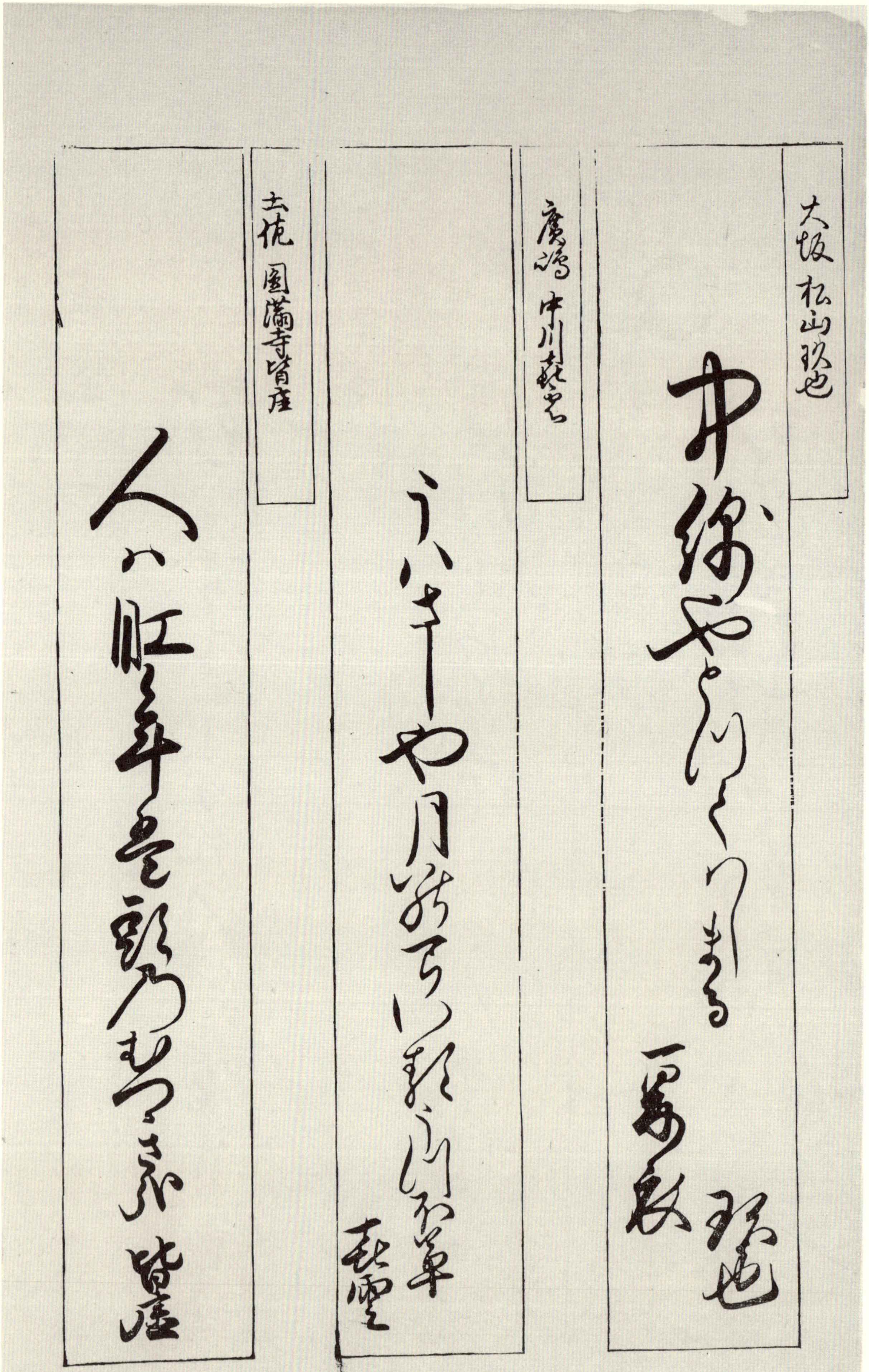

土佐　呂永燕石子

花にもる壺おも蔵に濁酒　燕石

伊勢　山田光貞

残りぬる霜に蕨やおれ入て　光貞

京　福井知徳

山風のいそけはまつる時雨哉　知徳

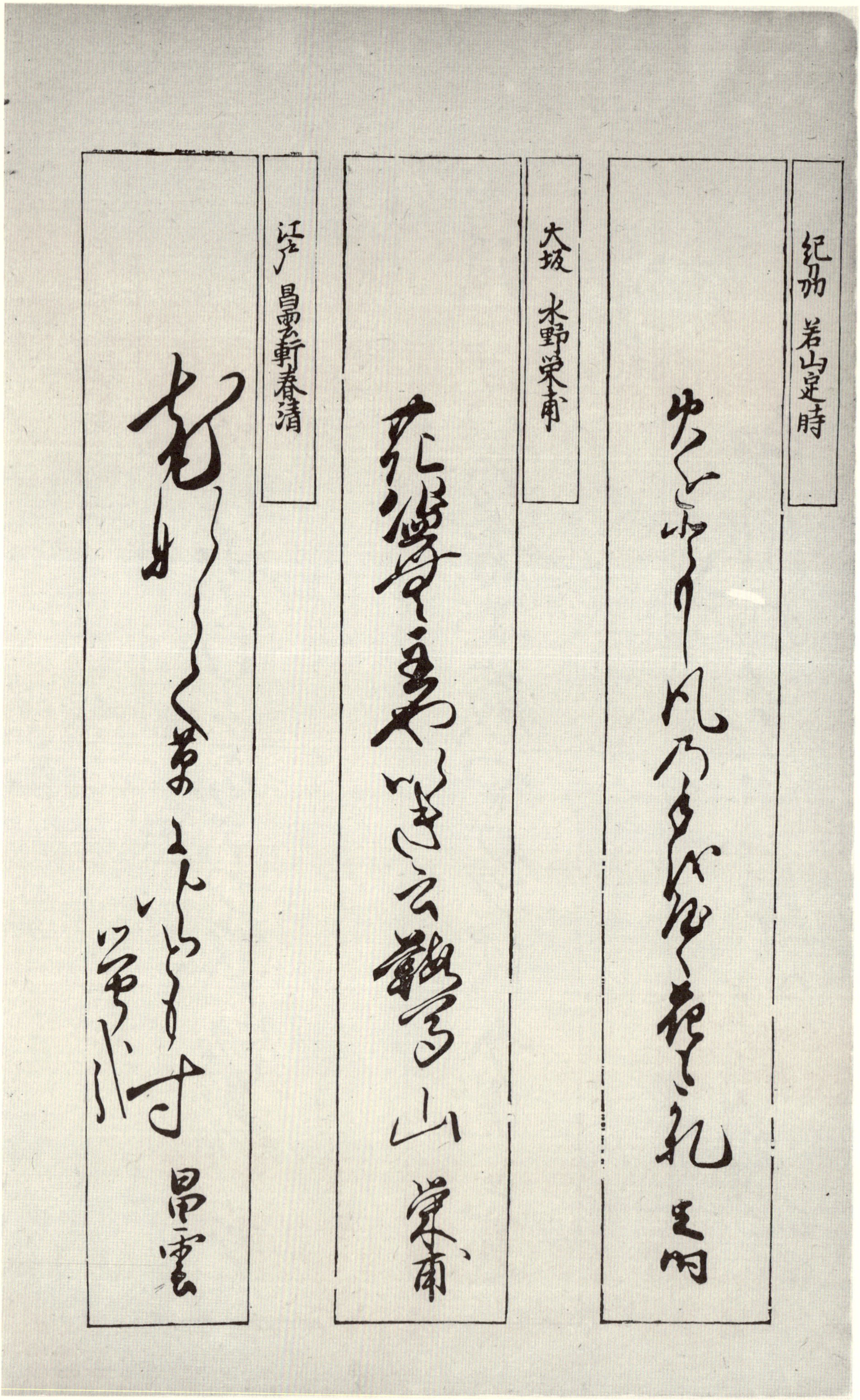
紀州　若山定時
大坂　水野栄甫
江戸　昌雲軒春清

九

津国　勝尾寺㐂空

霞よくつまる月や千種の錦まで

賀茂　岩手宗也

鶯ハ白ひれ花の発句哉　宗也

肥後　大村因幡殿

餅月の光ハ氷砂糖か　一風

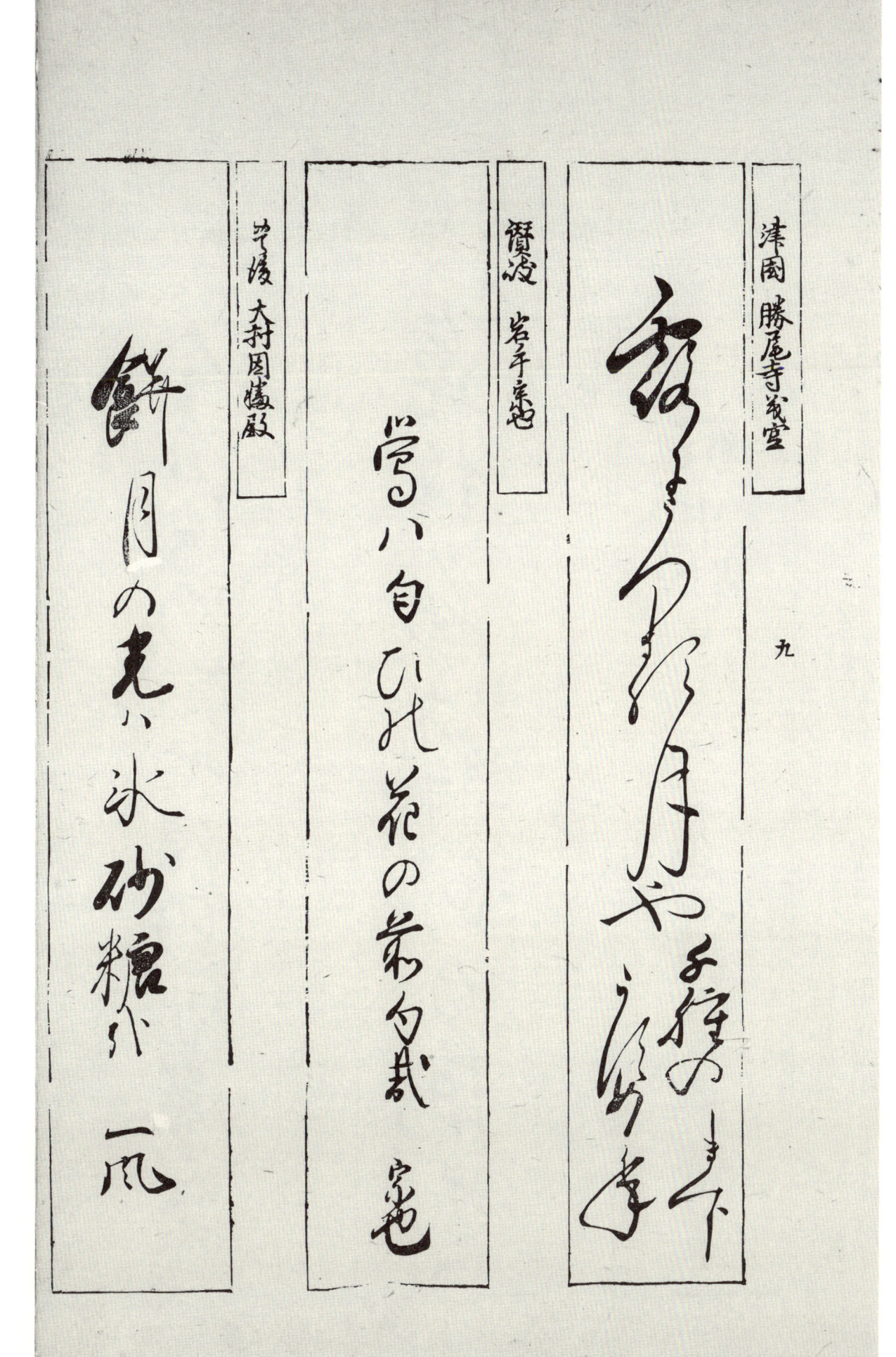

大坂 天満蔭山休安

金泥乃趣や経の袖表紙　休安

和州 前清浄院

鼠捕ゝの始るれ月の白鼠　歌慶

京 伊藤則常

頭巾様もしれぬ寒や清かゝゝ　則常

伊勢 山田正友

大坂 川崎宗立

京 内田平吉

すゞや月東かしく四言れと 正友

秋鹿れかすろ笹乃屋にさや雨文言 宗立

吉や初くすてあきまり雪乃梅 平吉

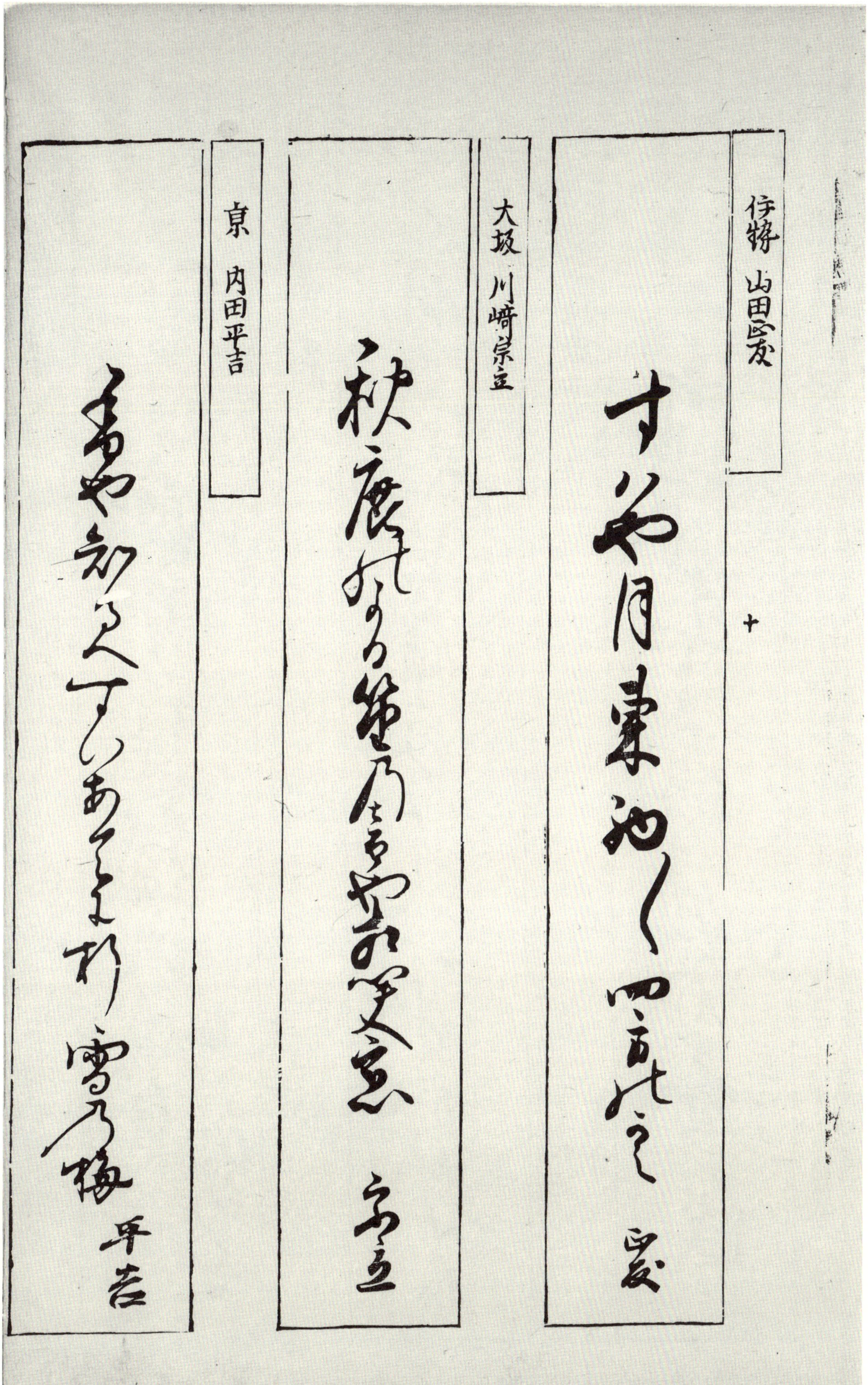

越前　林御門跡

樂なりしや代毎大こ虫らし鶴の声　林

京　青地可頼

縁みや菖蒲のかり小町もとき　可頼

泉州　堺盛之

御神楽やしもよかけ旅乃雪　盛之

京　苻類屋政信

鵜乃首小足や伸ての菊草　政信

江戸　尾関乗言

ゆふへ〳〵古い風かきさ花ち子　乗言

備前　岡本胤及

地に花をすてゝや菊の霜掩い　胤及

京　渡邊氏重　吉兵衞
松花堂門人

くつれて毎に鍾のなる比ろ　氏重

伊勢　山田孝晴

一聲もきこえぬ郭公　孝晴

大坂　半井立卜

夜通しかく忘重よ橘朝　立卜

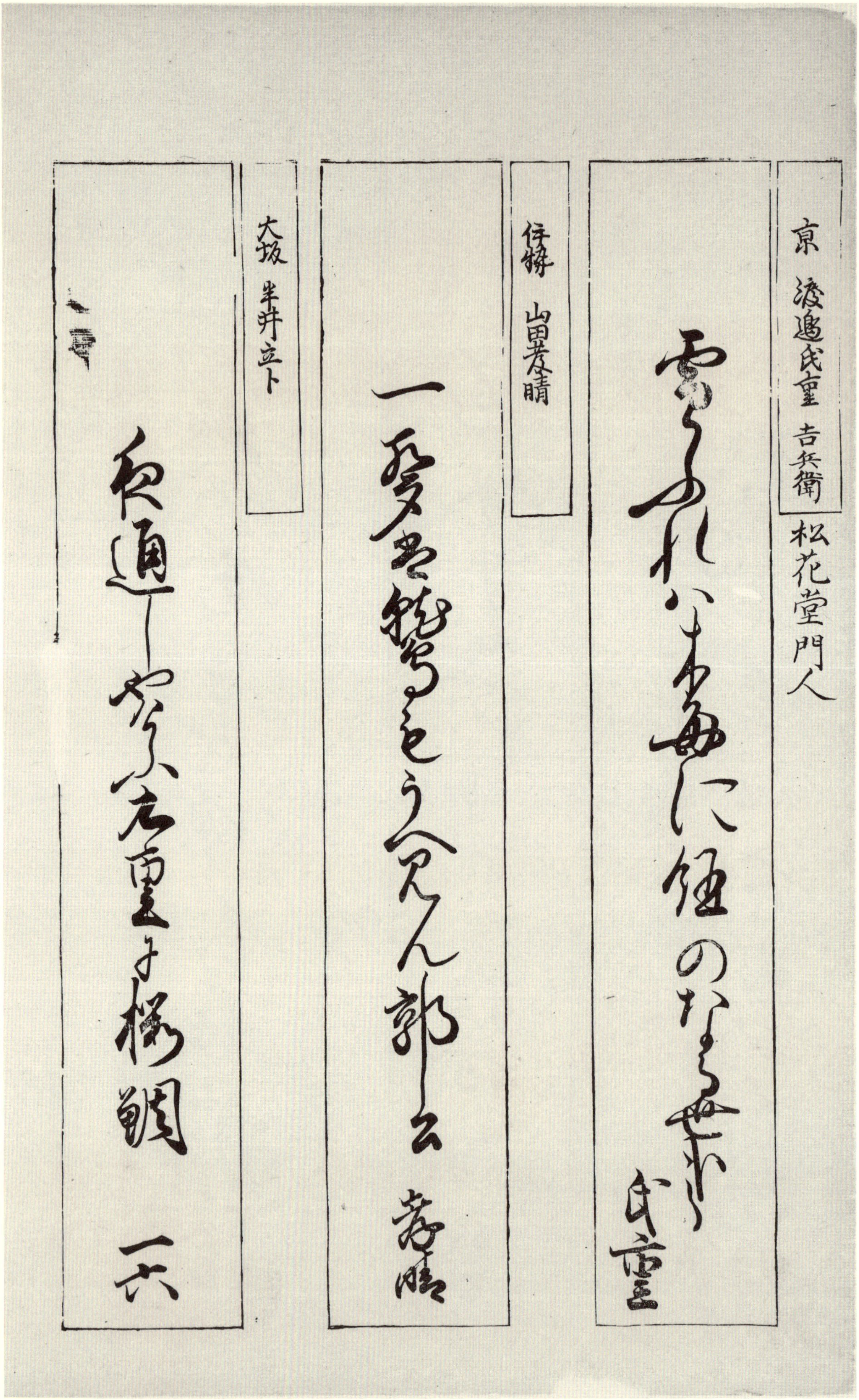

京　松坂和年

川乃鵜乃一秀かたき月社名聲

大坂小峯正甫

もつまあくひて洞まきんやし鄭そ甫

京　隼士親裕軒
　　　野々口人

雲水に菊をうつす深のもゝ常辰

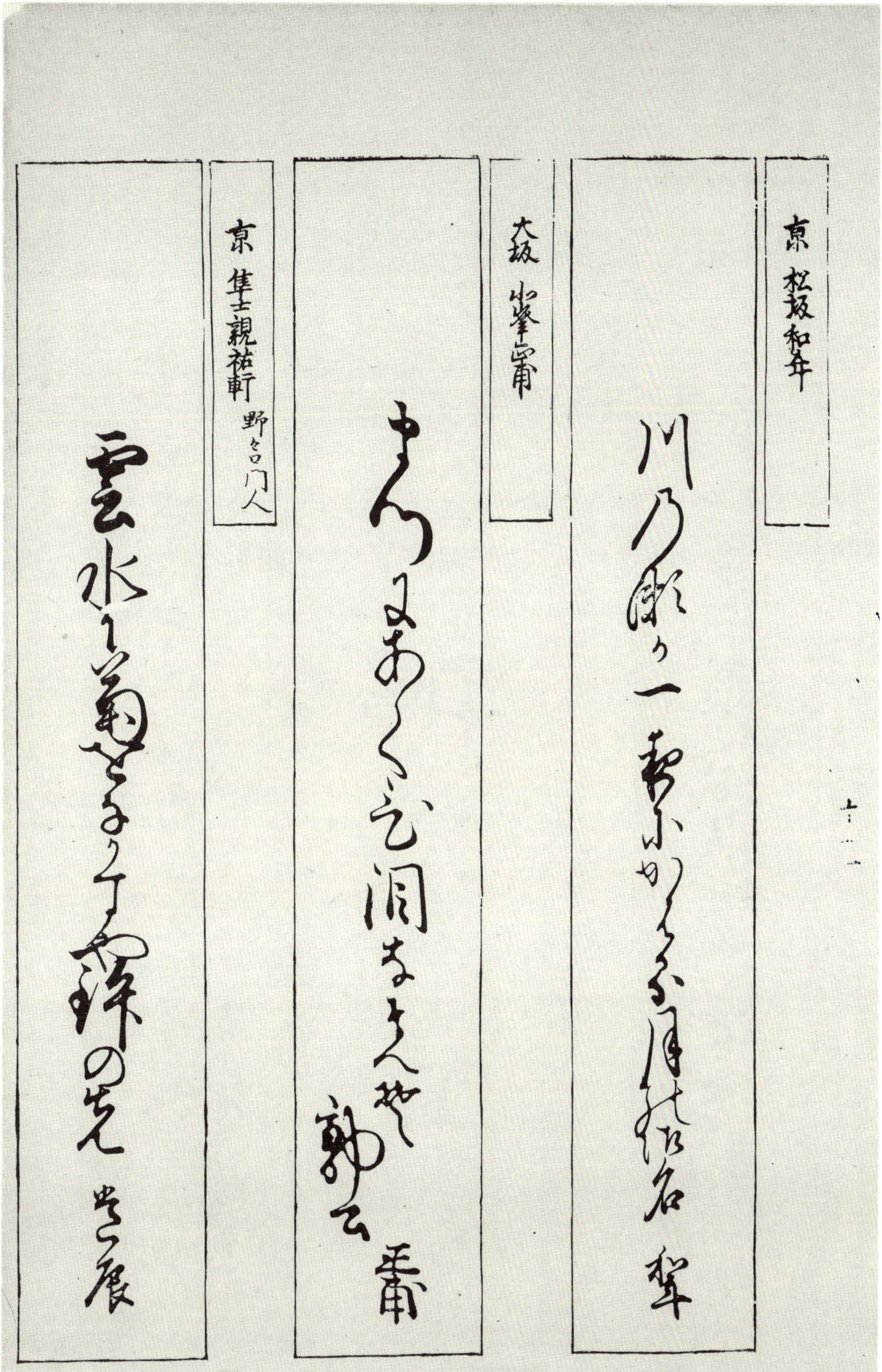

大阪　女亭栄春

冨士とうく柳あるゝれとまたひとうか　栄春

京　山本元隣　季吟門人

獅りもり針山バキ毛也　元隣

播摩　池田是誰

松三く枝廉为候よ玉の程今是誰

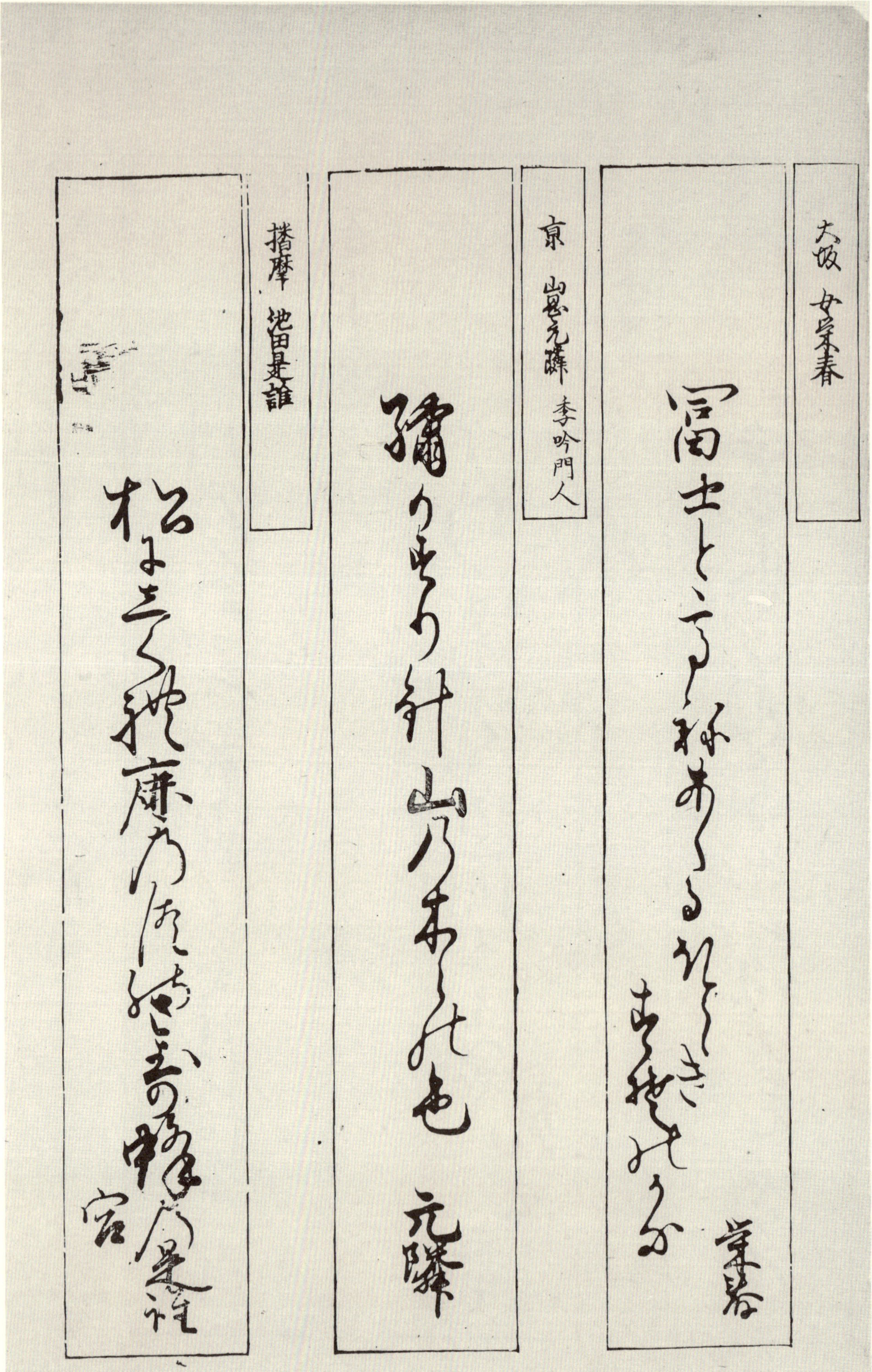

堺　阿智之抹菴

伏見　髙瀨道甘

京　大村可全　白木屋茂太郎　季吟門人

江舞ひやかれ南をこかん秋疑成

幽なる軒乃むもあちる蛍火道甘

うき亀小ひの車きもゝせよ蝉谷

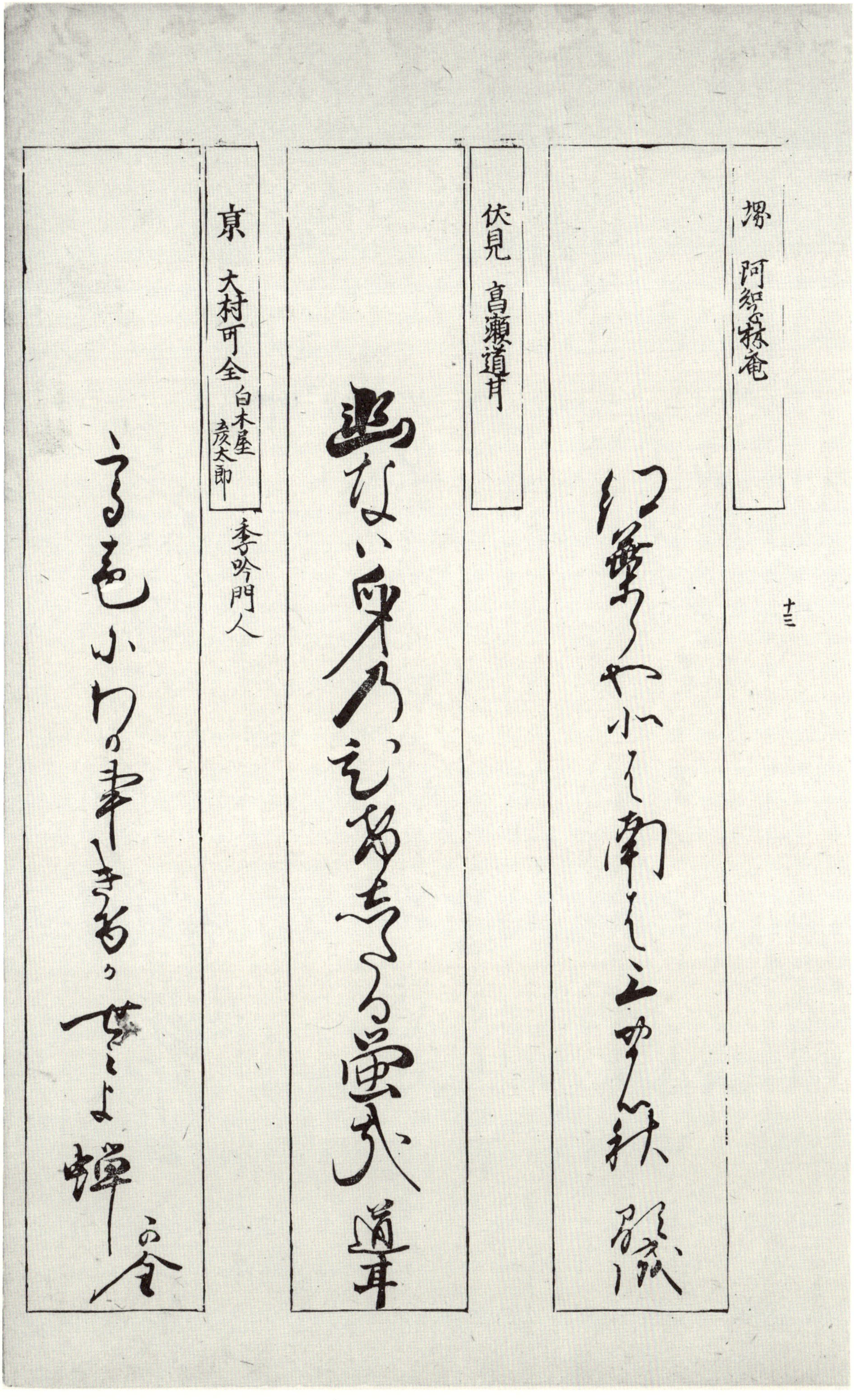

大坂　伊勢村意朔

声やの母にあまへてもなけ郭公　意朔

伊勢　竹内一葉軒

生りめや風の枝さき子ちら月　三信

江戸　堵満直

汗水もたるきまはしに清水哉　満直

加賀　大捨可理

月乃星やく薫れ浅乃波の夜
　　　　　　　　　　可理

京　服部窩牧子

茂やとう霧や薫寺や神屋發
　　　　　　　　　　定清

和泓　新妻山三之助censored

塩や先方
のそみ
そ礼ふ
申もらろ　　志ほらや塩やきしき
　　　　　　　　　　　　わうの遑

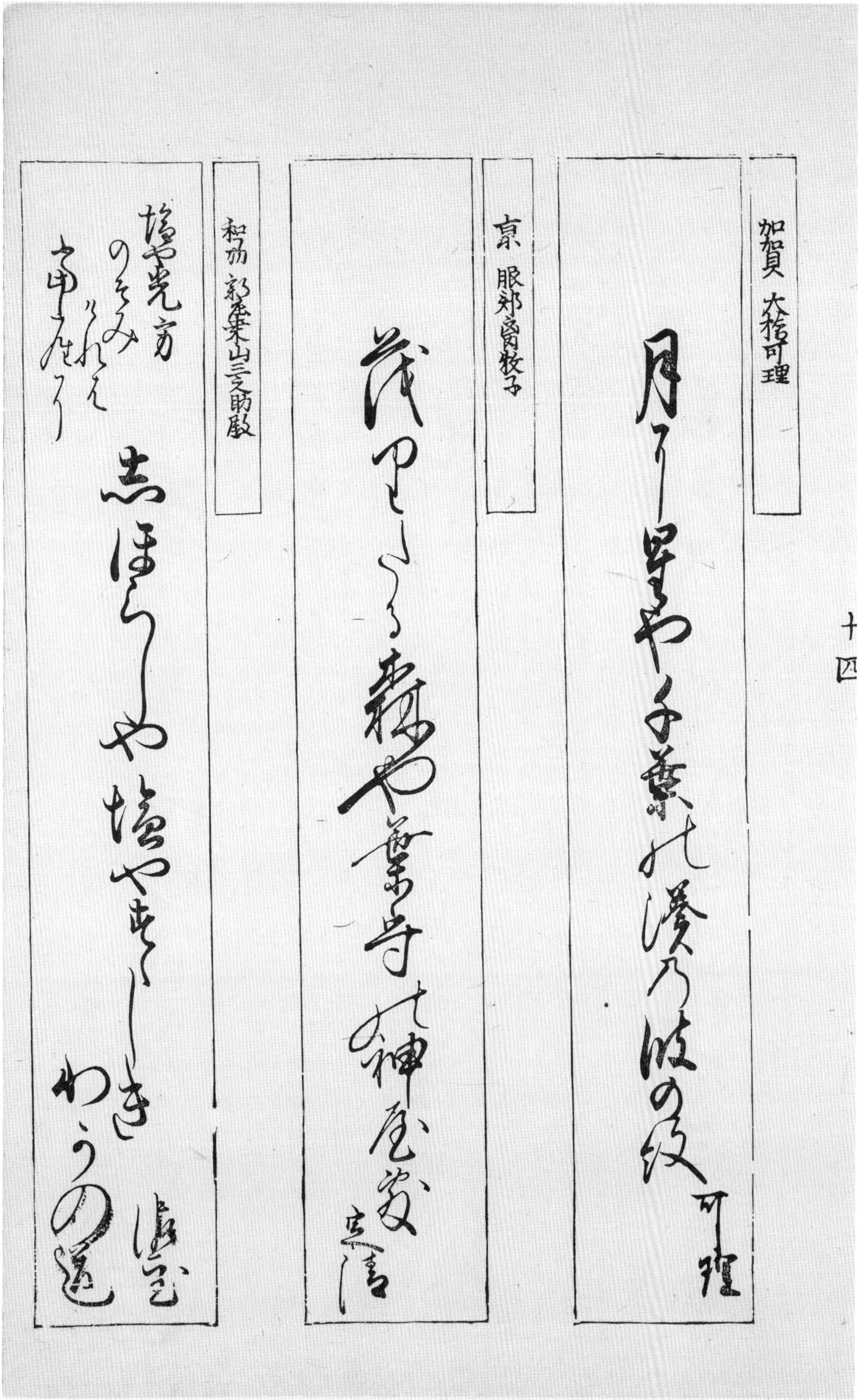

与謝 宇和嶋　宋折宗臣

京　鳥月重供　藤兵衛　野々口門人　重方裔

江戸　小野信世

暑へまをしのひ見えす　宗臣

むちうつて正しろ櫛の尾花哉　重供

吉天乃白りや屋そ花もす　信世

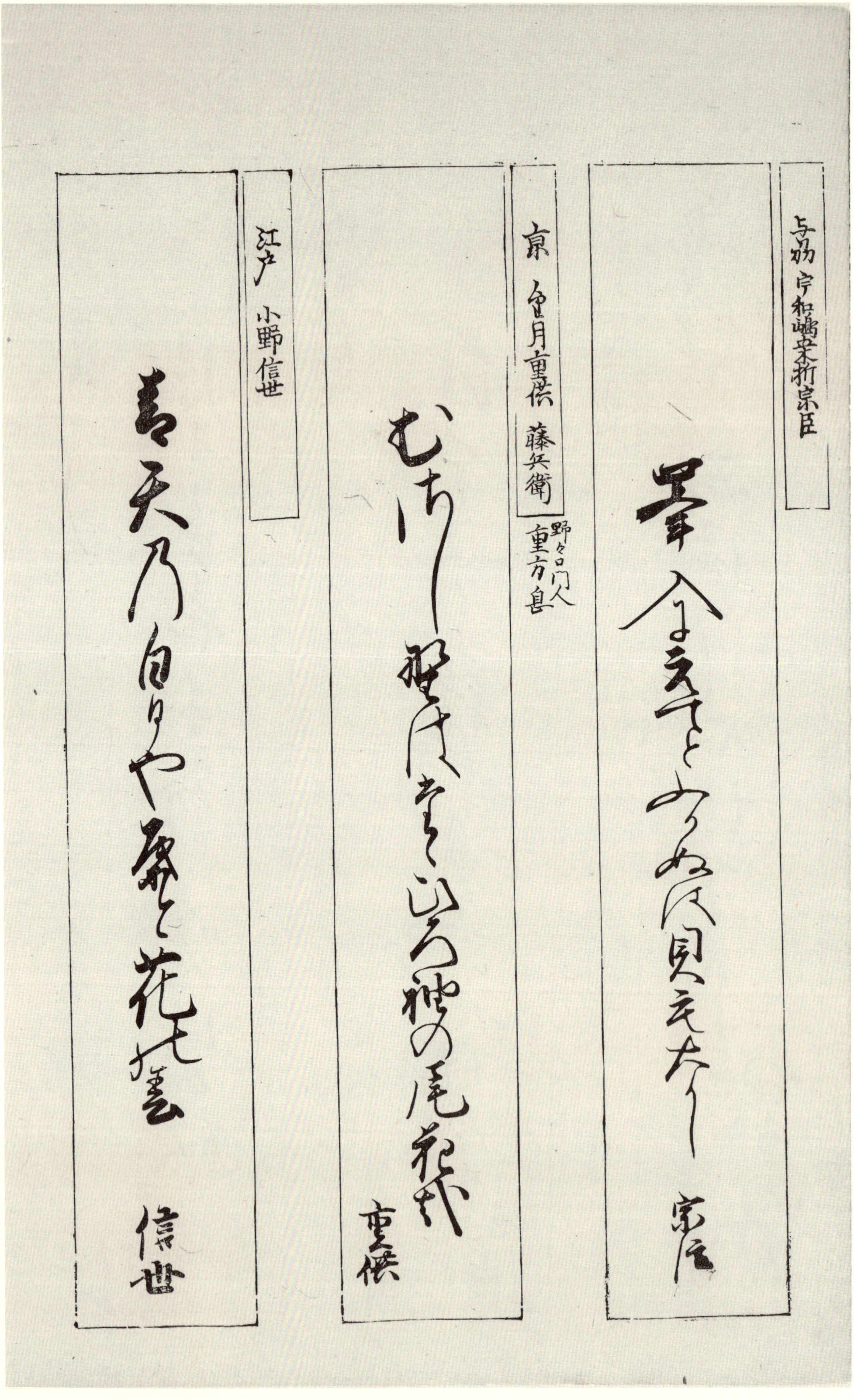

堺　玉ノ井貞直

古根より次木に咲や姥桜　貞直

大坂　井岡友之

毛のすゑの影やさし出る月の胸の霧　友碩

江戸水野半左衛門殿

改 伊豆守　守政　別名　殘月

大文字やまへつまりやうつて世の年のくれ　守職

京　野々口資方

伊勢　荒木田残人

尾張　後遇友意

雨乞に名残おしげな月雲

鬼灯をとらせとせがむ小寒さ人

待こうじ胸せまりきや荻の声

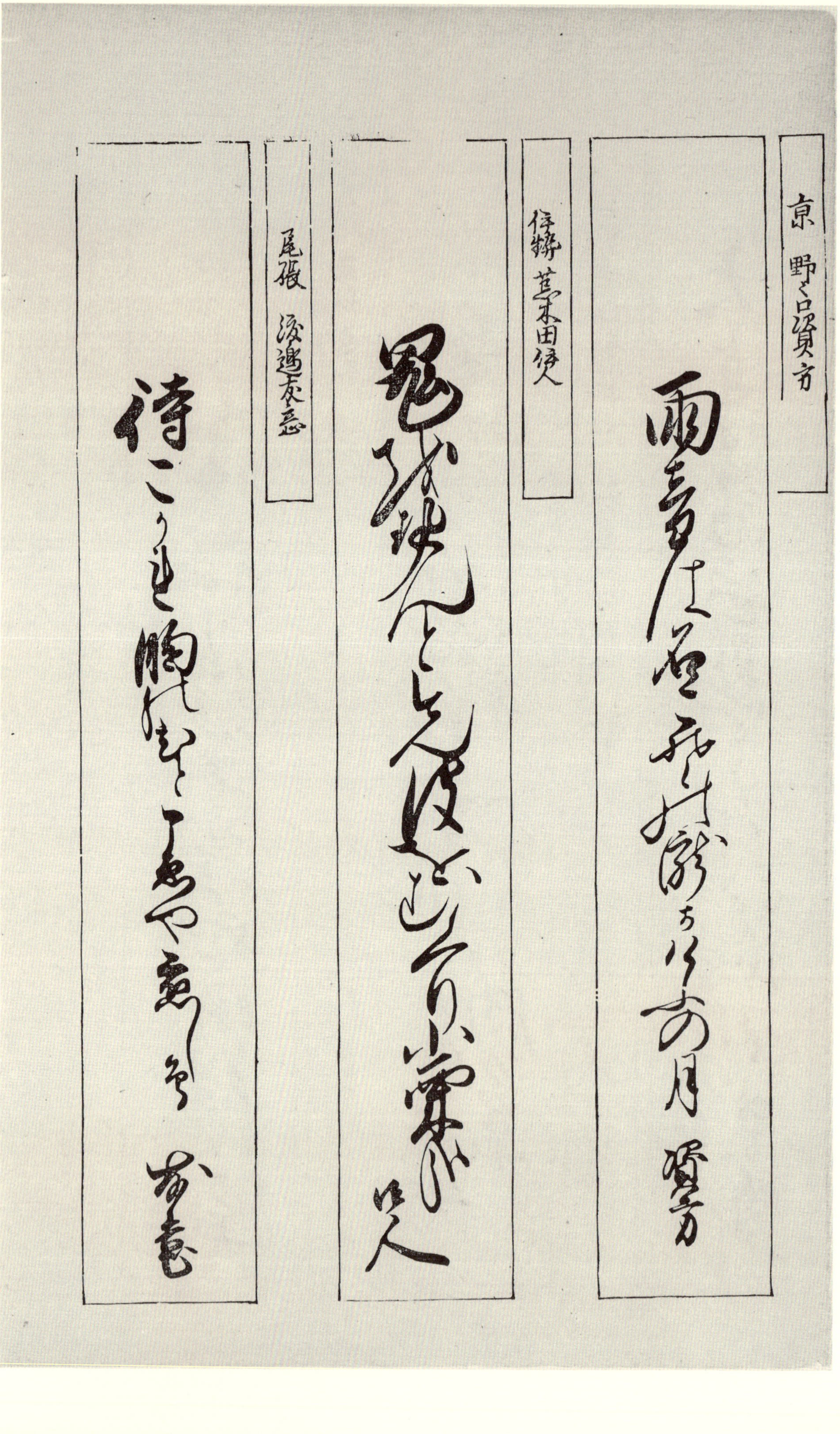

河内　清水春宵

朧（月）や待（て）ども更（け）ぬ花盛

大坂　了妻寺夕翁

きて見るや鶴巣やる梅の花　夕翁

京　井上友貞

五月雨八世累とろけやむ武　友貞

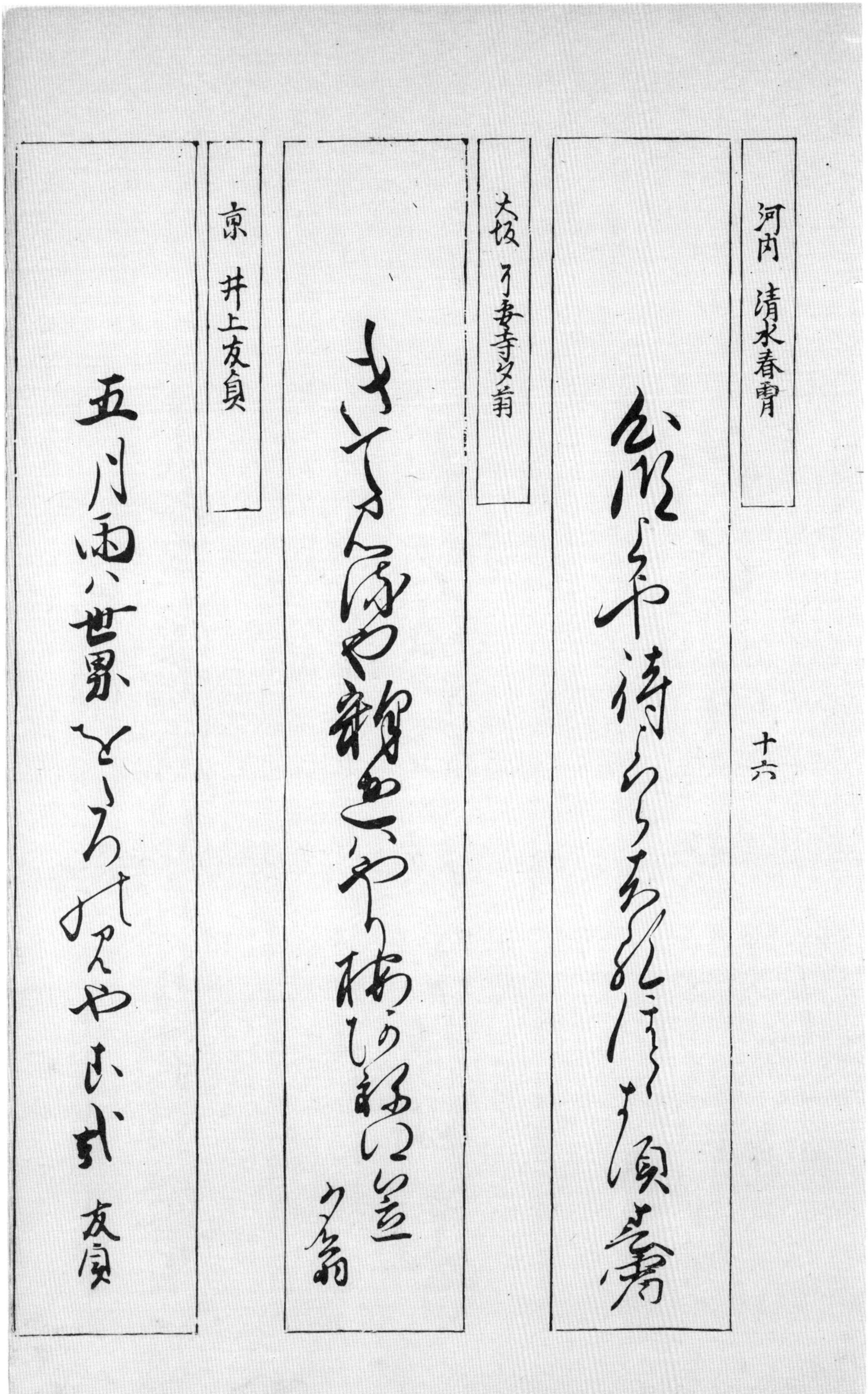

京 端定重 長兵衛

さやまつ老ふかくも富良う定重

大坂 伊勢村宗善

まうはや枯く新もや種網宗善

河内 三宅安永覚

粉白ゆく尺整れ ゆく志つ 若葉れ 覚

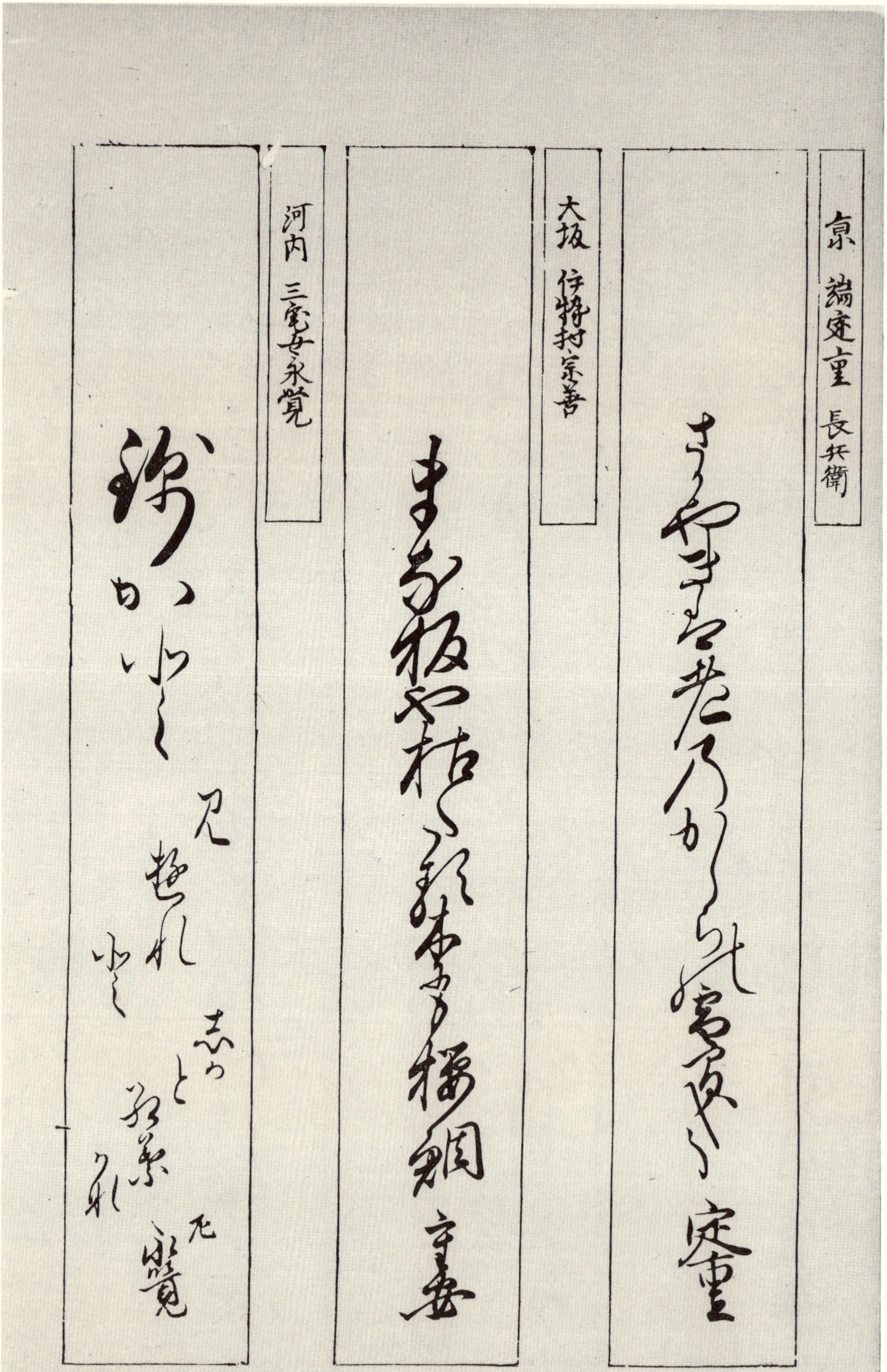

京　奴漆屋宗隆

江戸　門村兼豊

伊勢　荒木武清

も

と人をもちやまん松也家宗隆

雲のまよひのかつと車て兼豊

祝光郡代みちんの祭なる武清

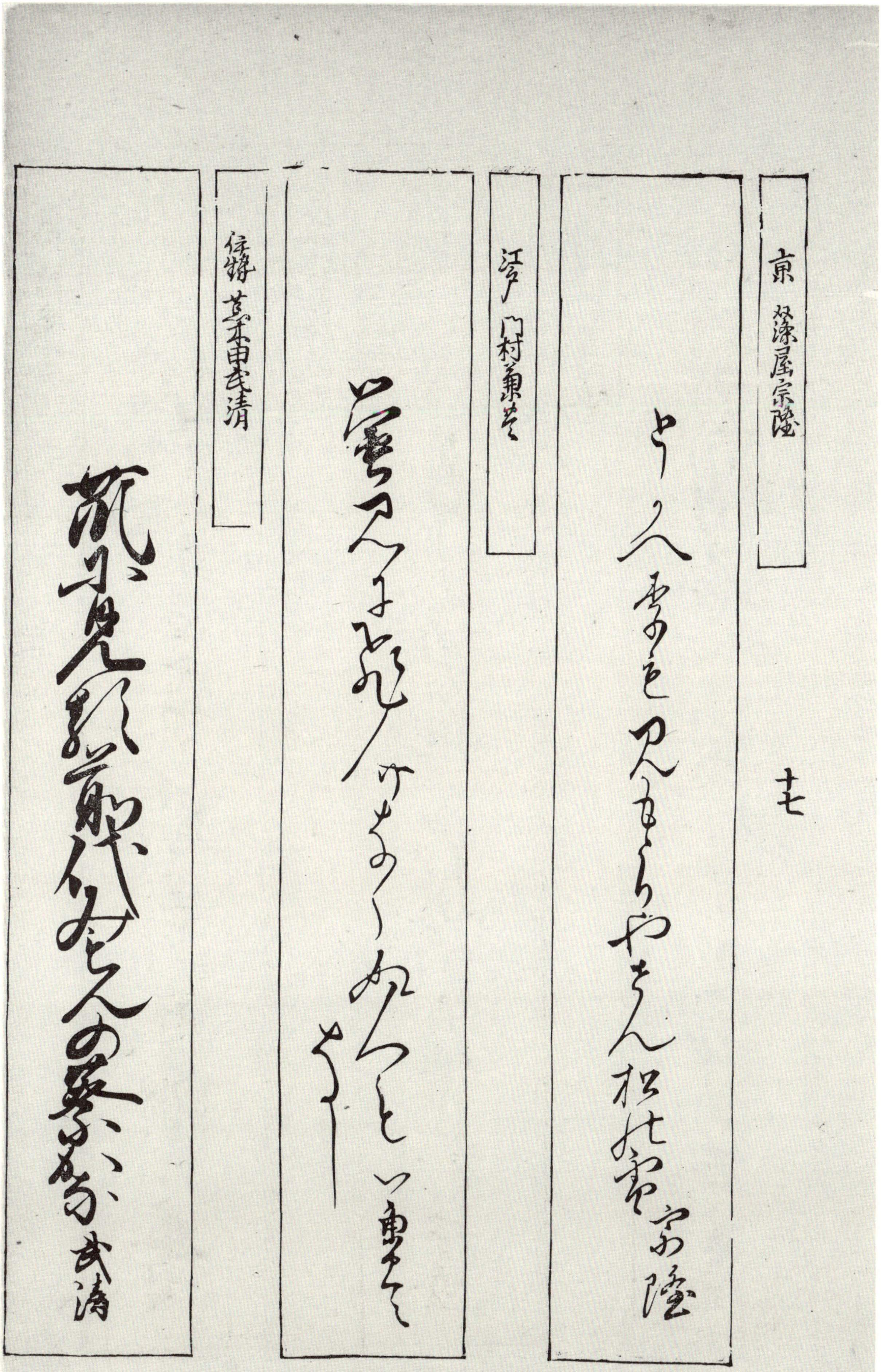

大坂　澁谷安明

江戸　石田笑言

俊西　池田豈休

秋風よこそよことれ柳かな

ふとしれ凡もくこかれ管氣　笑言

五月雨や賀村もと沖の石豈休

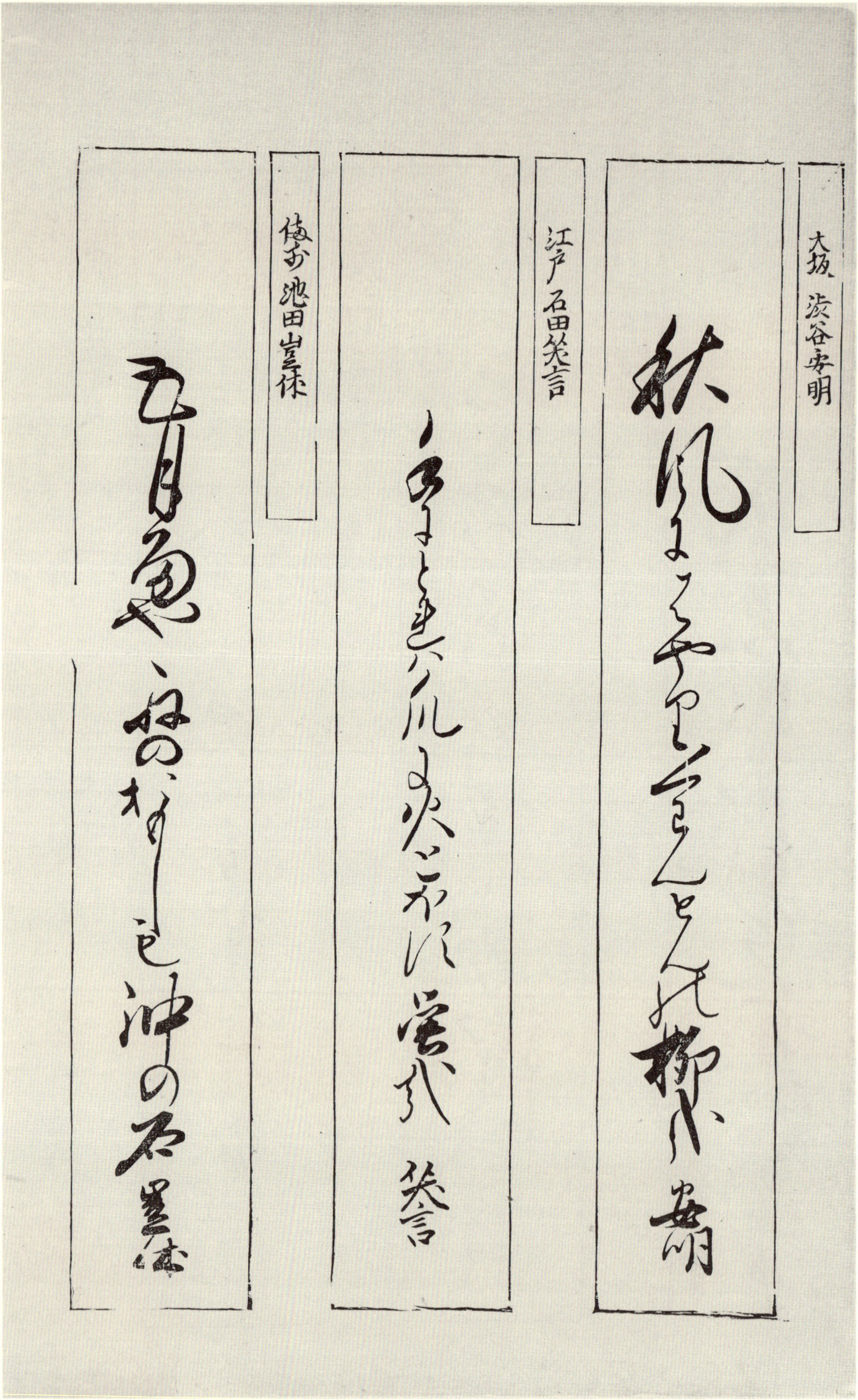

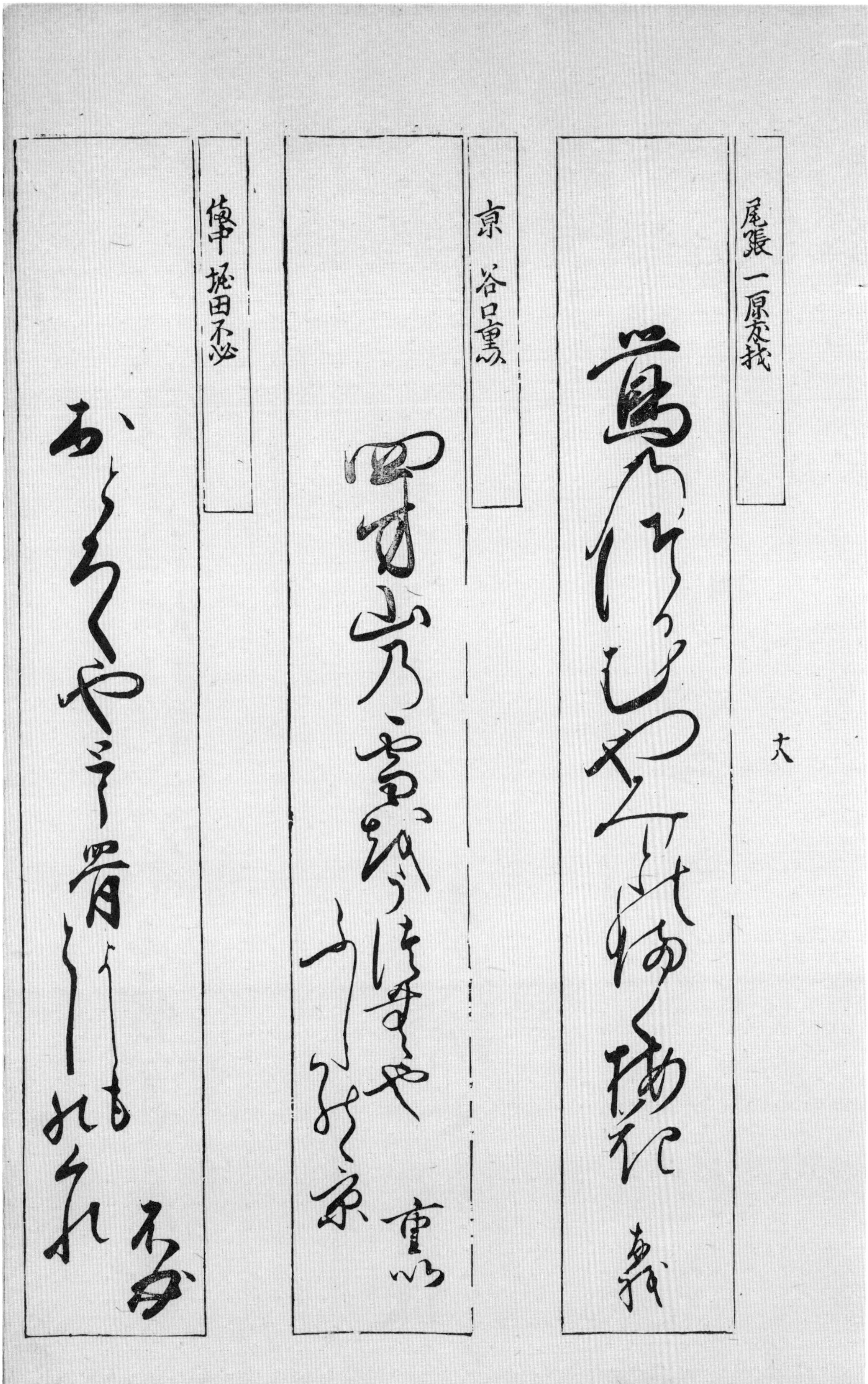
尾張　一原友我
友我
京　谷口重以
重以
備中　堀田不必
不必

京　西田元知

利〻薩埵の花に増や普賢象　元知

大坂　庵晏柳雨軒

嵐山ころに涼しさや嵐の錦へり　宗信

京井野口流味

繪にかくや冬も櫻のつくり花　流味

尾張 清水春流

灌佛や皺手合する音も風

堺 天神西坊

鳶や一鳶二鳶雲雀木王

大坂 藤多村休砂

ほくろある雪女郎のまゝ狸佛性

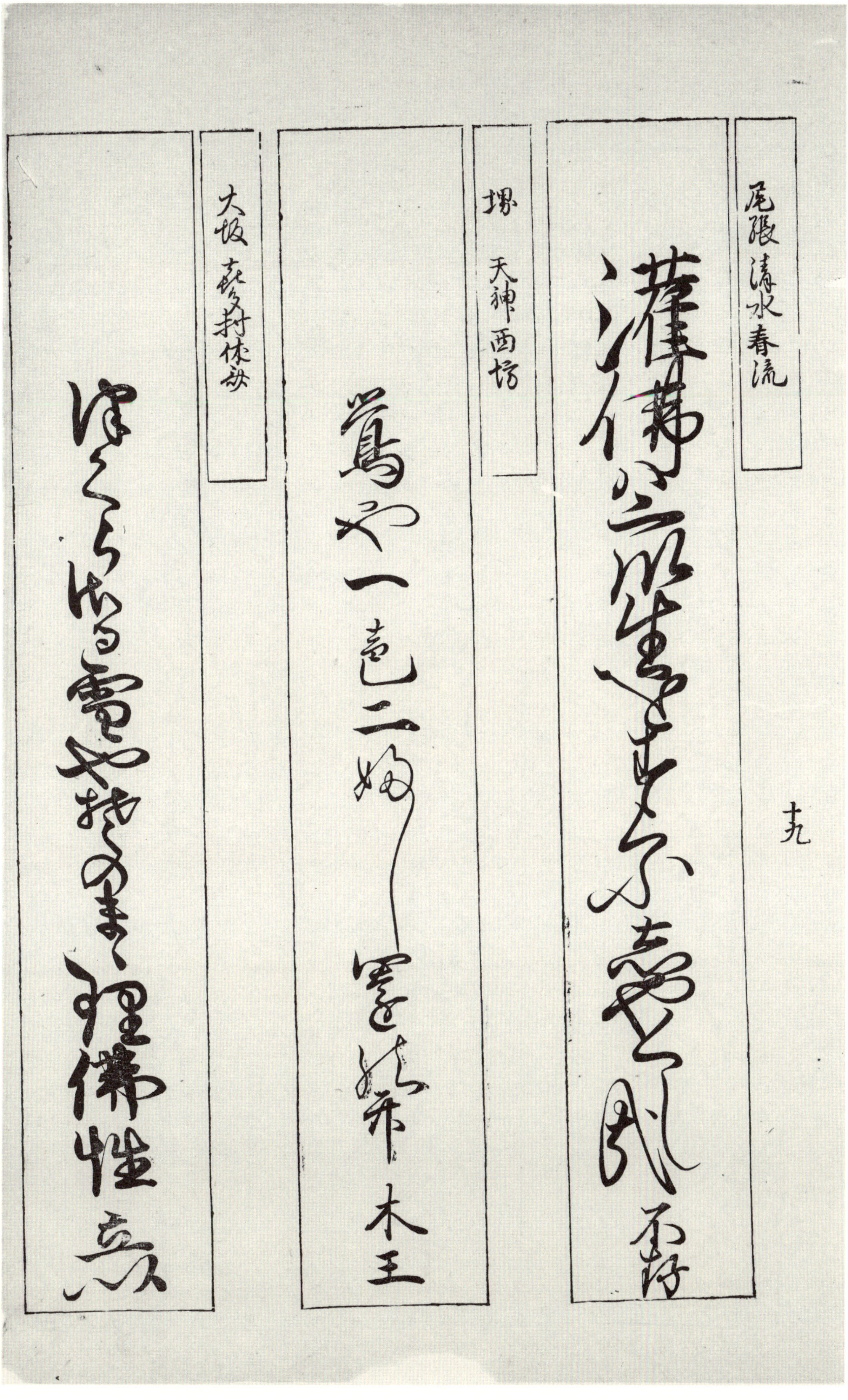

大坂　川崎方女

堺　若永重

大坂　片山秋月

蛍や屏風引きまはしてきぬばなし　方女

八そじ寿山を入子の弟櫻　永重

おつやしる月やふる万も花しる月　秋月

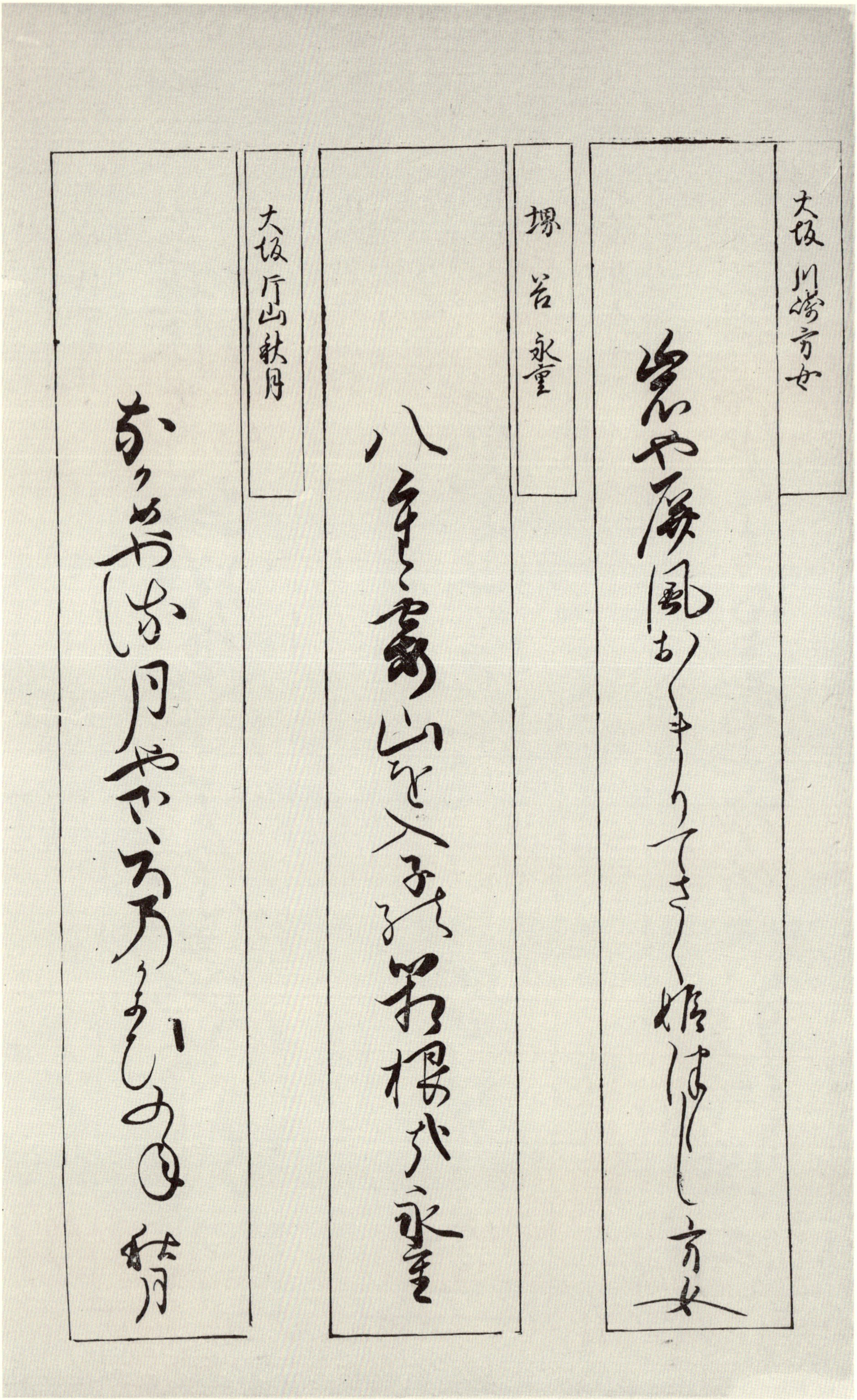

住吉松坂 春陽軒

堺 前坊荑

京 松哲宛用事

風そよや華もまつふるきを ここ か

薄々松よ名八百年玉ぞへ荑

吉野山尼こうて雲井九桜八 女

大坂 尼坂好道

堺 池田宗今
左左衛門 成政ノ弟

大坂 井口如貞

雪ふともふみちらさじな蠏が居る駒蹄

白雨や所ふりわけ八草履　成之

父養ひ弟ことろみるや花菜子

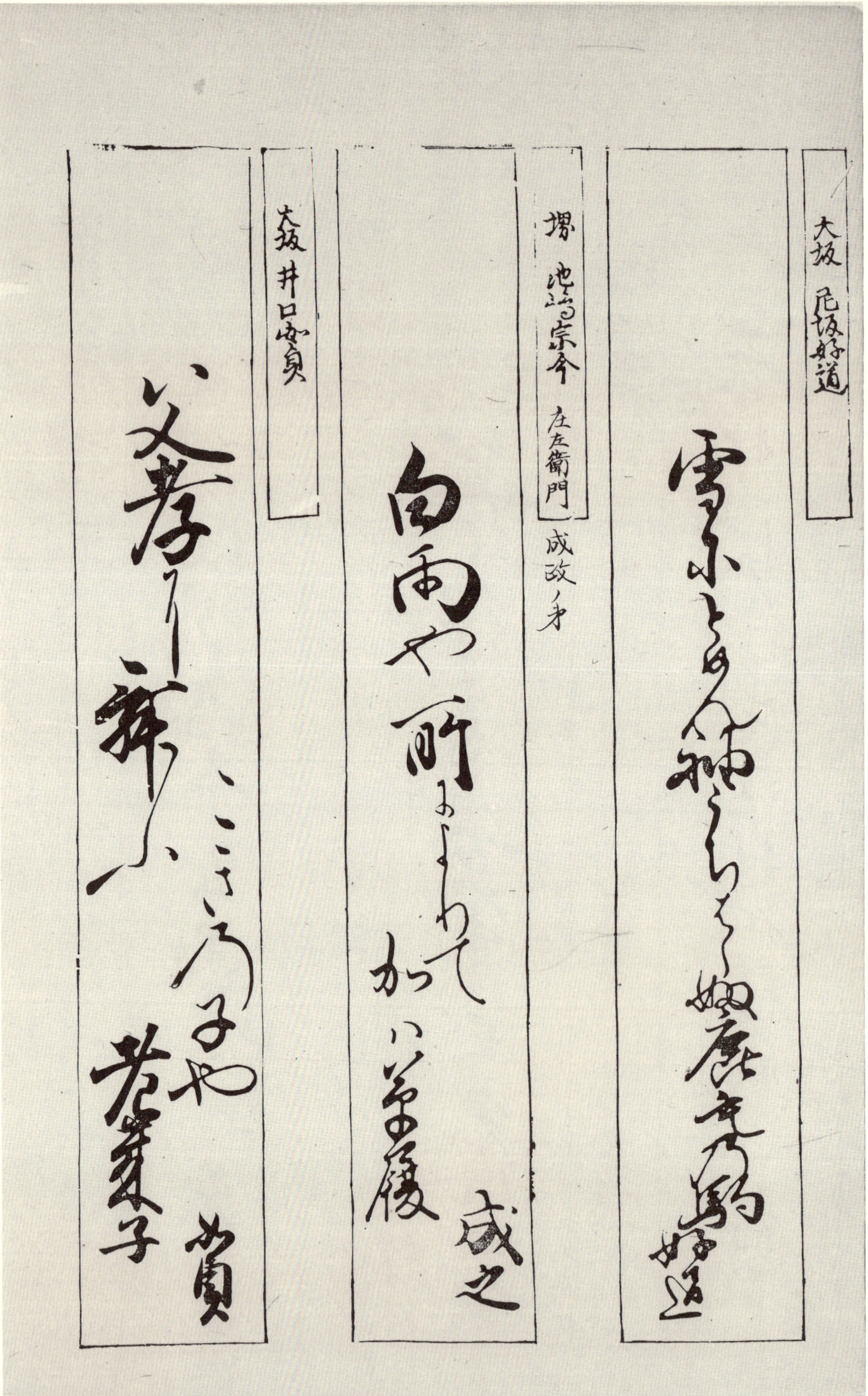

廿一

江戸　在馬友仙

治成門ハ大名行れのまつり哉　寿白

摂州茨木藤田友閑

松花堂門人

歌ニ酒ニ詠さ酔さや　もち月夜　彩雲

京　寂光寺泰圓

人まねのかゝる花ゝや野邊乃露　泰圓

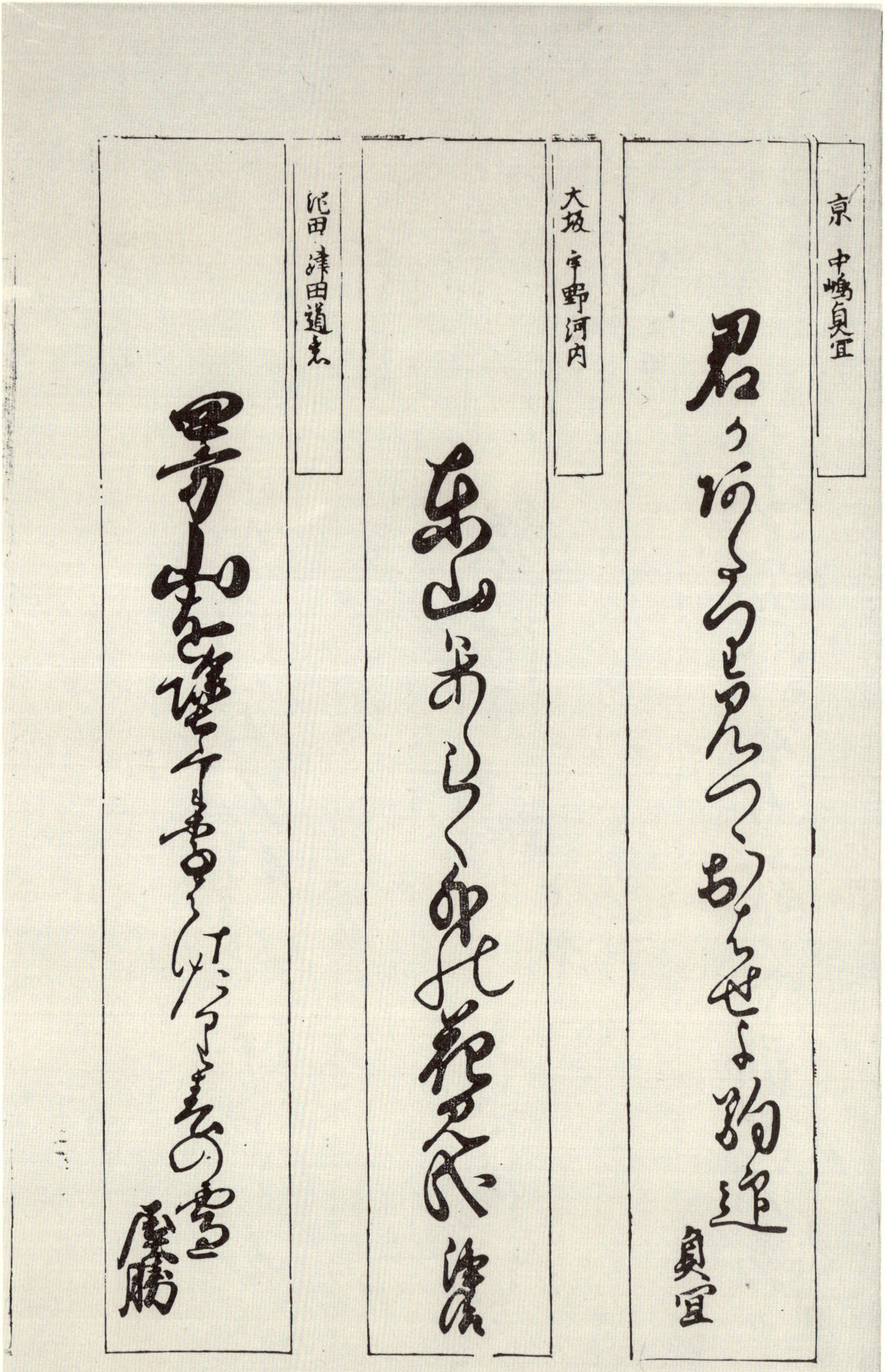
京　中嶋貞宜
貞宜
大坂　宇野河内
池田　津田道意
屋勝

東 斤桐良保

三三

花いさん 月三るゝ 荒丹 良保

池田 佐伯宗次娘

水油清くあくれ姆やや柳髪 安

京 髙梨野也

つ杉やくよゝ所乃人 野也

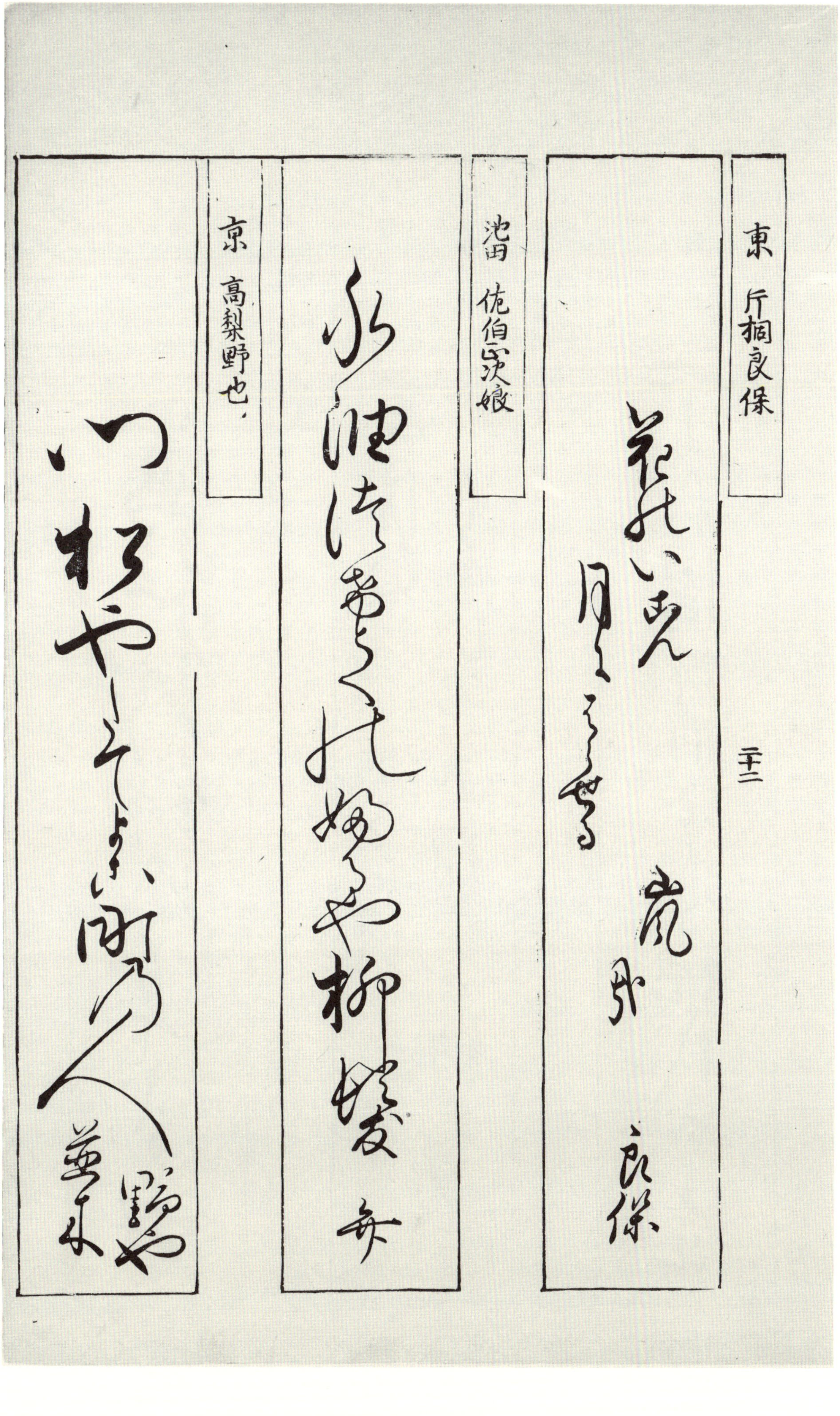

京　古筆一村　勘兵衛ヵ任
慶安三庚寅年閏十月廿八日死

鶯ノ花乃錦屋ろ△下ふ　一村

大坂　川﨑靜壽

三月尽は
くもひの
川をふれ
　　静壽

堺　川邉長治

やふれ圍破れふる糶代や　長治

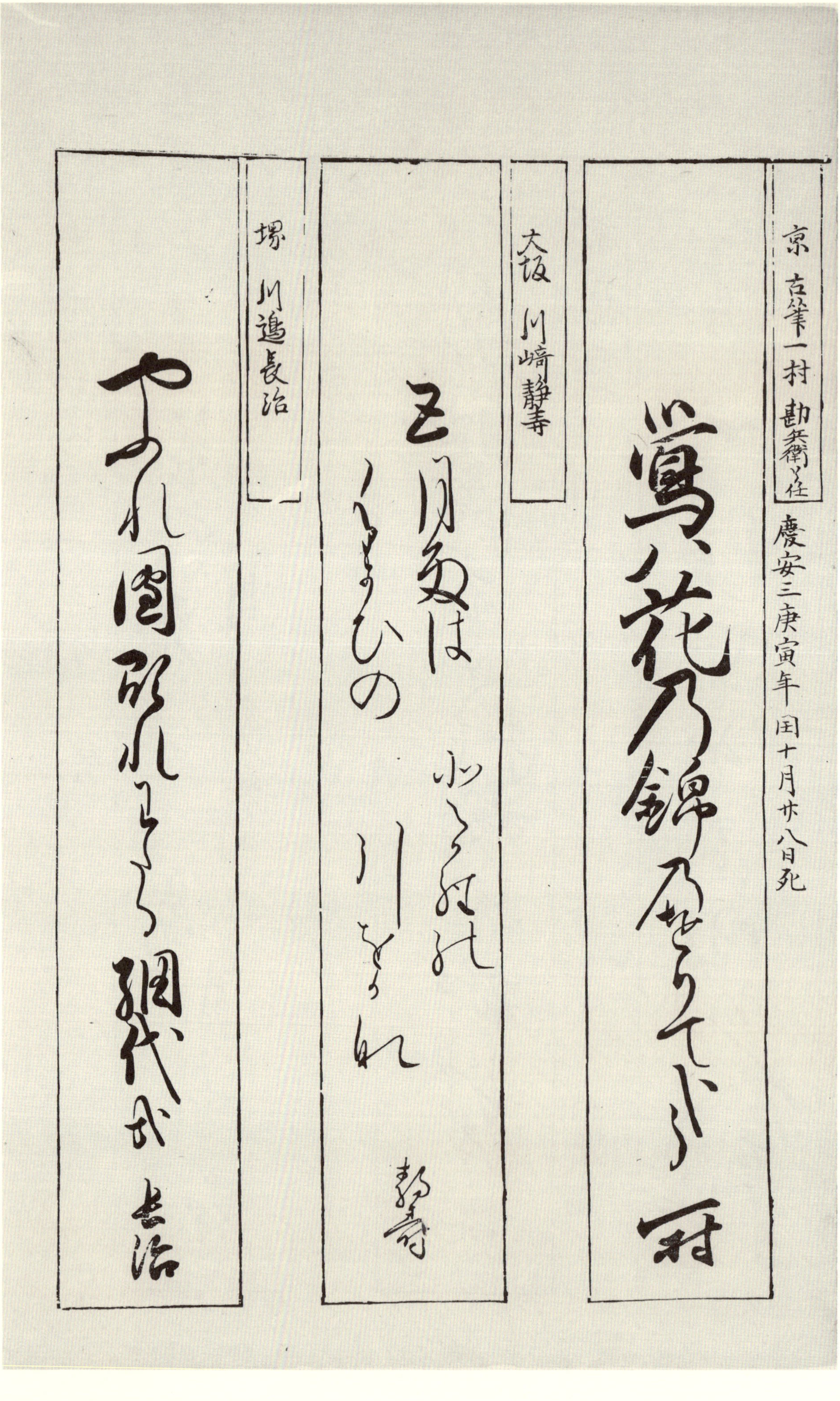

山崎　釈梵益

京　音川正由

享保十一丙午年二月　死

堺善通寺　以円

初やことしおとつ大坂波　梵益

春風いつ水遠鴎ちかく隣家　正由

元日三物おもて筆始め　以円

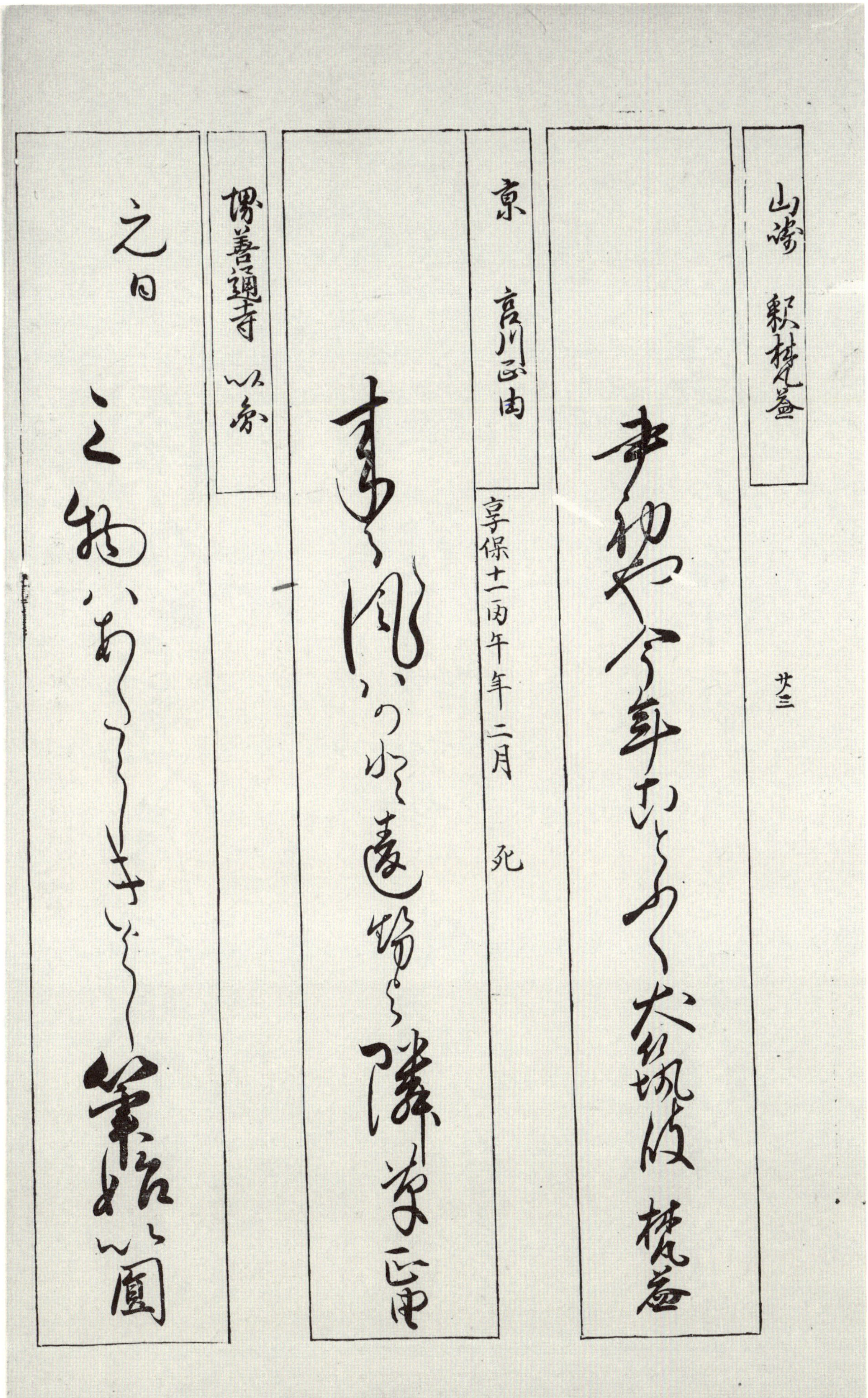

林野　釈蒲釼

関余か島や月の嵐　釈蒲剣

堺　南元順

初瀬にて

花よ鐘聲はいまその夕哉　方由

備前　一時軒

元禄五壬申年八月　死

待ぞ古し新しきかせ杜宇　惟中

大坂　天海八木宗久

みくゝも冨士そ礒こすふ松の雪　宗久

伊豫　秦一景

不相見そミなの口風むら　一景

伊勢　吉木甲武珎

时嵐やそ〱小き絵こかろ鵜　武珎

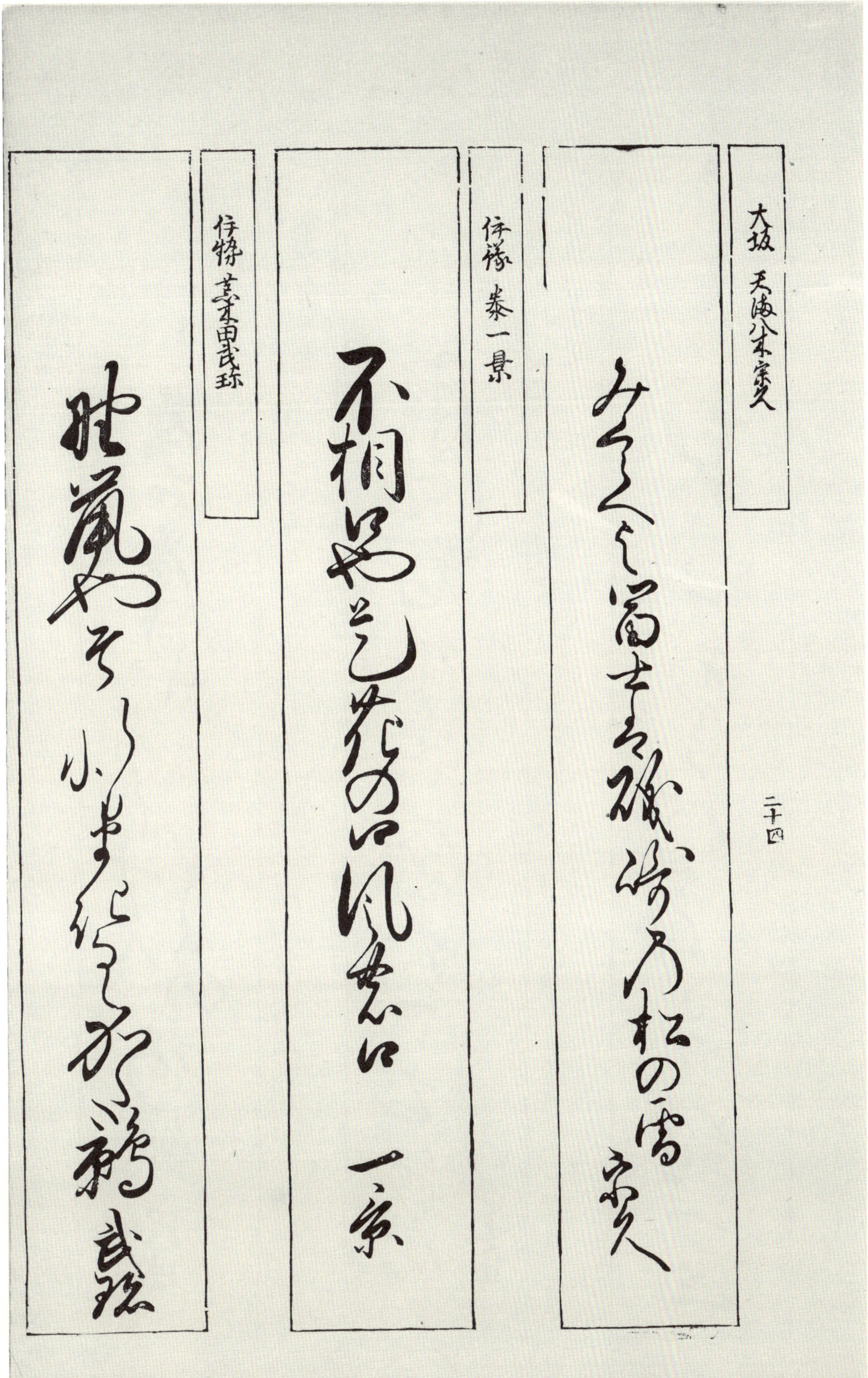

大坂　谷宗也

反古屋さやらをすゝうめの枝網當

伊お　西村良菴

月に光さ螢火や石河屋
良菴

肥後　熊本一直

至をてあらわよさく組一直

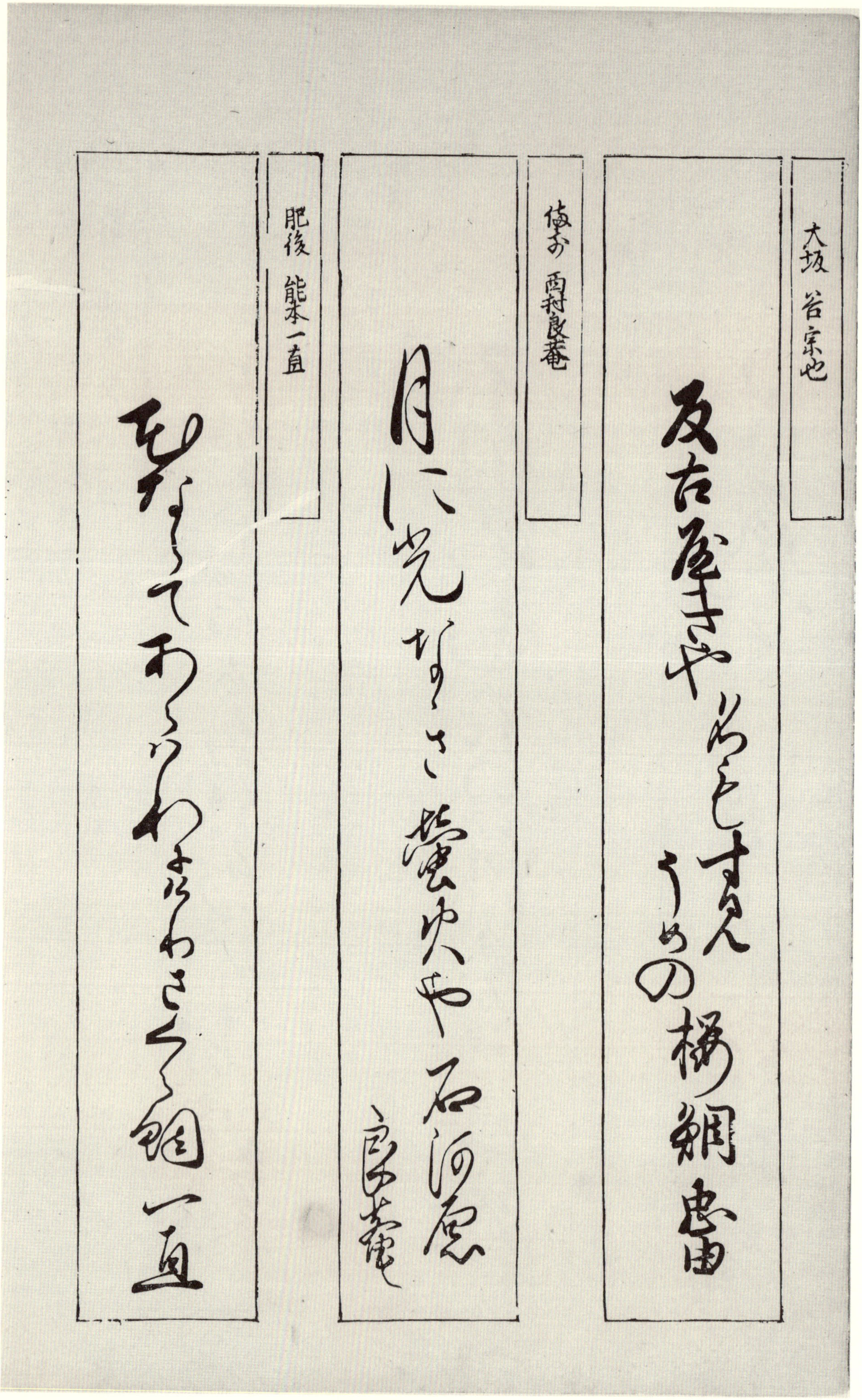

江戸 名田赤啄

いやうやく引得いるかられ春

大坂 朸縢玄亥

直みてぬ牧帳や三幅の作わ
三玄

京 小野宗恵

うそそは杖とも頼む菜子武
久重

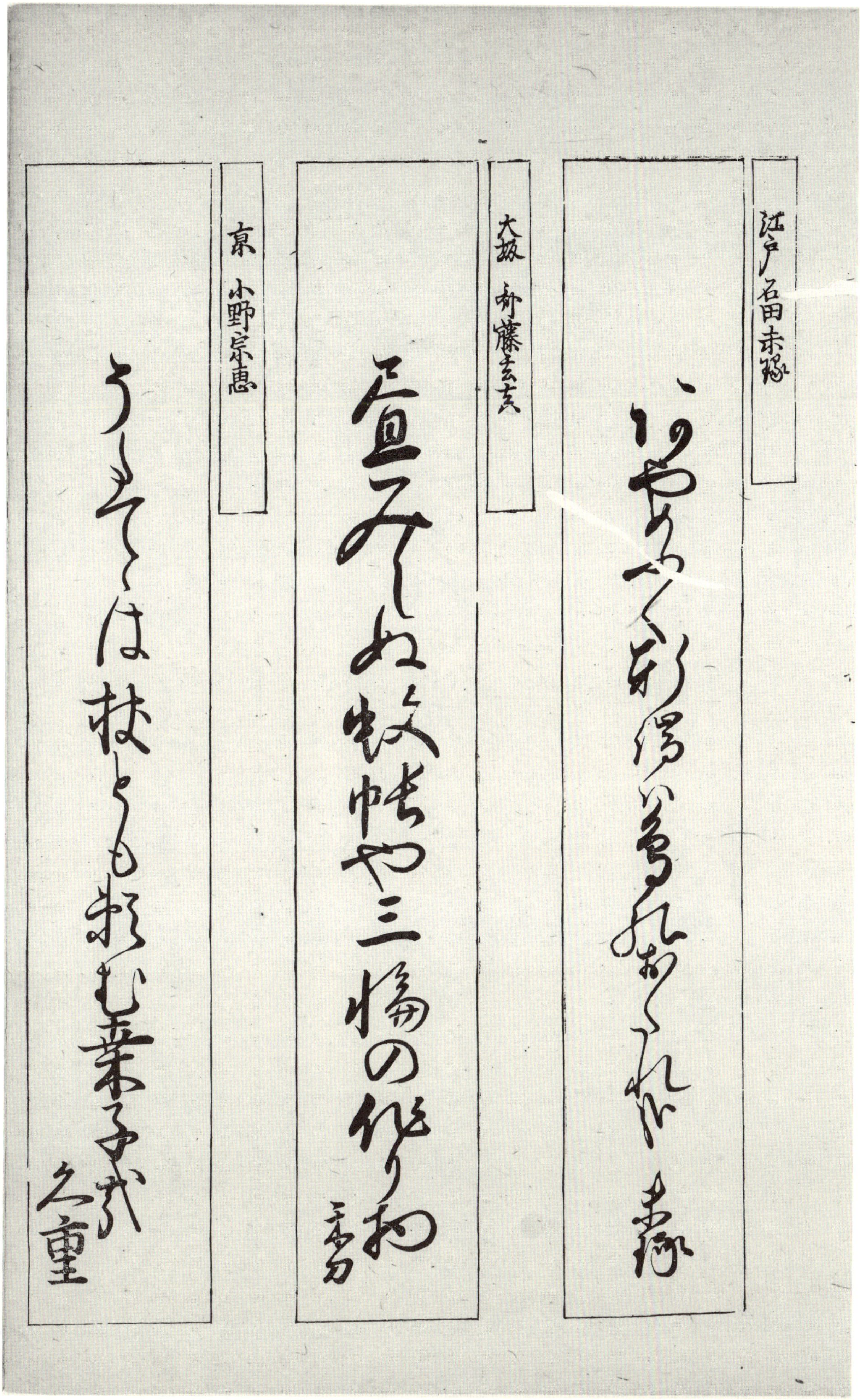

京　岩井来安

ふあてにおもくつまりそ菊乃露　来安

江戸　宮邊吟松

菊生えし宿乃あるし蓑隠家　吟松

京　飯田成次

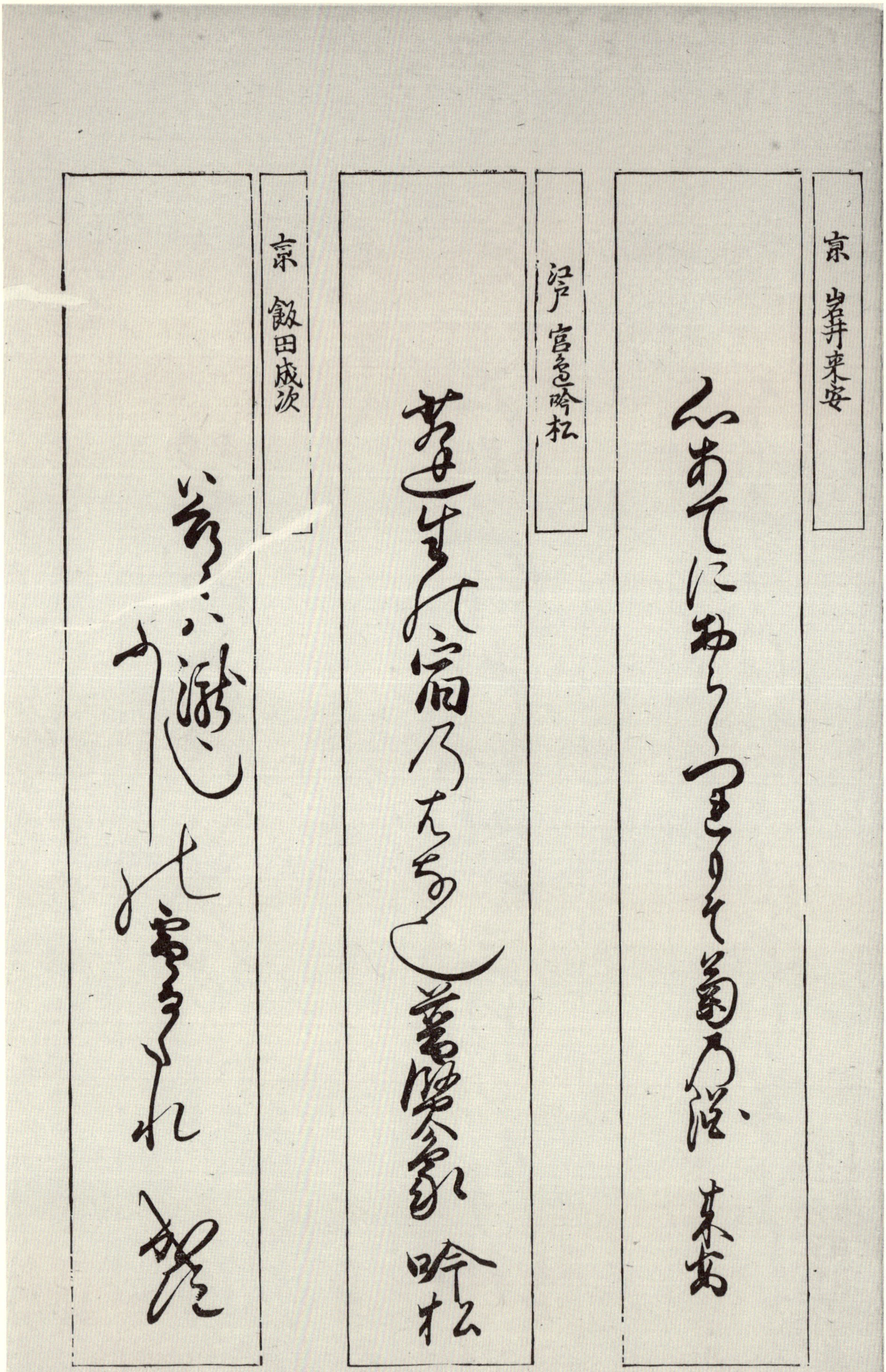

ひ、雪村可玖

堺　水野頼廣

大坂之戯仙

富士山花をり折にうつし

陰鴨や汁瀬の波にぬれくち　頼廣

かとりぬやしとはのともし　益翁

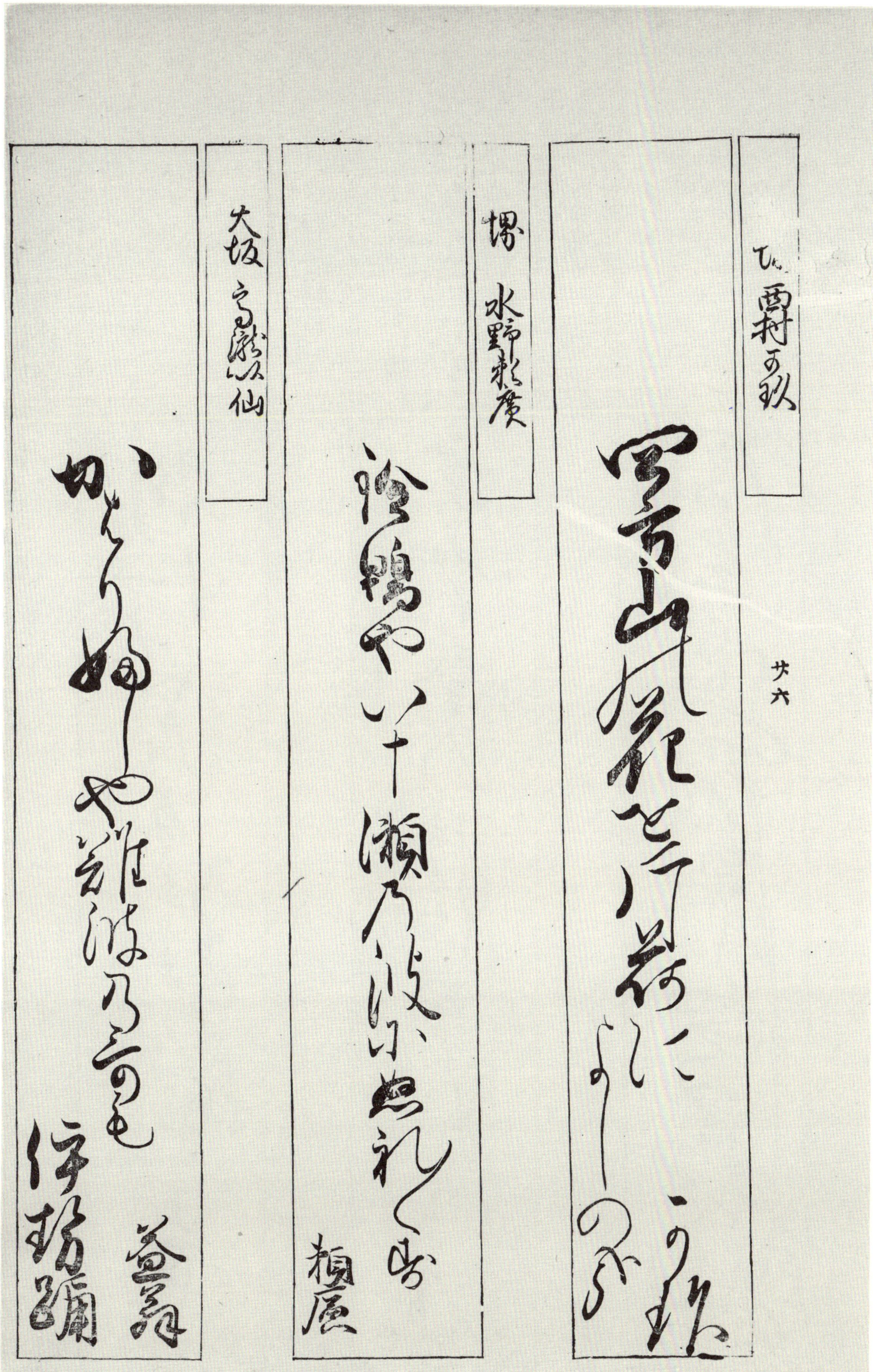

伏見金松友世

枝枯れや府屋まま
のろつ櫻　友世

伊舟住池田宗旦

いまもち
其榮あり金乃
日輪出されう云旦
ふて

大坂 林宣親

[署名]

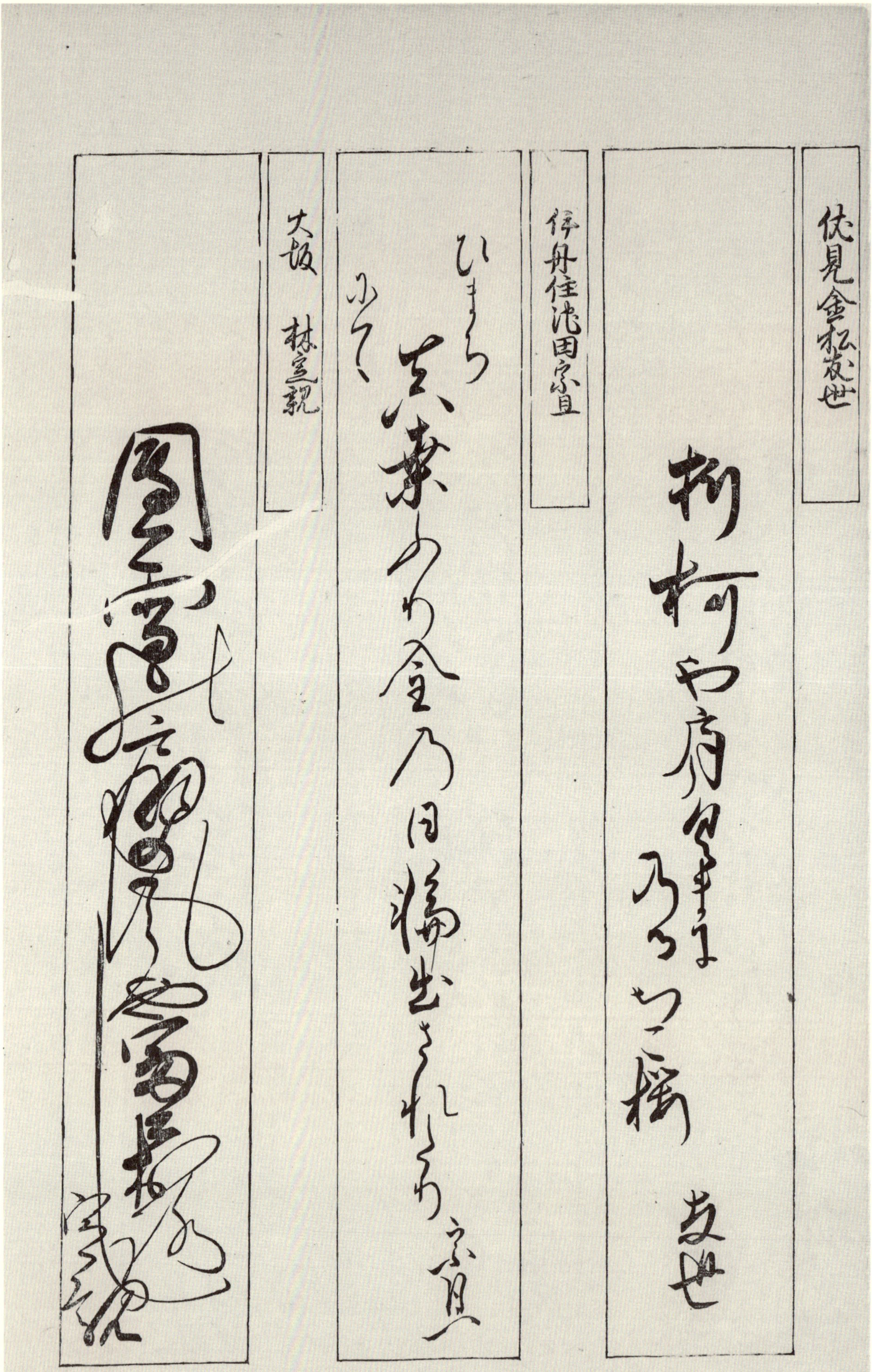

伏見 無門院

二十七

大坂 藤田筆居

和泉 䑓嶽宗甫

枯り沿もつとさ︙んハ㕝か

思もす'く'かゝく大盃み戦 居

了やゝやゝ旅をちまゝて八の月 甫

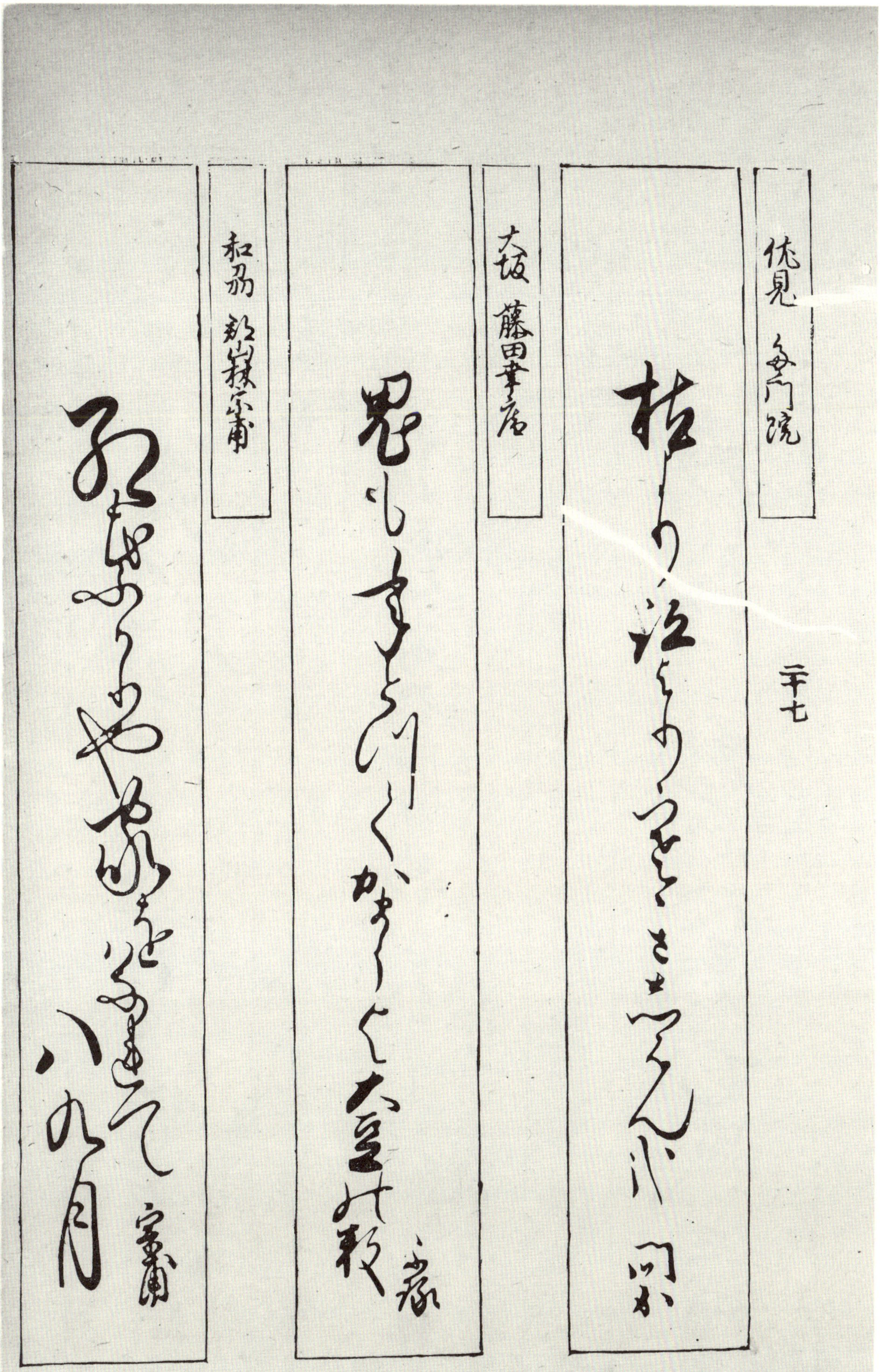

大坂　西田久任

江戸　森親信

和泉　今井正盛

天の／＼雲路をわくる雁か音
久任

しら雲乃はやきかよひに琴なれ
親信

みし諸ヶ敷風こえなむ
正盛

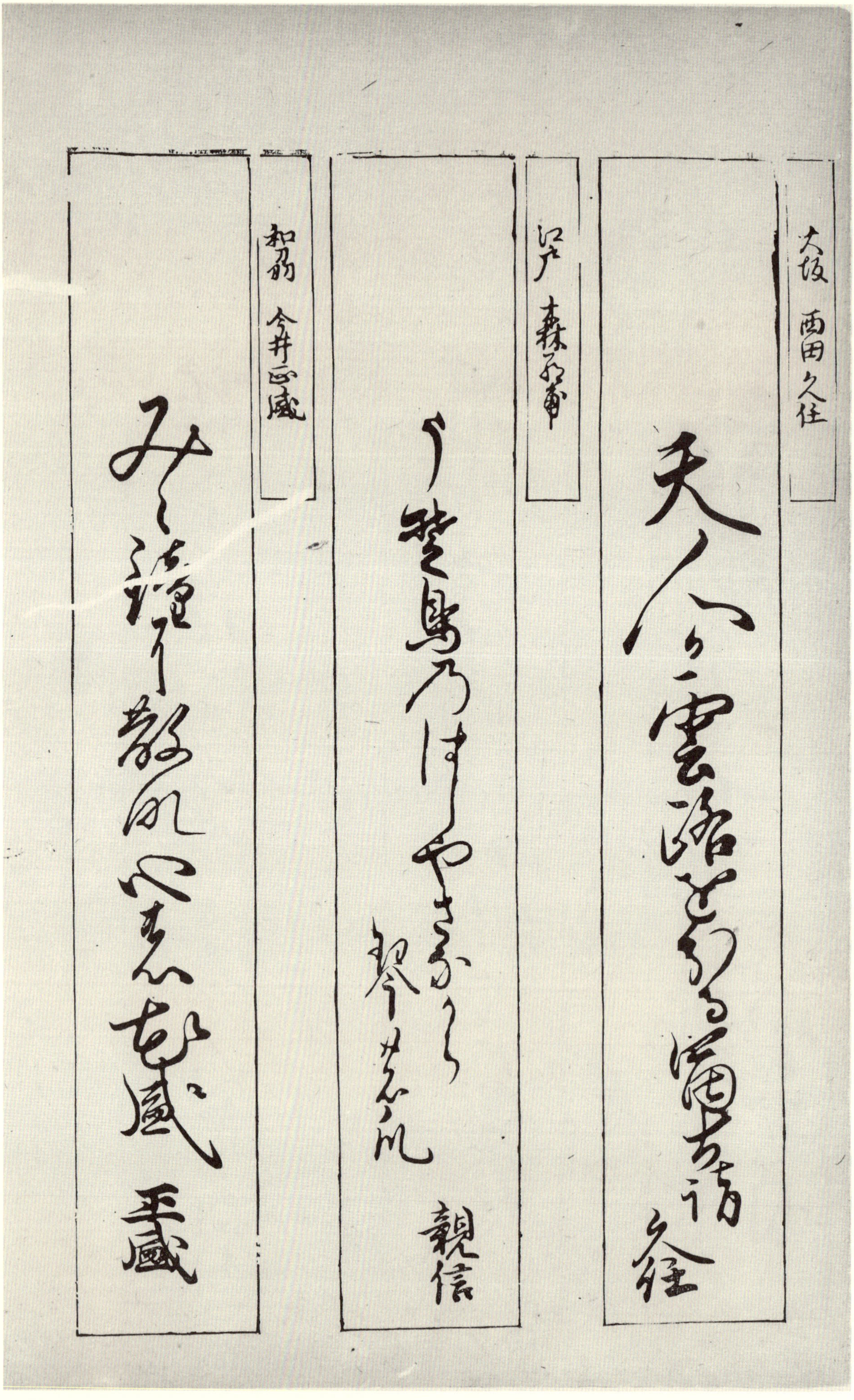

阿波 椋梨一雪

紀伊 若山女 髙田

大坂 前川半迷

篭窩や酒窗中捨まの今に一雪

経冊もさく乃風流ふ家裾 隣宝

入月や杉よのうしろ揚枕亀 由平

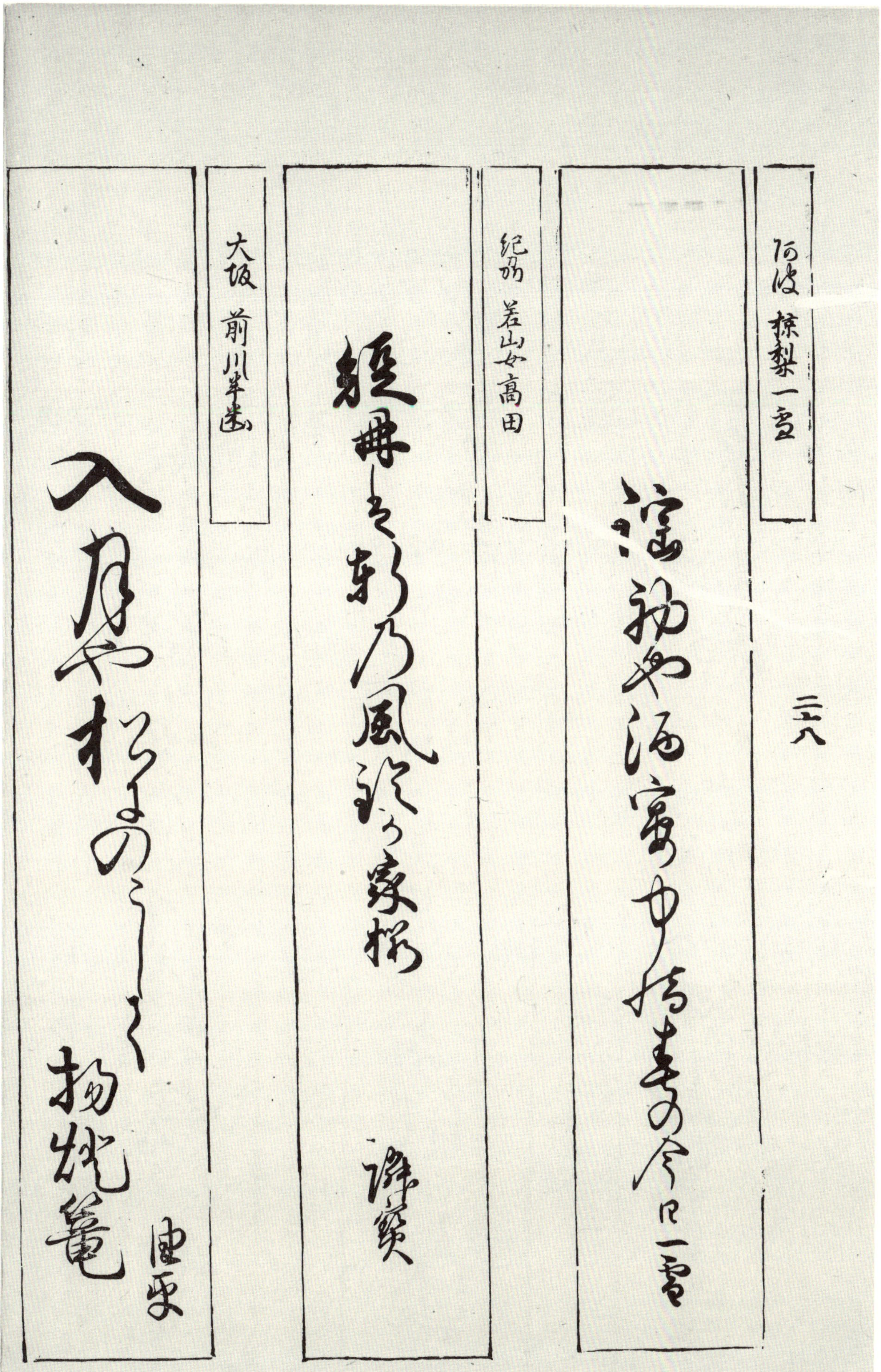

譜中 吉㔟信元

江戸 廷沢破扇子

大坂 吉田立歟

今一夜あらうれ破お扇　信元

それ無い沛濤を旡うれ破扇

とうらや詐代きさむ当民記

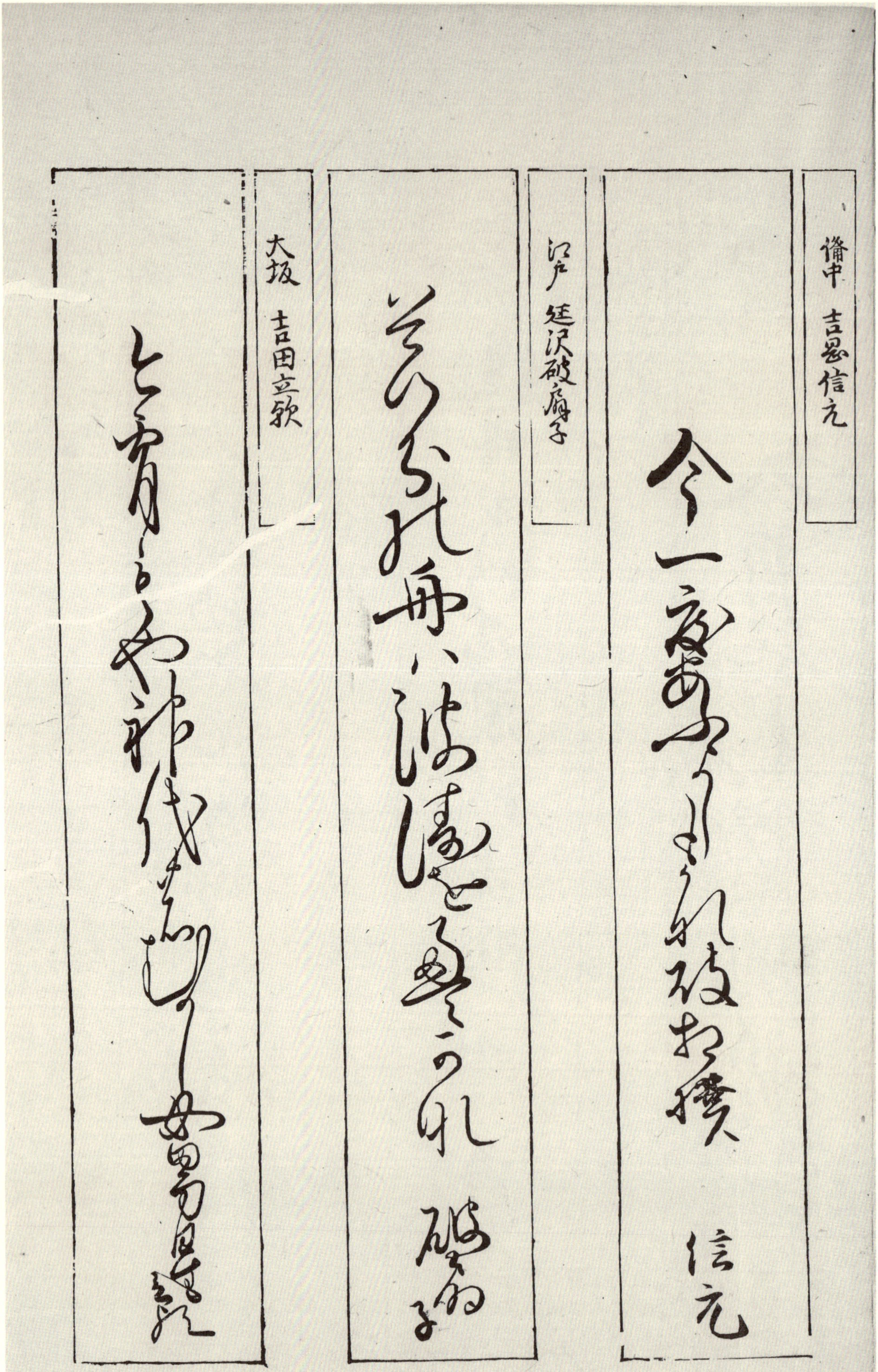

大阪　髙來川草子

それ䒾舟泝くかいう也て　あもしれ

松䒾

住诤　山田二休

草双紙のきまあけ湊下花町

二休

江戸　髙井立志

雲雀毛やきさ升よりなれ勁違

立志

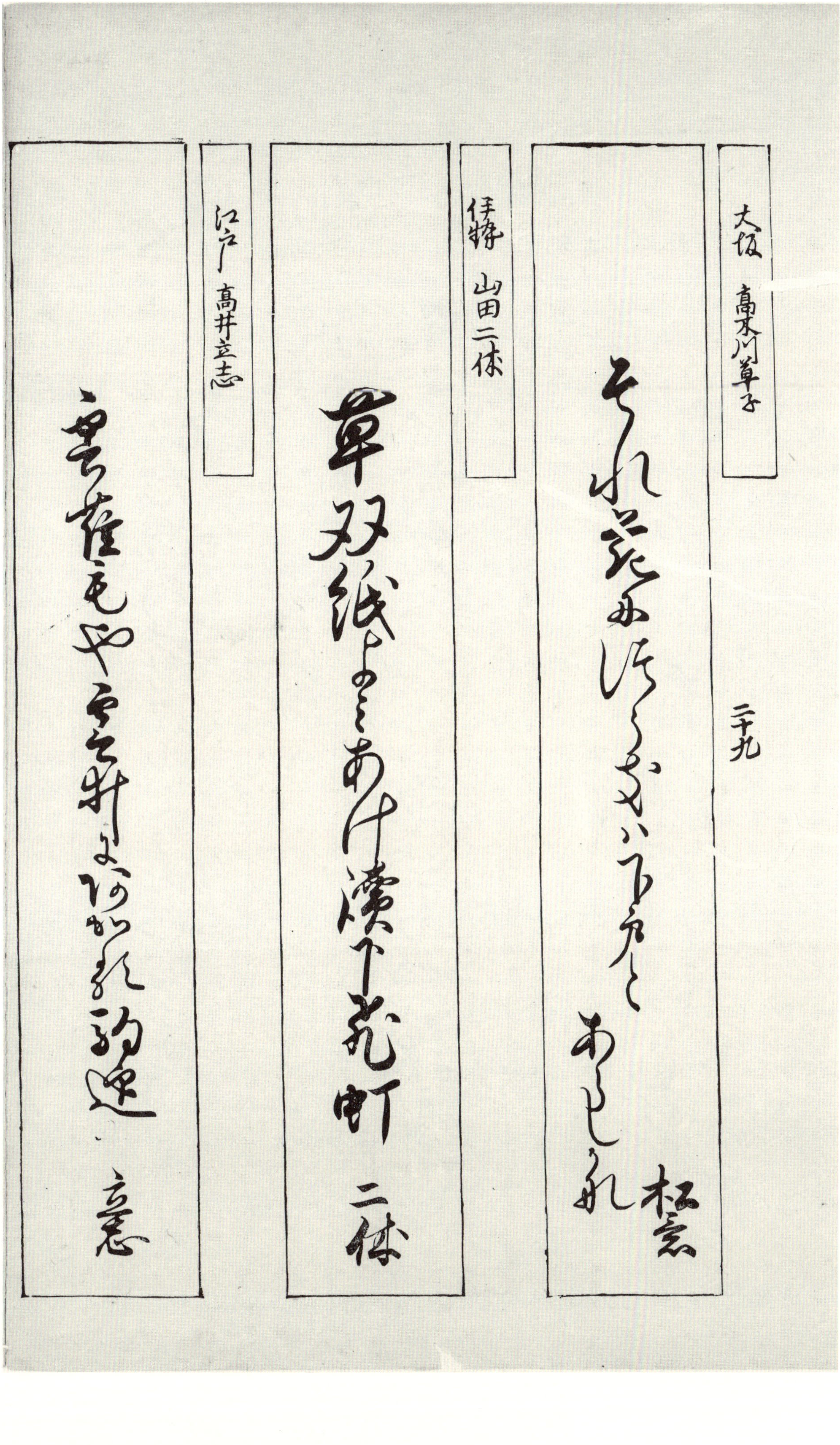

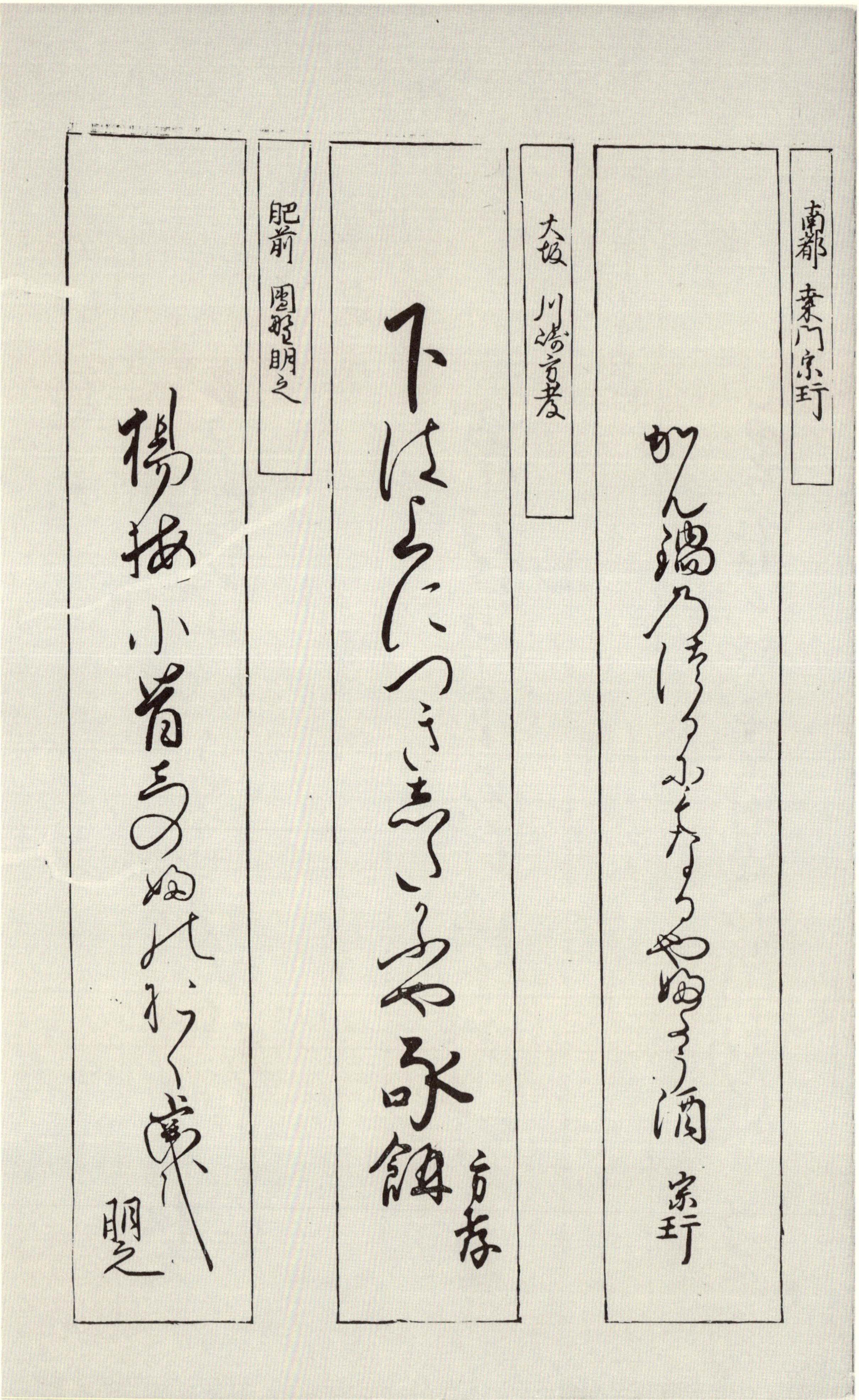
南都
宗玕
大坂
方孝
肥前
朋之

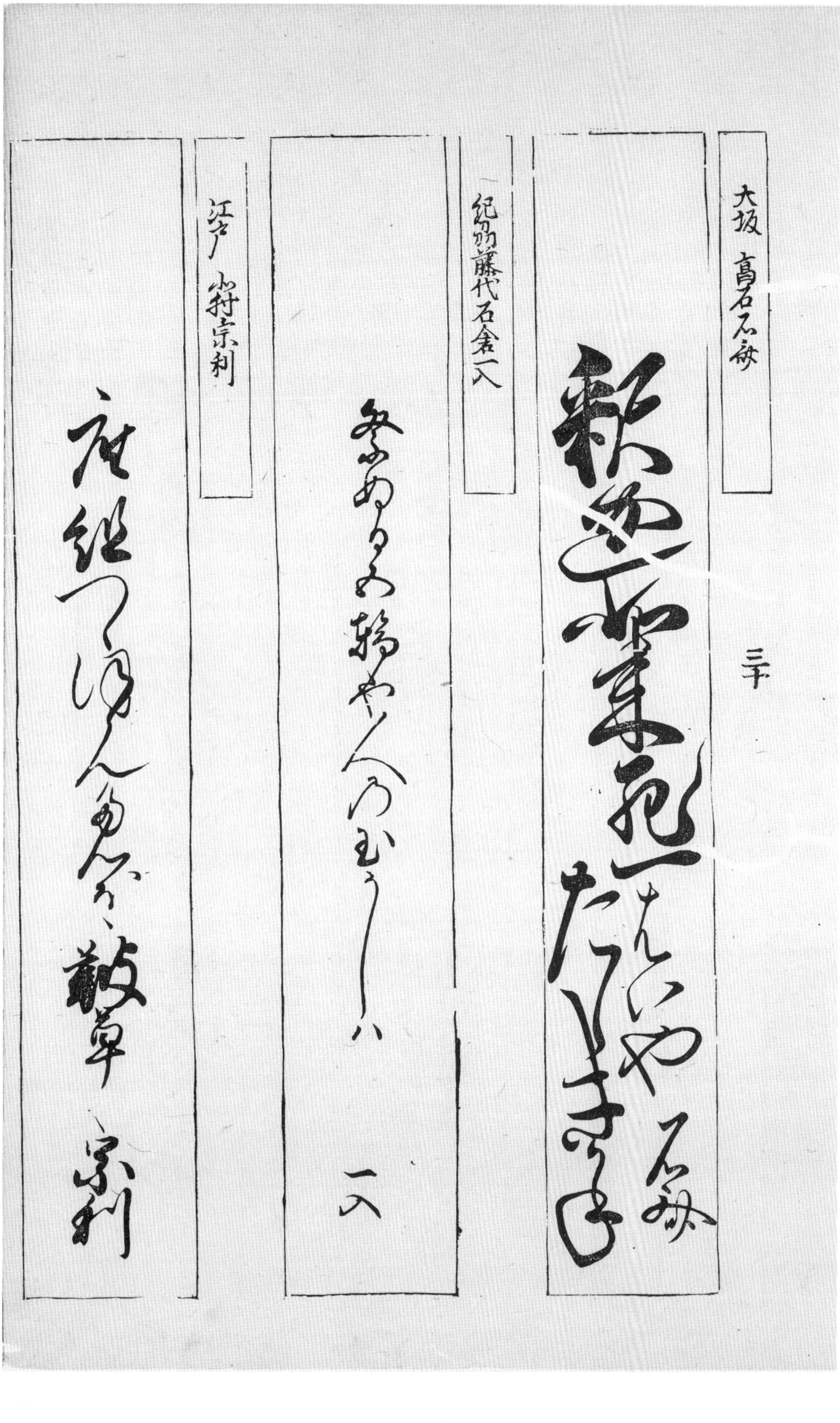
大坂　高石石斎
三十
石斎
紀州藤代石倉一入
一入
江戸　小将宗利
宗利

南都　盌松双立軒

所年稚うらむ助る　霓

高野山　蓮花寺吟市

天和二壬戌年　化

弘や三鈷真言門流勝り松　吟市

江戸　竹井嵐利

源さ伐子好きのみもろ扇小　嵐利

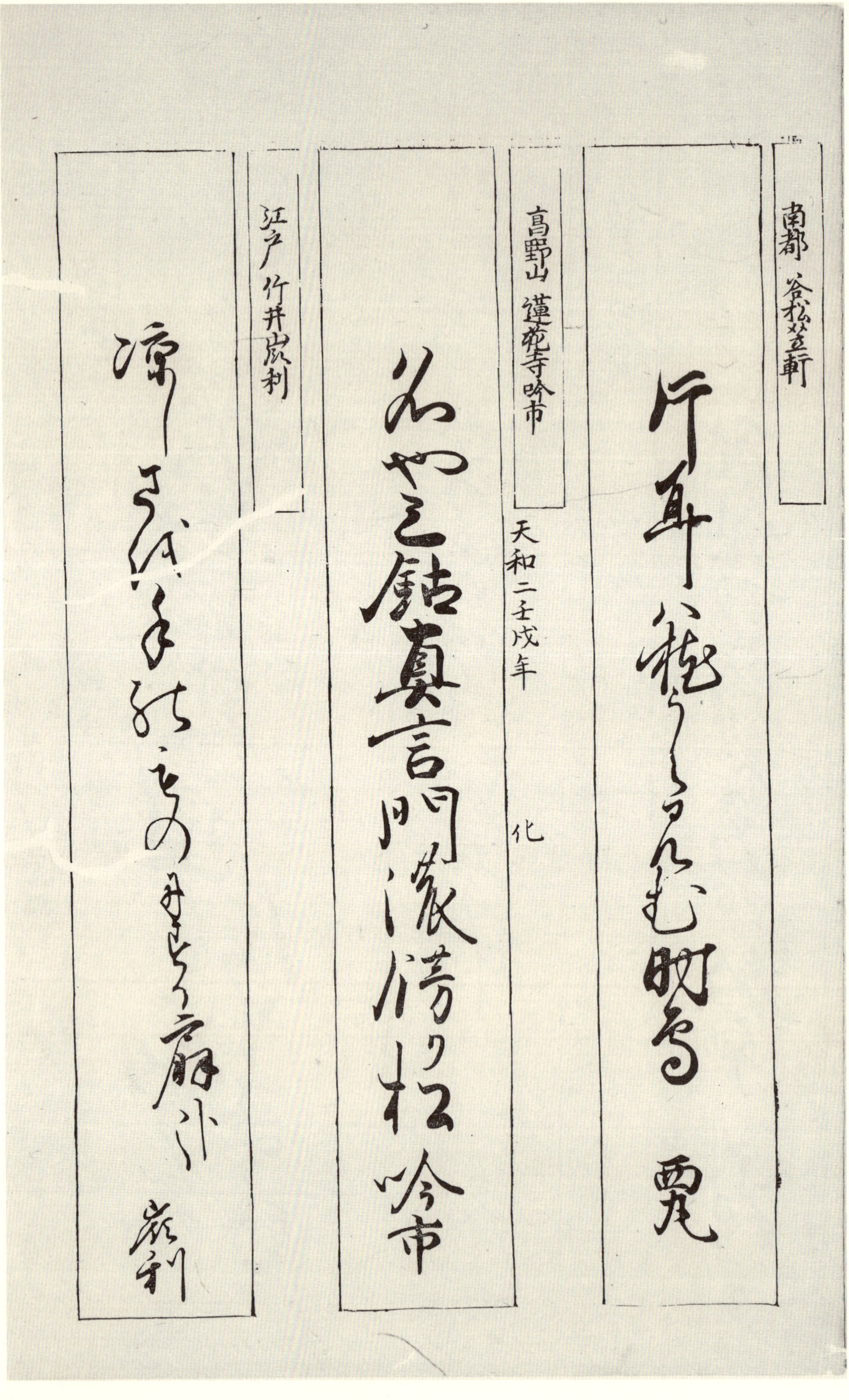

京 朝江二風子

大坂 中挽柿和軒

和刕 [名]西院

風は抜川句渡名乃京 種寛

[くずし字] 廣音

[くずし字] 紀子

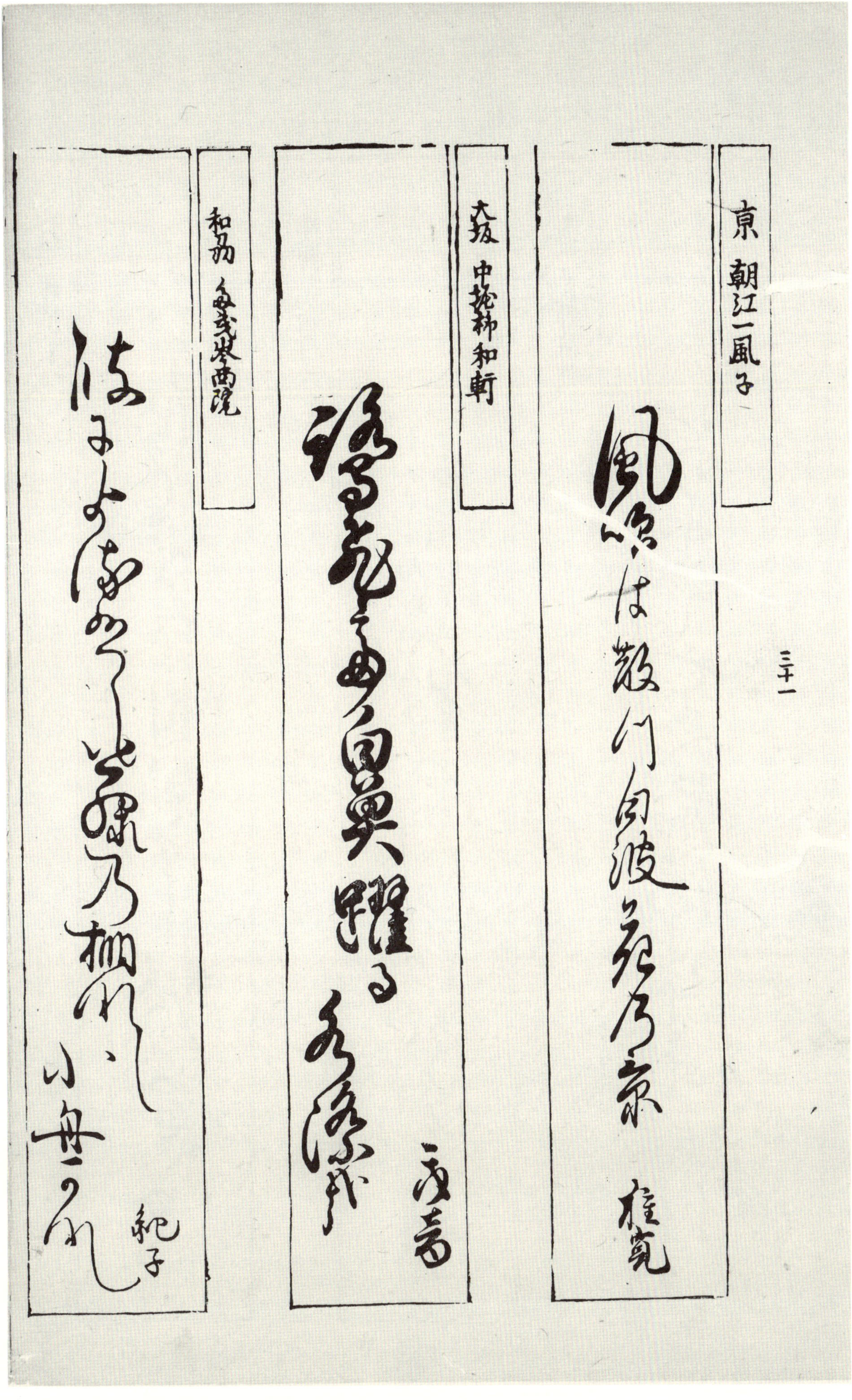

大坂　蘆山玄鱛

白くみて月はしろ可ら　無睦

伊勢　山田竹犬

おしろ気をあつめてちる　竹

大坂　武野保俊

おきてやま前佛ハすてに　保俊

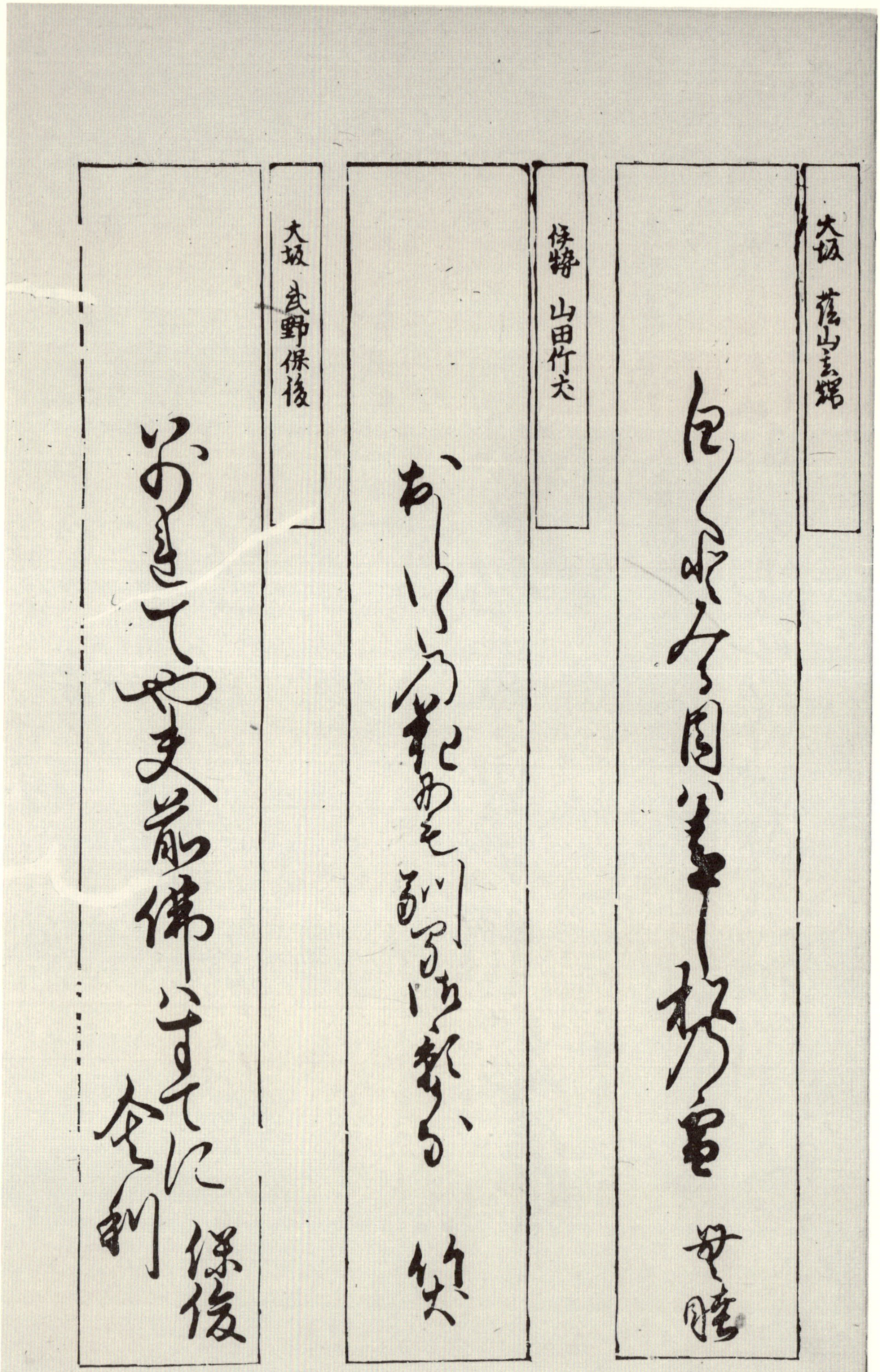

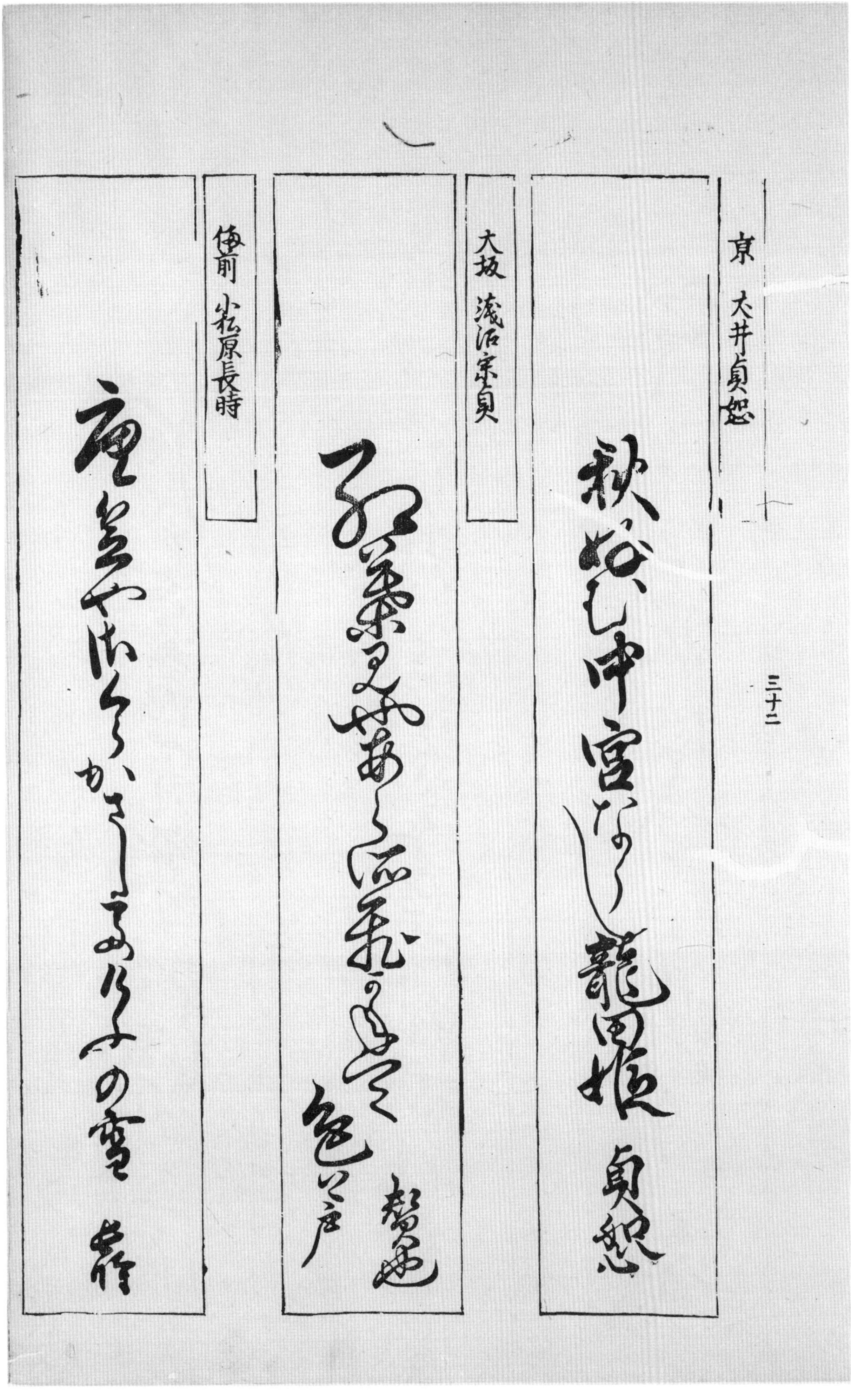
京　大井貞恕
三十二
大坂　浅沼宗貞
備前　小松原長時

京　柏谷一滴

月をうめの梢語法師　一滴

長門　睨玉規吉

花の枝をちへを亀井の清水かな　規吉

伏見　粟田玄康

出そむる庭に入ぬる月やらう　玄康

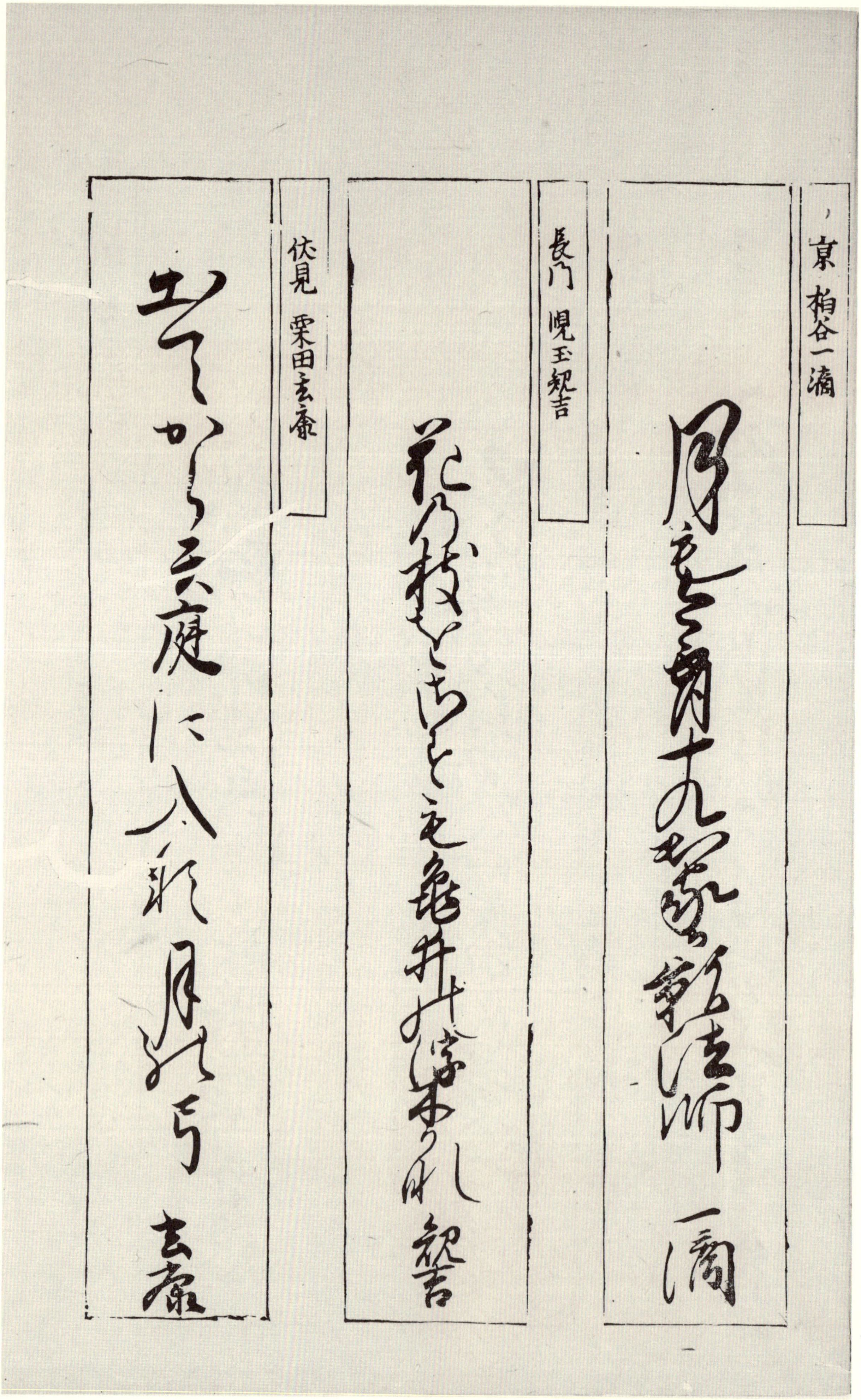

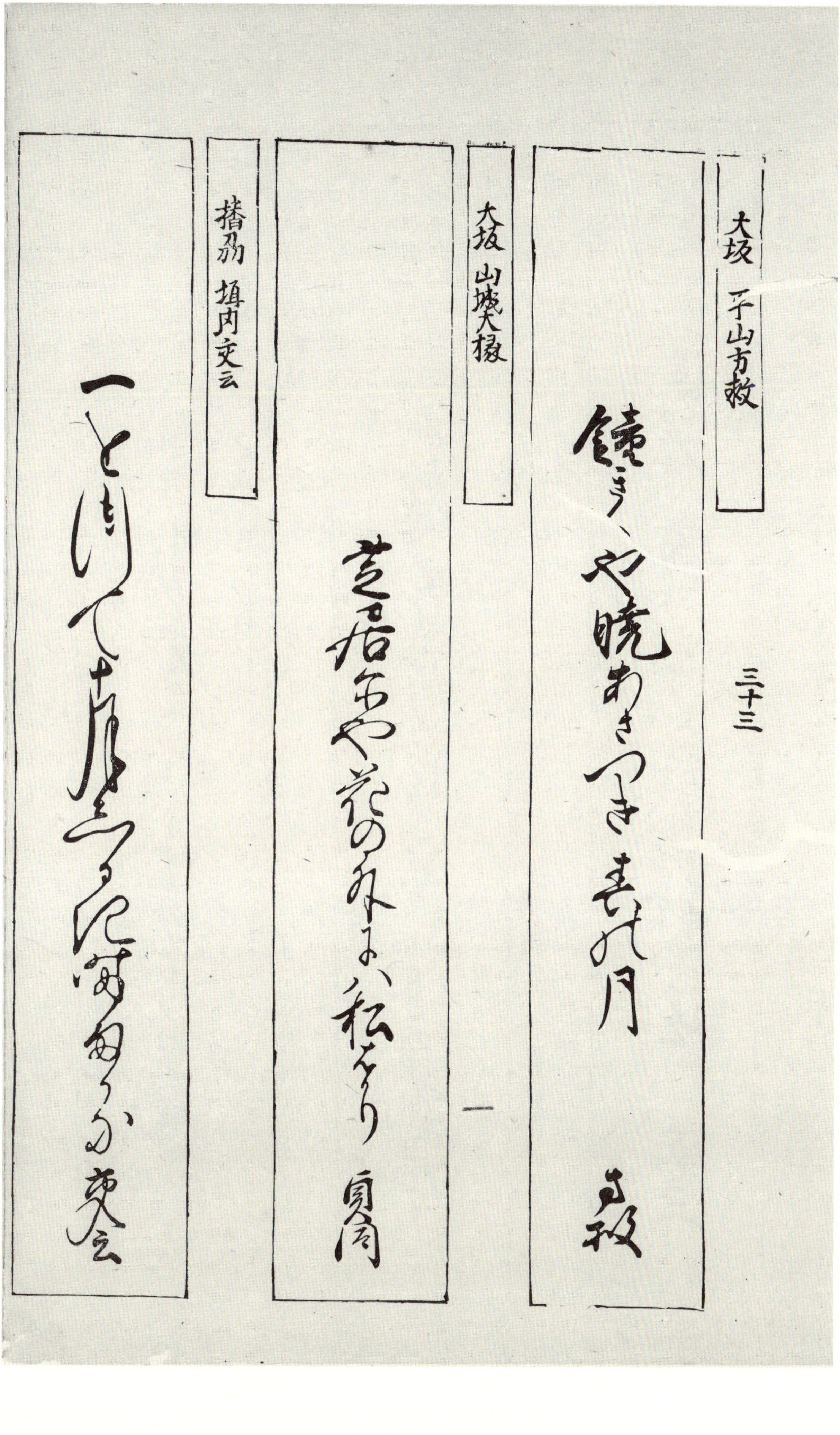

大坂　平山方救

鐃ゝや暁あきつきまれの月　方救

三十三

大坂　山城大掾

芸君子や花の外には松なり　貞因

播磨　塩内交云

一とせいて去年つに河めつか　交云

京　嶋本正伯

二十九ていさゝめつ七日今日　伯

武州　板橋金剛院

鐘きく中ゝ関くるし寺乃花　恩真

京　奥西友三

碁石とおもへするはかれ代乃春　友三

大坂 井原西鶴

元禄六癸酉年八月 三十四 死

只の時もしれ八蕣と様じ
西鶴

堺 藤井遮唐

光陰や離朱の枝乃金壺銀
楽社

大坂 平野仲安

手花鶯つ出くるふこもくれ行葉
俊松軒

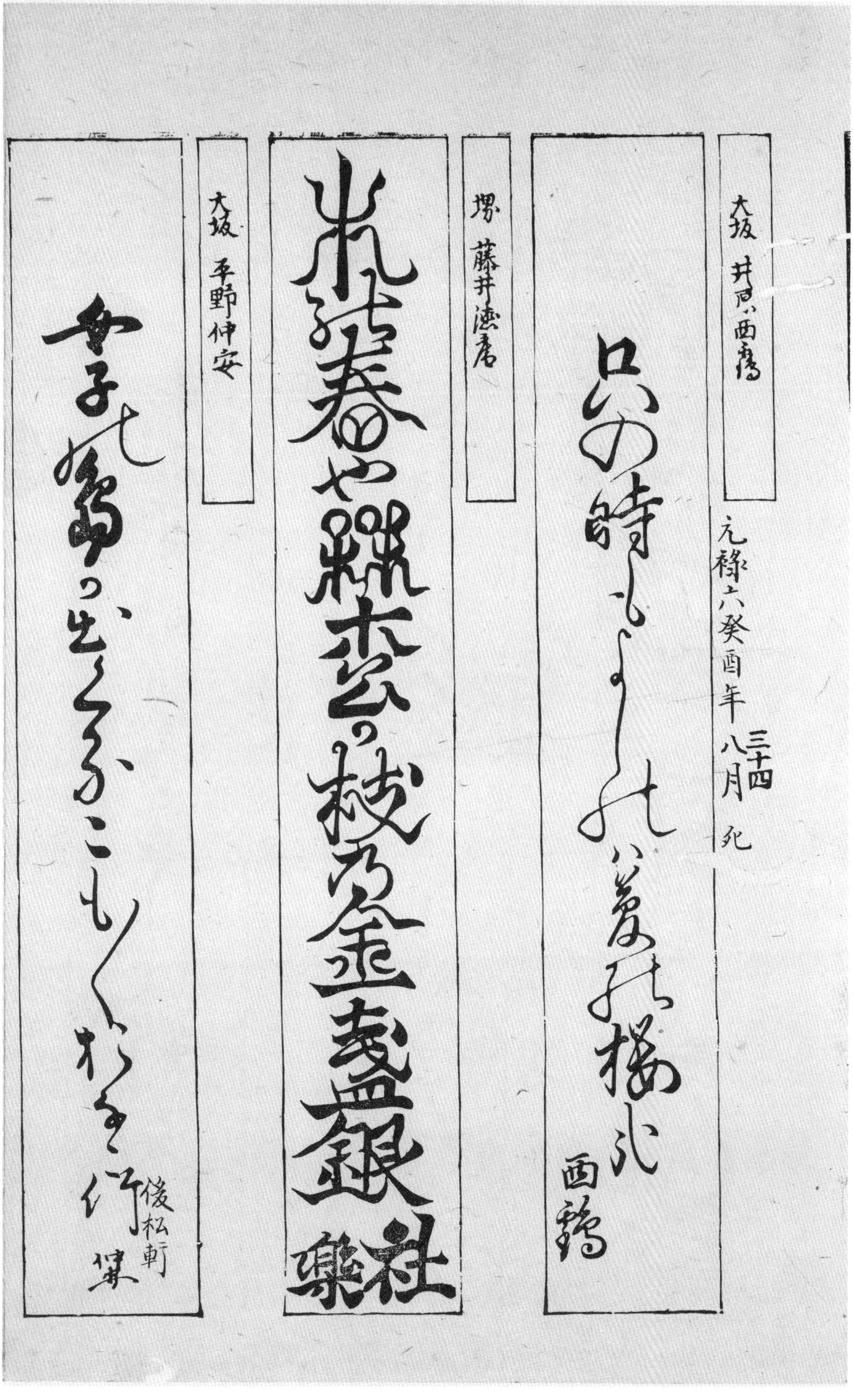

古今誹諧手鑑　三十四（ウ）　由貞・蝶々子・悦春

七四

大坂　和氣由貞

初鴈も母もろともにし給へ　由貞

江戸　蝶々子貞宣　神田

花の酒くむくむさめや雲の種　蝶々子

大坂　邑田悦春

うぐひすや江戸きう大坂路のつと　悦春

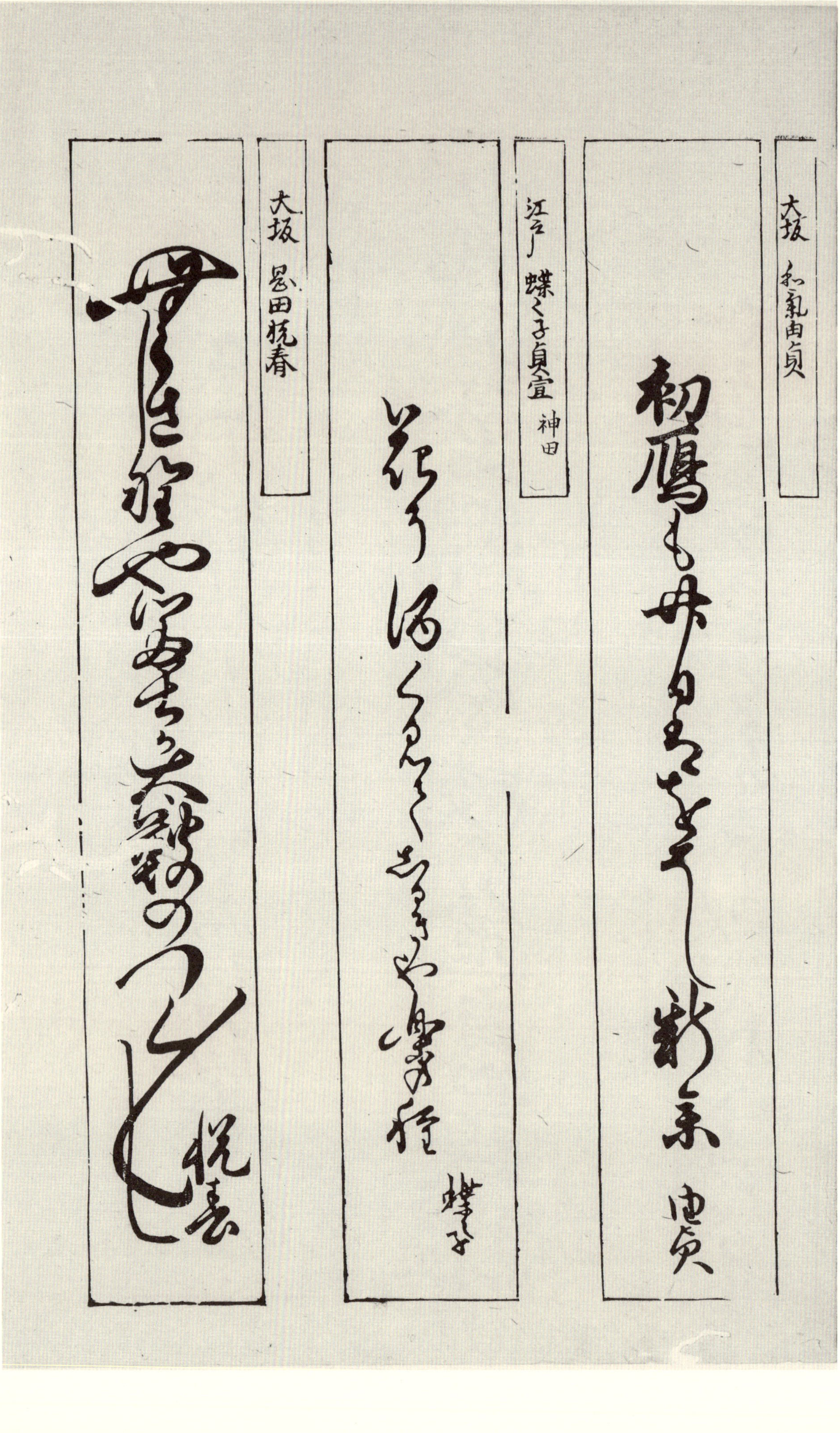

京　木下貞盛

名月を見つゝもぬけふ貞風　柳
　　　　　　　　　　　　　　　　　　　氏

大坂　山口清勝

萩の野や今ていすけ草□□
　　　　　　　　　　　　　　　　清勝

京　萩野似船

九月十三夜
名残惜り　先の月うつろ
　　　　　　　　　　　もうや重ひ乃影　似船

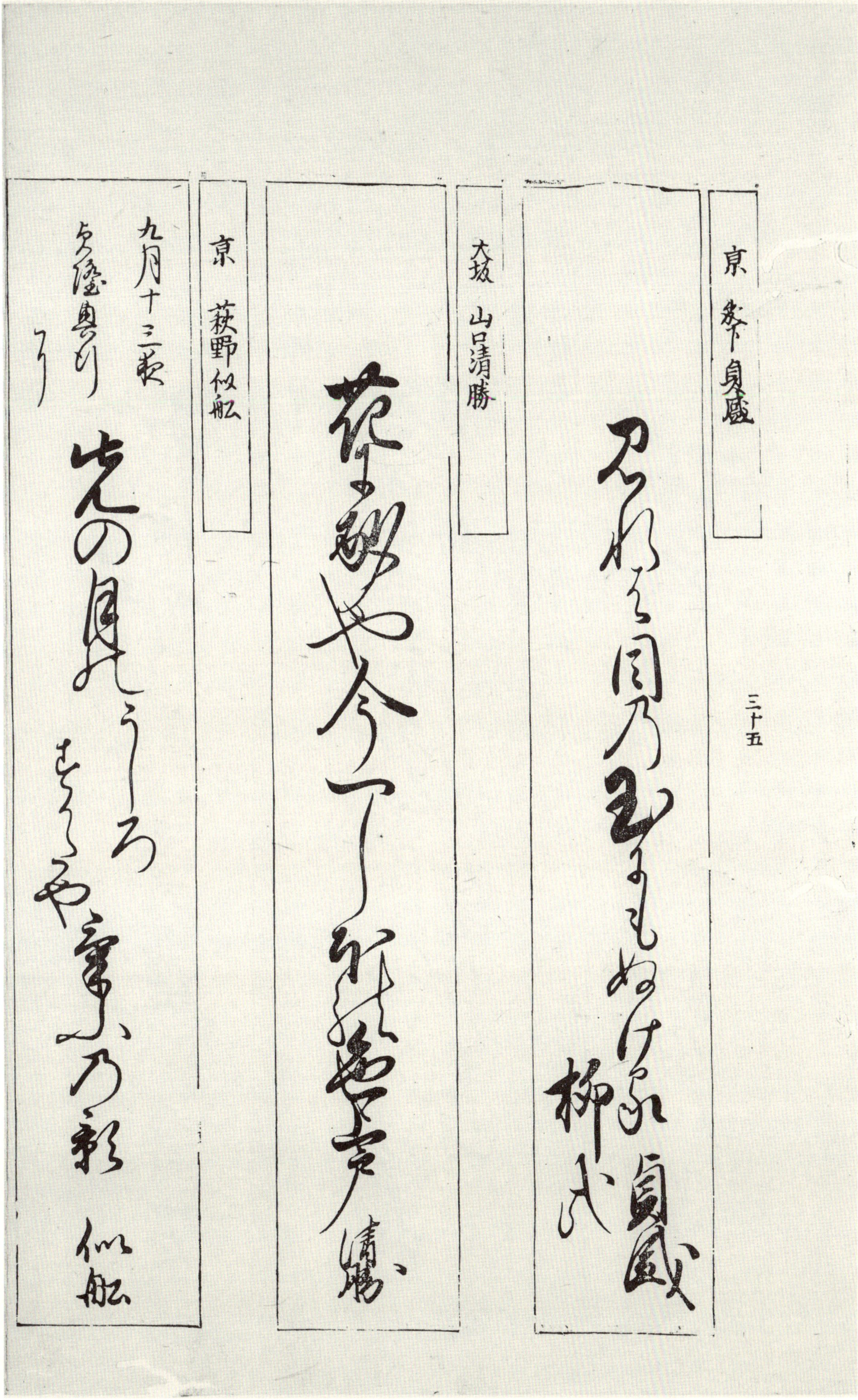

江戸　駒井加友

秋風やきゝへ入て二了破

加友

大坂　平野治平

色はの霧や紫にかへやしくれ山

治平

京　住俊秀

大佛　餅屋　野々口門人

桜見や草はゝのゝ免月

俊秀

江戸一孤斎調和

培庵や以と湯に富士不盡　調和

三十六

河内小山月暮重興

春雨や烟雑り萬花に　重興

京　北村湖春　季重

御歌学所　父季吟同時被召出　元禄十丁丑年正月十五日卒

むかしまた隠者にものゝ閑野菊　湖春

大坂　中林素玄

娘火のほのかにちよ飛螢　素玄

京　田中銀竹軒

をけ見くもしみをの飛うう乱　銀竹

大坂　生白庵行風

いうれ吉書花言らえ望　行風

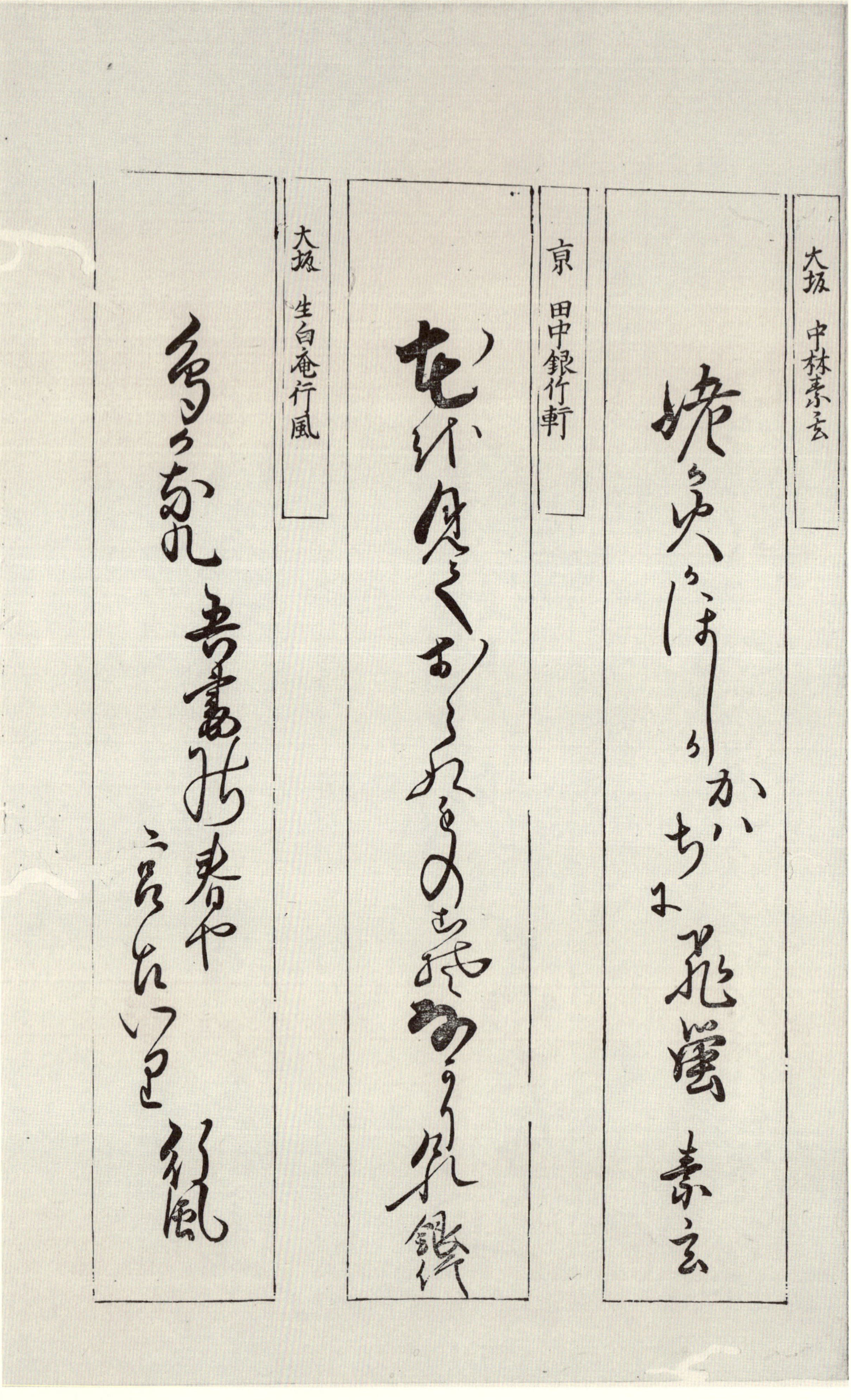

堺　梢引一守

賛姿半孤軒省我

八月十四日の夜
月をえぬ
芋よくさあまち月あち乃月
一守

三七

京六条道場禅閑

料てきあ耳ぬなくら　一三子

尼寺えて
外乃
時宗あて名や塾堂
佐守に庭食を
花の屋　禅閑

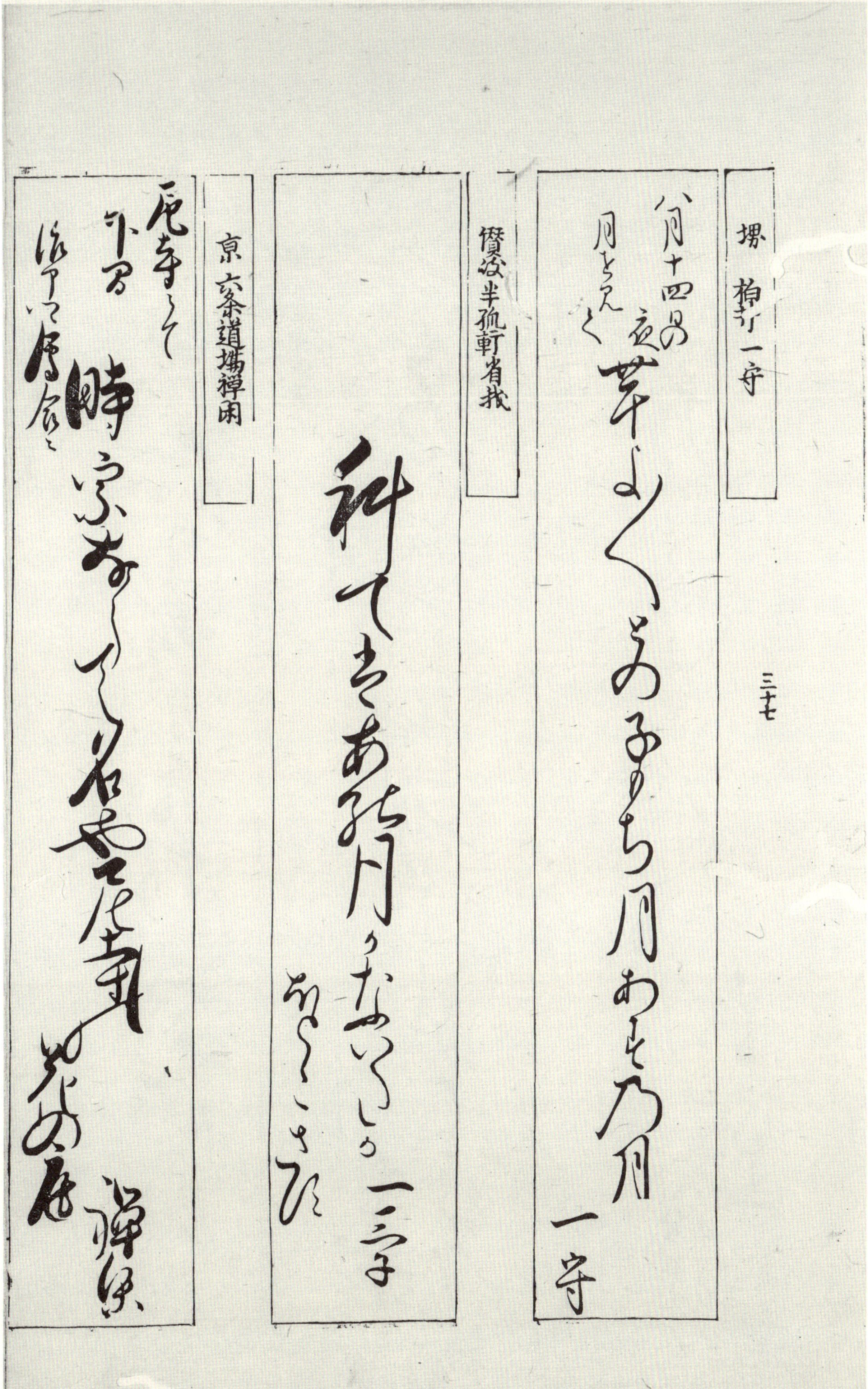

堺　細谷柳枝

大坂　和気遠舟

松よ御らうす打やくたちゝ　成元

夜とやけ齋し冬ふ来　遠舟

京　寺田兵禅

月も母ま果もしっ手や　もるゝ山　兵禅

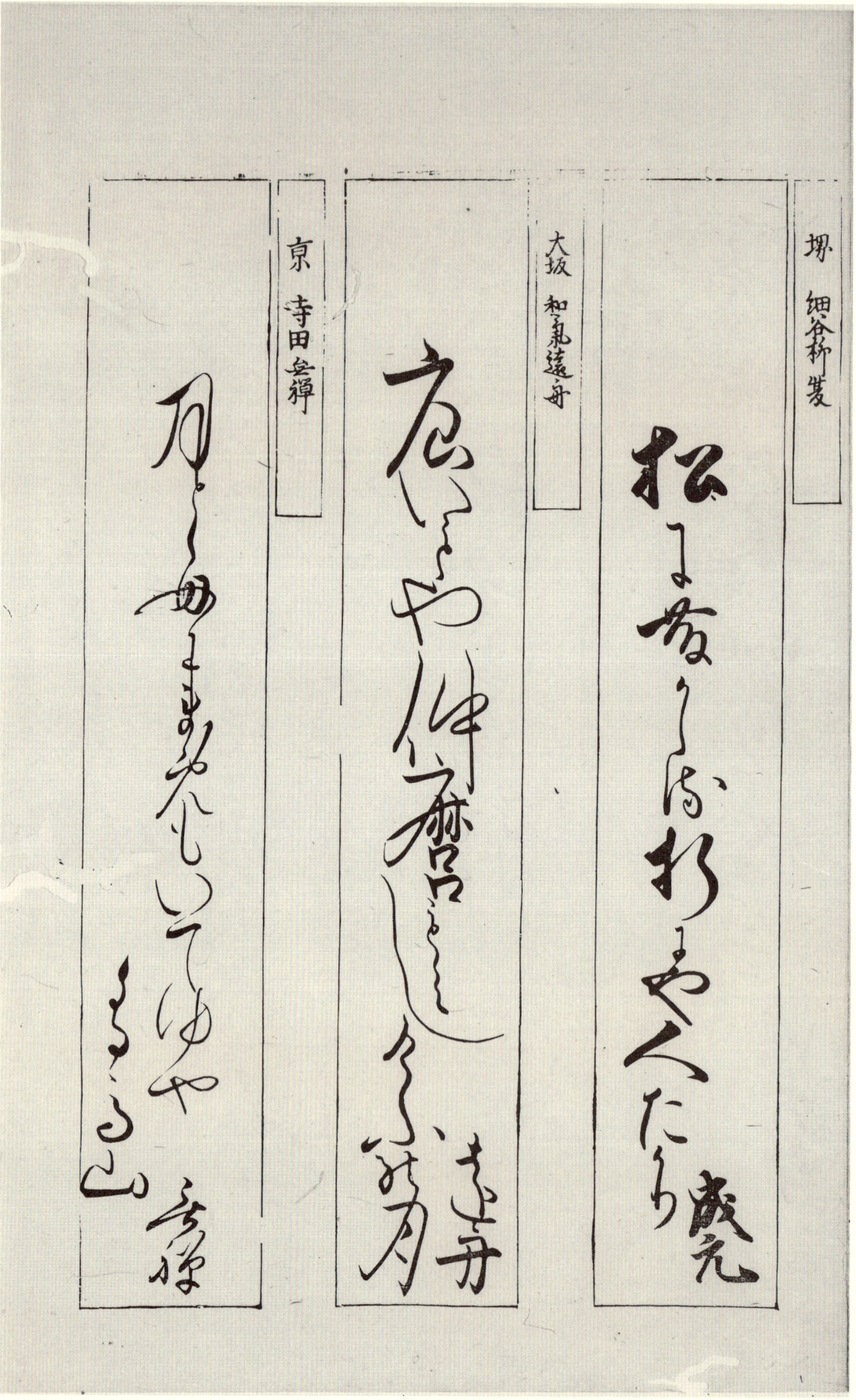

大坂　丁甼秋門亭

三十八

櫻ちふこのしう事よ　事乃風　恕

京　川堀素謙

たえに日思おひけむもつて康な　玉子升

堺　長谷寺秀政

古酒なくくえきけうると　秀政　一永酒

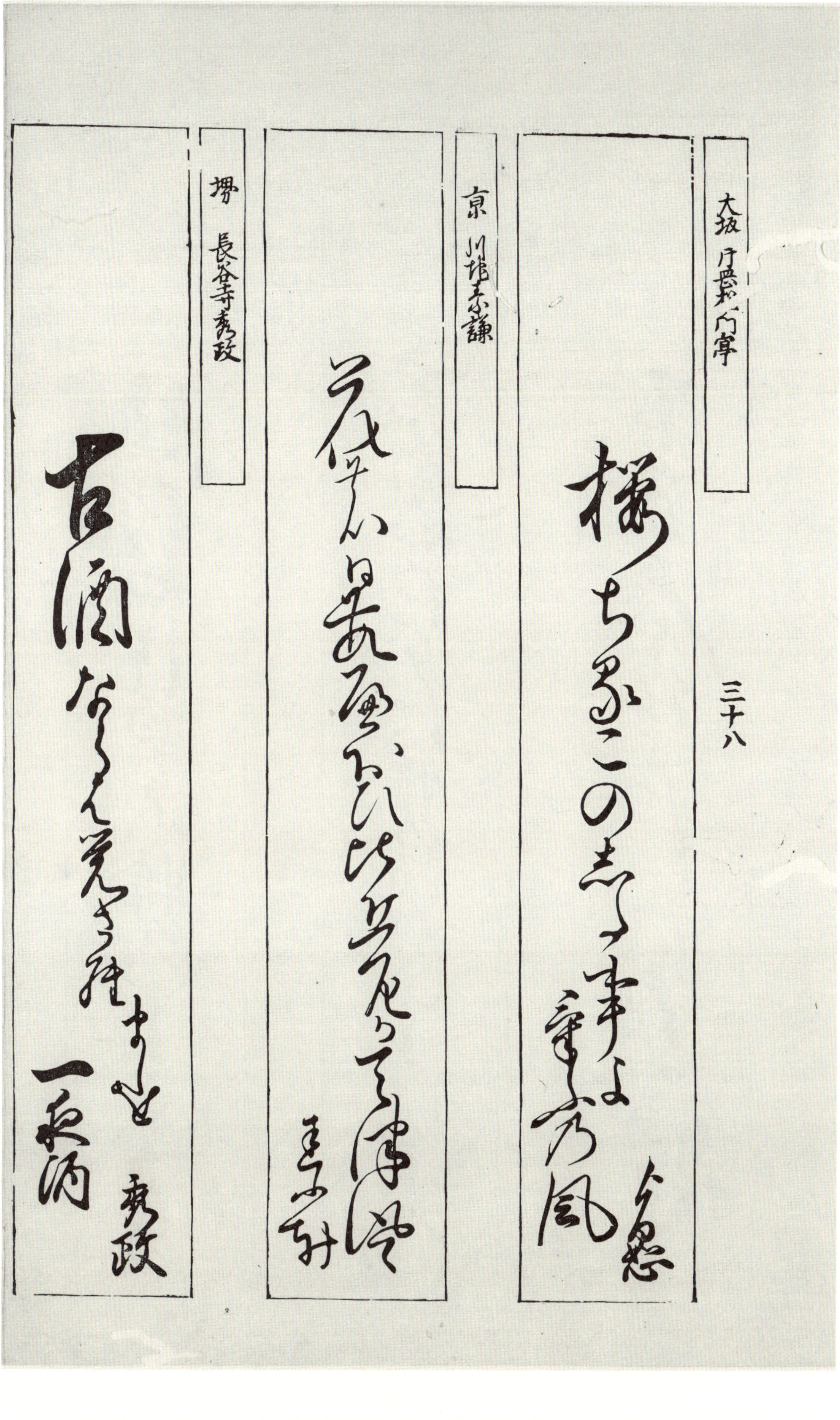

京　住高政

鮨鱠やほぬ入輪の下京高政

江戸梅原卜入

蛋蜀や秋夜に時の酒めひを　卜入

京　住自悦

下戸を念佛になひる花みる　自悦

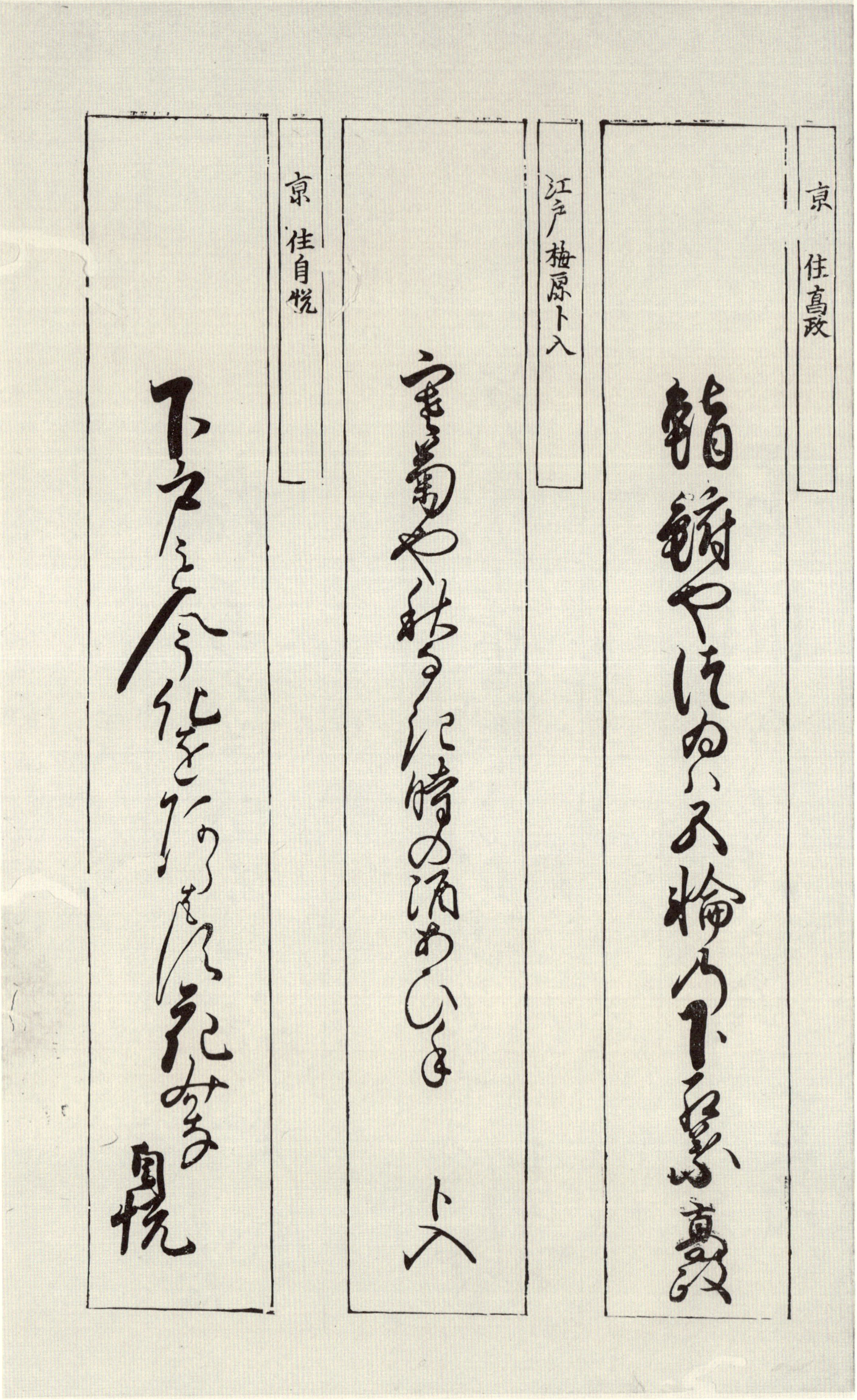

大阪　女多也之

京　住也

ふくやふ
いはゐて

月を山やあらふに
いまさき花ん山

肥前　石井如月

翠をの山を一葉ちるゝ也

みとろ
やまのまるろ
海ひより
め月

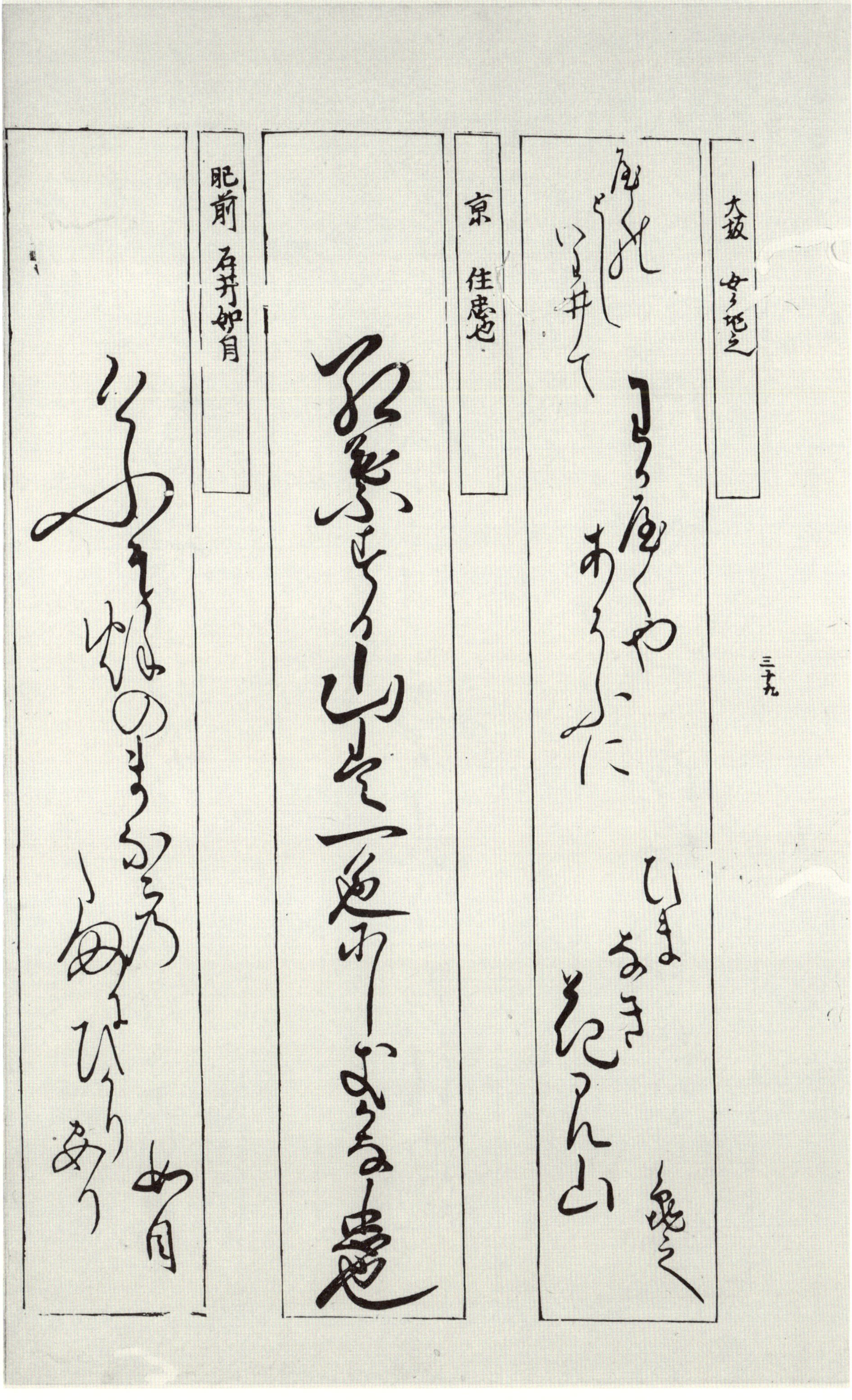

京　中嶋玖流

堺　細川成政

京　伊藤信德　助右衛門

おきつせをかりやどるあまやさむ　勝直

人も汗もこゝろゝも清きや　成政

行々てふどわる野辺乃むぐらかな　信德

大坂　樋口如見

京　葉分軒

大坂　半拾軒

花さけや白幡さくら覧

菊さけのおもしやゑぞめなり　千之

花ちるまてこゝんおくらめ　正察

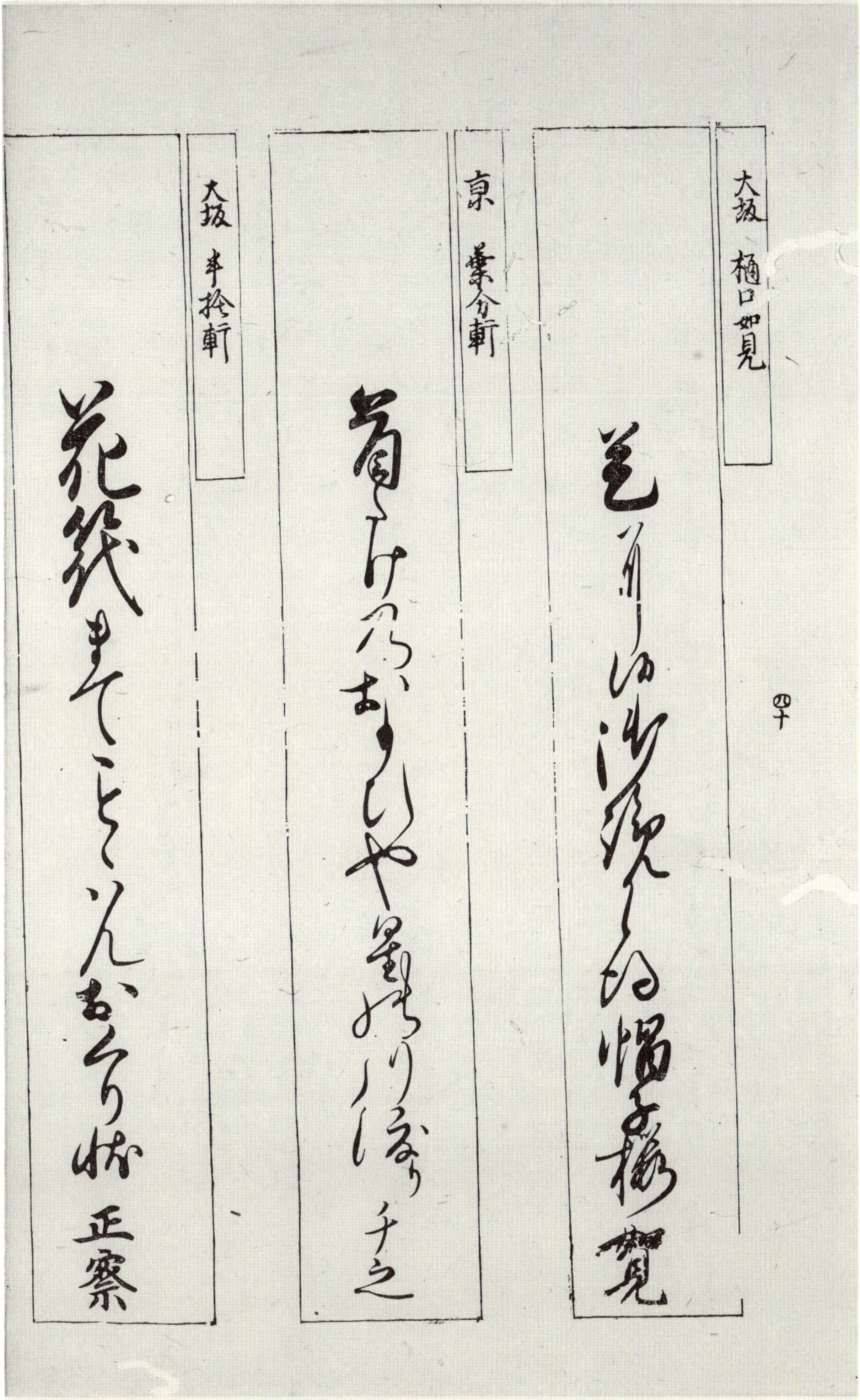

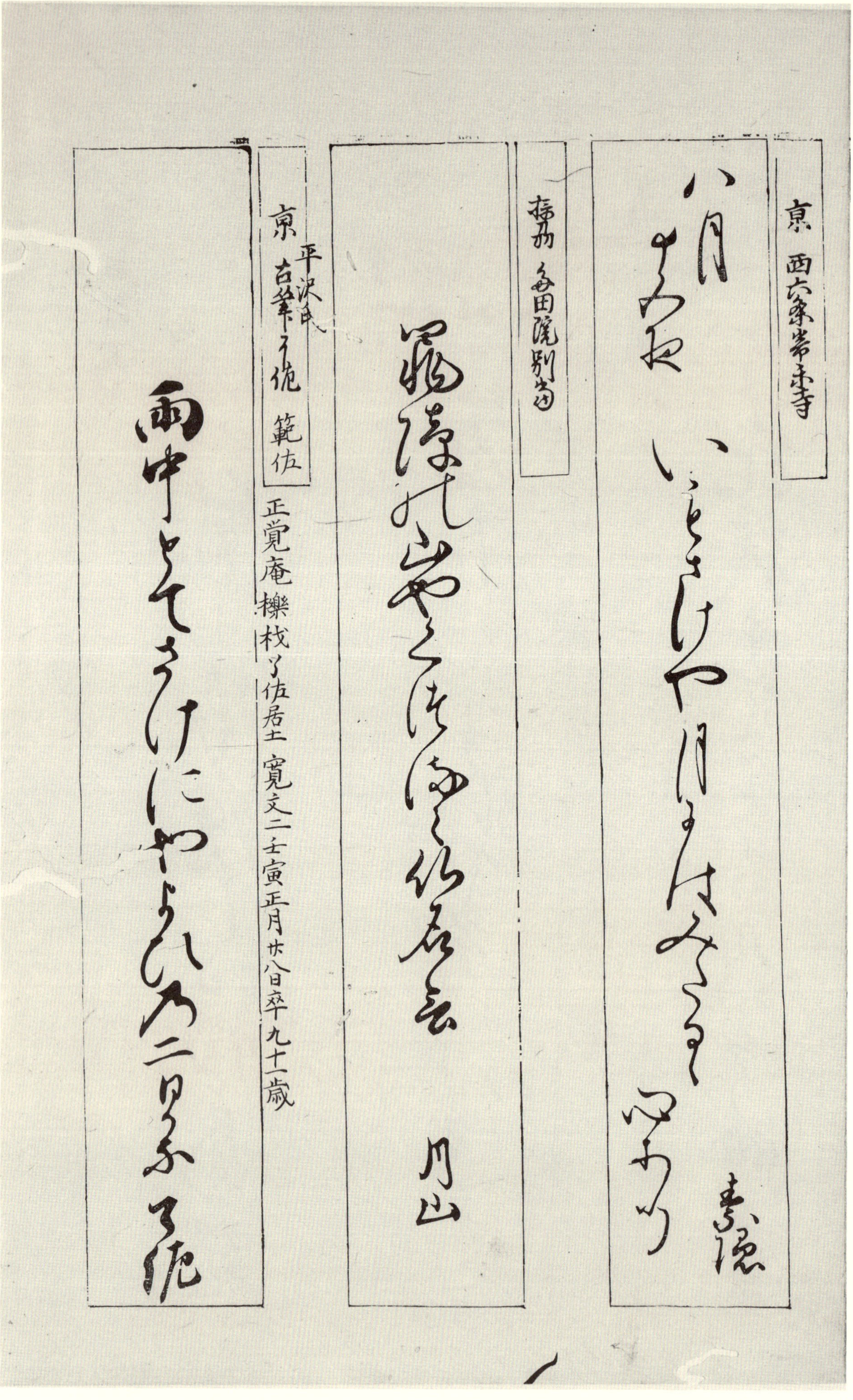

京　西六条常永寺

拂初　毎田院別当

八月いまきけや月はまみえる
　　　　　　　　　素隠

露深きやくすけ侍る会
　　　　　　　　月山

平沢氏
京　古筆了佐　範佐
正覚庵櫟枝了佐居士　寛文二壬寅正月廿八日卒九十一歳

雨中とそうけにやらん入二月ふ了佐

大坂　牧印一得

四十一

月も年もうかふや霓

美濃　墨田艦玄

うをやをのゝ糸緒乃苜柳　墨

大坂　梶山宗吾

菜あらうそしてしみ／\保友

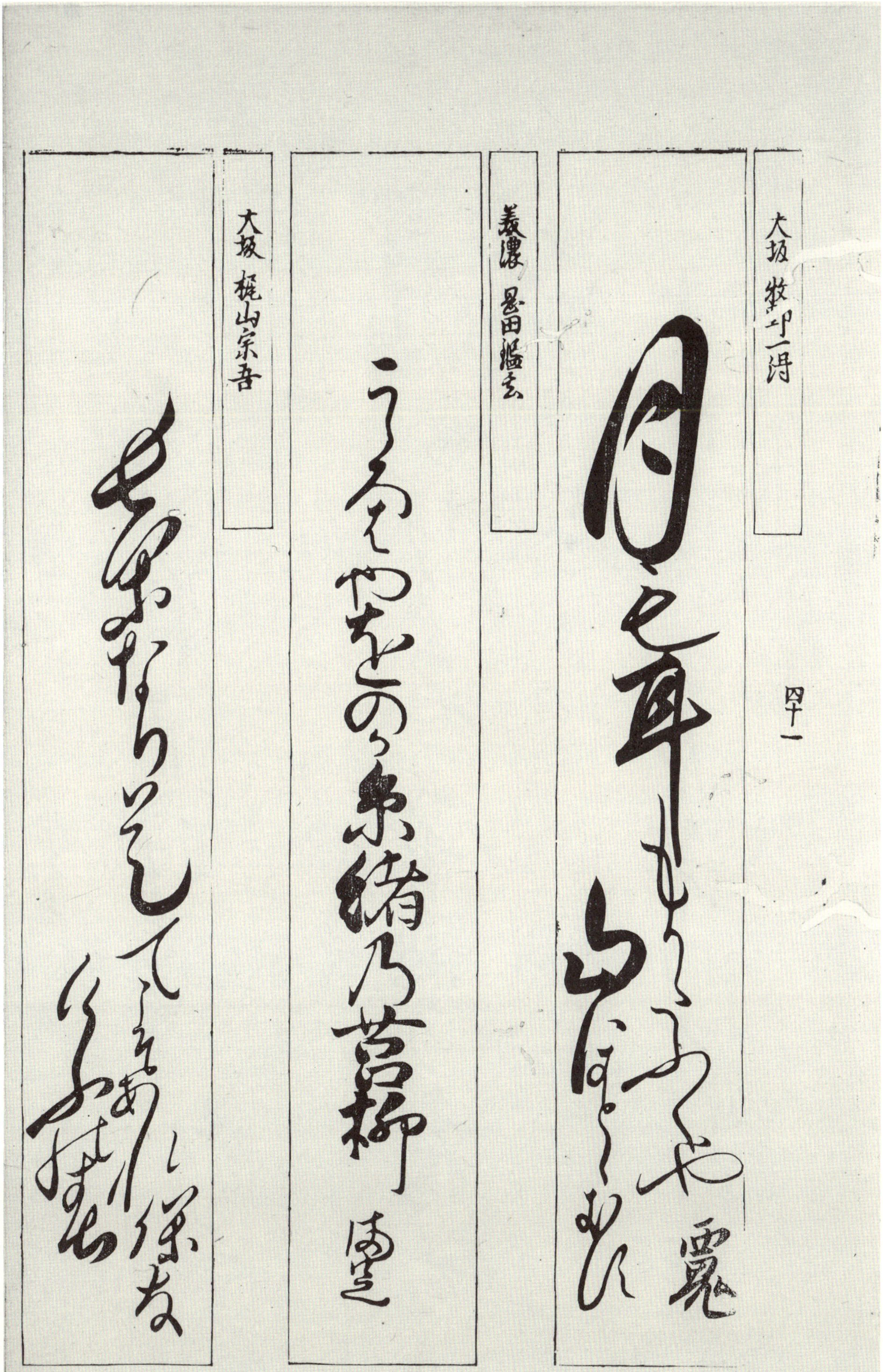

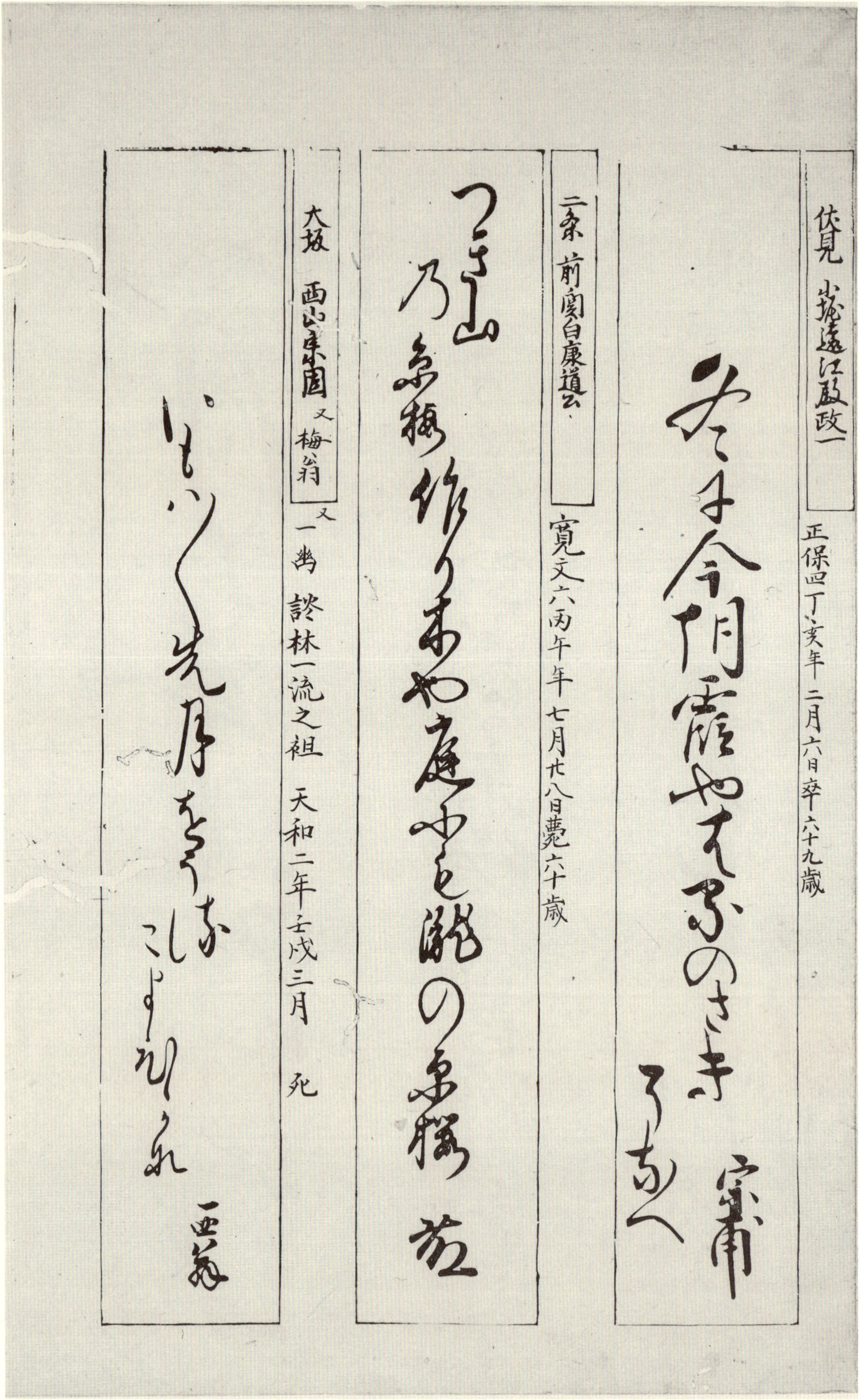

| 伏見 小堀遠江殿政一 | 正保四丁亥年二月六日卒六十九歳 |

そも今朝霞やたふのさき　宗甫

| 二条 前関白康道公 | 寛文六丙午年七月廿八日薨六十歳 |

つき山乃無穂作りまや庭中を瀧の舟艘　茫

| 大坂 西山宗因 又梅翁 一幽 談林一流之祖 天和二年壬戌三月 死 |

ほとゝく先厚をすれこしよりぬれ　西翁

続古今誹諧手鑑

わ 78
43

天理圖書館
252331
昭和廿四年拾壹月貳拾日

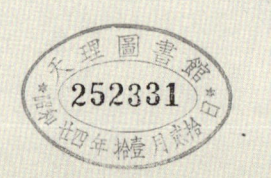

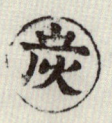

丘冥の中頃三万三百乃西鶴撰ひおり連
誹士後を続茂久高如帰馬漉俳者乃
色體さるあり挍の浪末柚如ての飛雲
きれふかり善ちふらめさるに
きみさめめこれを市築の別冊習い
冬みを言罪寒り六人毋ささめ作くる
剏ち京如田舎し遠ちもうき震もか
母母源達ちも保い意也なもいて純一か

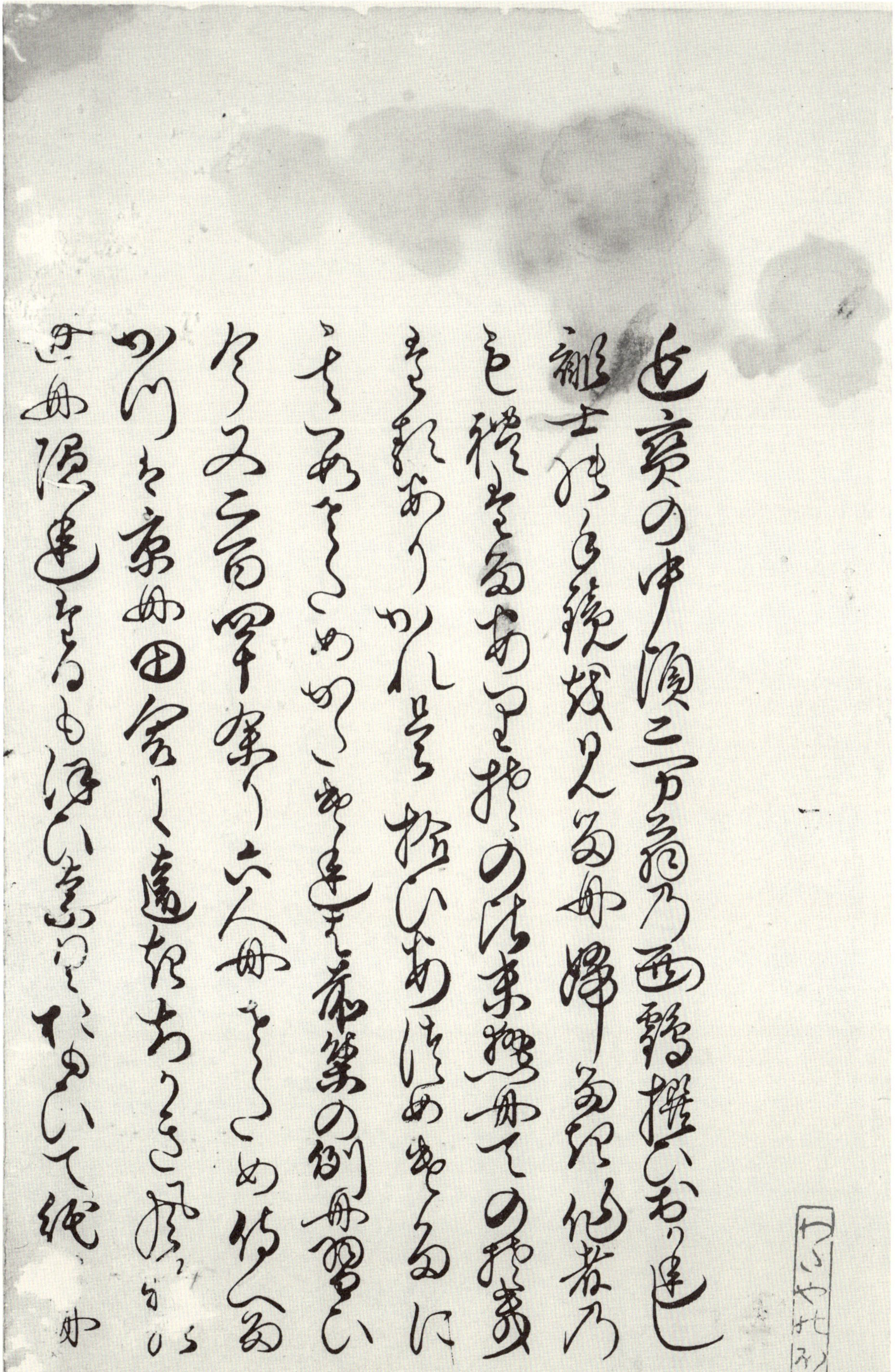

取ハ一道に継たる作人もあり中にハ
取流行をとられしたやうぬなとゝ又の撰集
あつまほし見えて我をも道偏の撰あき
筆を得ぬ作もなれ此あまつさへ此集思ひ
立て移るやむ事をなと得しして誹諧
を続撰集となすもの意趣し

元禄十三庚辰陽月上旬　佐倉笑種

青蓮院殿尊祐親王

近衛殿信尹公

京極甲斐宰相殿

はしたかの月乃夜さやぬきあひに　自

かれきもちらぬ雪のうつるふ　杉

夏来てもすみにくゝ都のこ　云奴

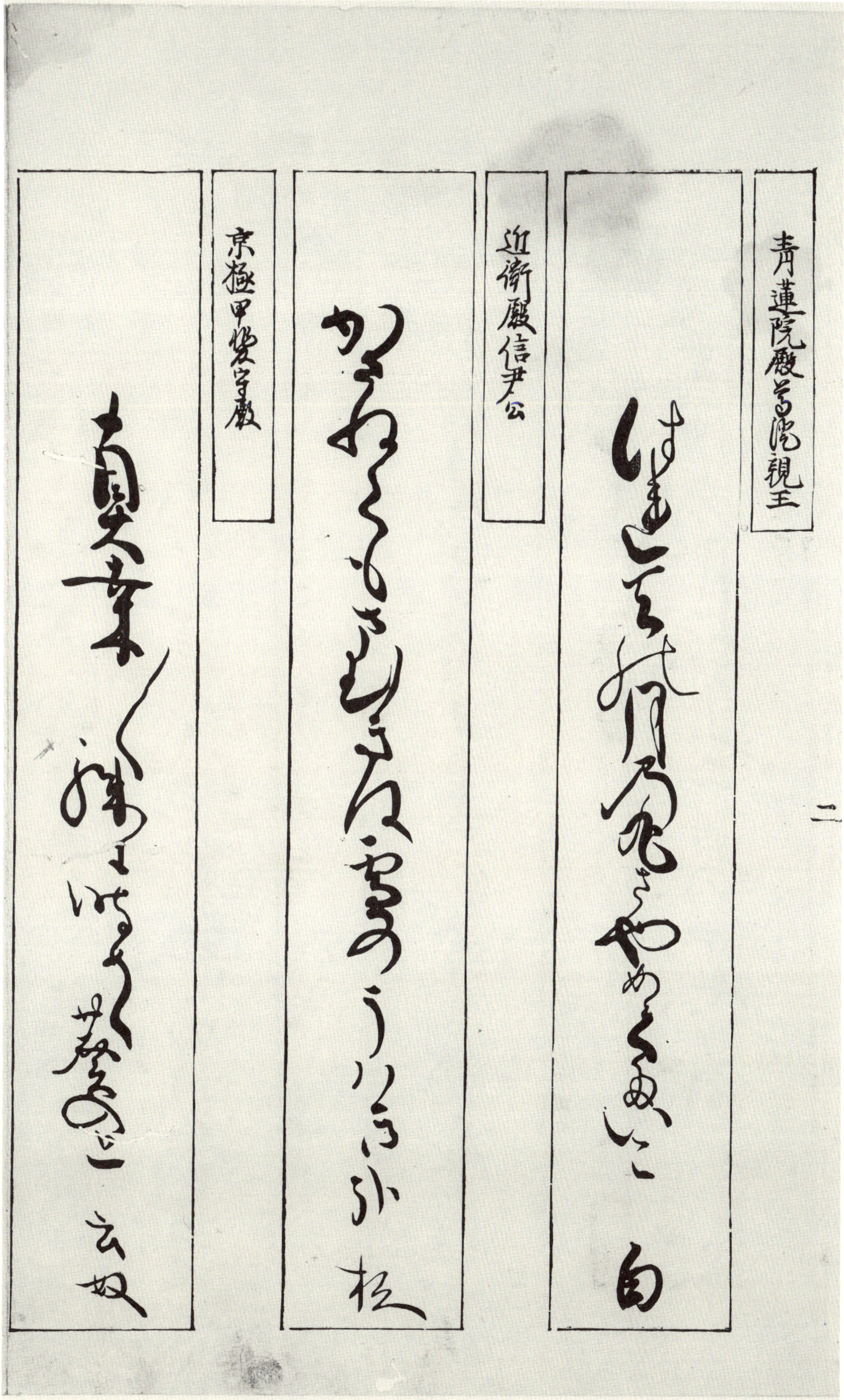

続古今誹諧手鑑 二（ウ）云也・昭乘・日如

九八

昭 半井云也

八幡云樂坊

京妙湛寺成就院

あむすてあられぬこゝりへや　云也

かけうつる月し鏡そ川の底　樂

祖師の月さゝ三月の尾う水　品

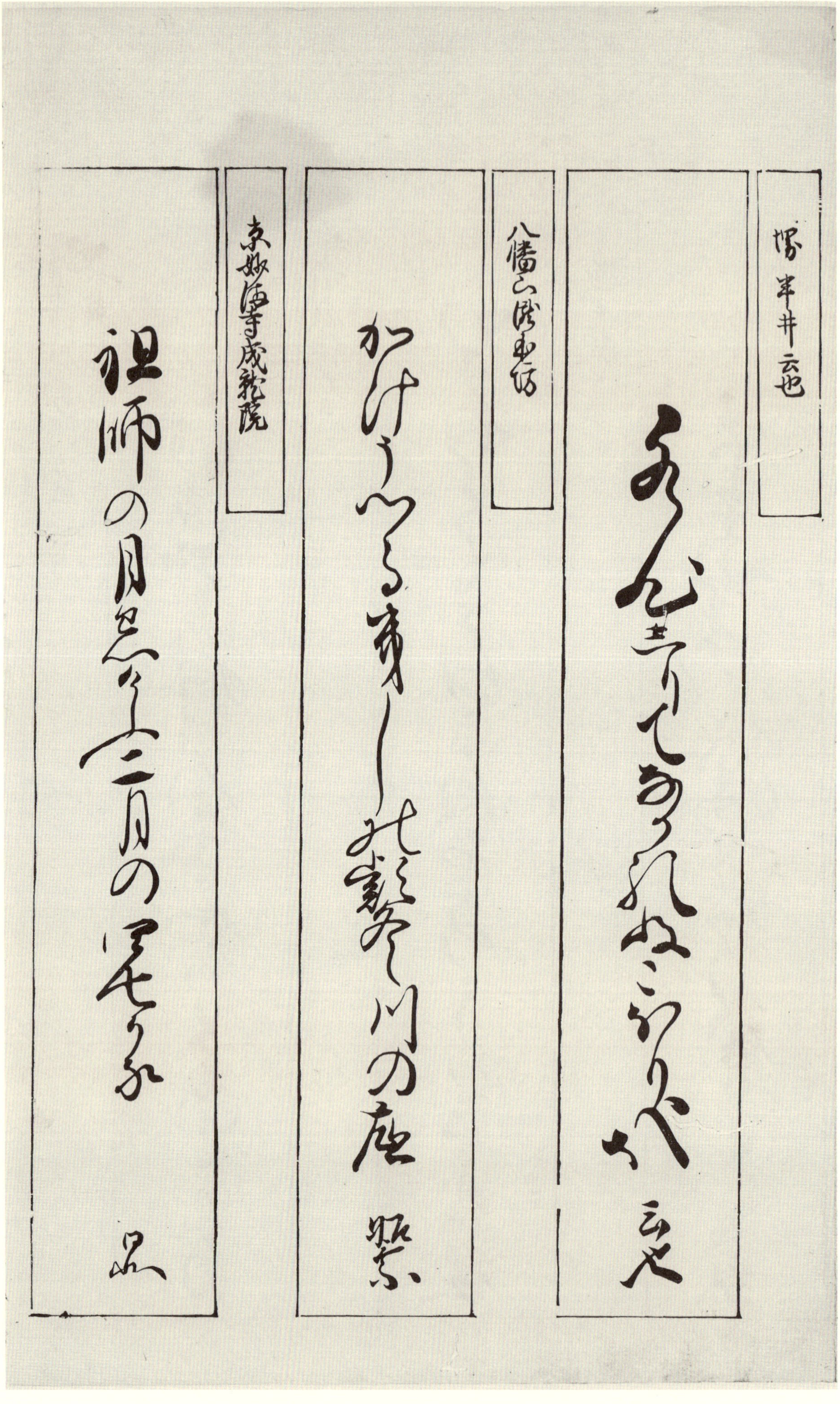

京 萩原雲堂

玄孤よの夢ぞしやあるう雲堂

京 萩原照星

螢の動きる篭ぬひ〜きみ 照星

星る法令巾

年男女もとよく誠筆作 令巾

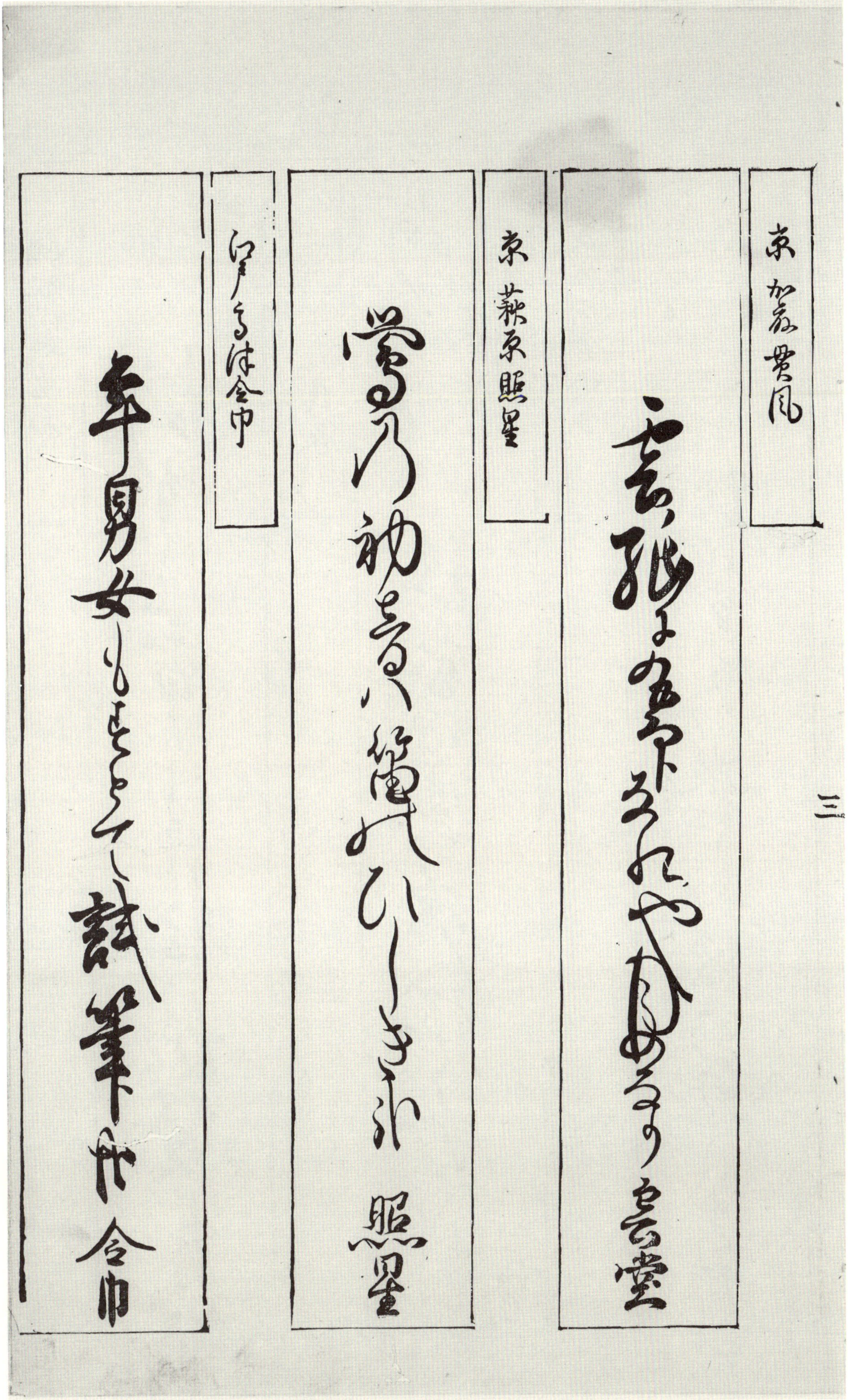

比叡山無量光院

橘もこそ香り龍く机後喜山

遠州森信長

斜人此雲まゝ
座を
蕙蘭分座や頭へ此ちきへ利
清長

京住居金休音

枕にもひ乃水や鉏波ろひく休音

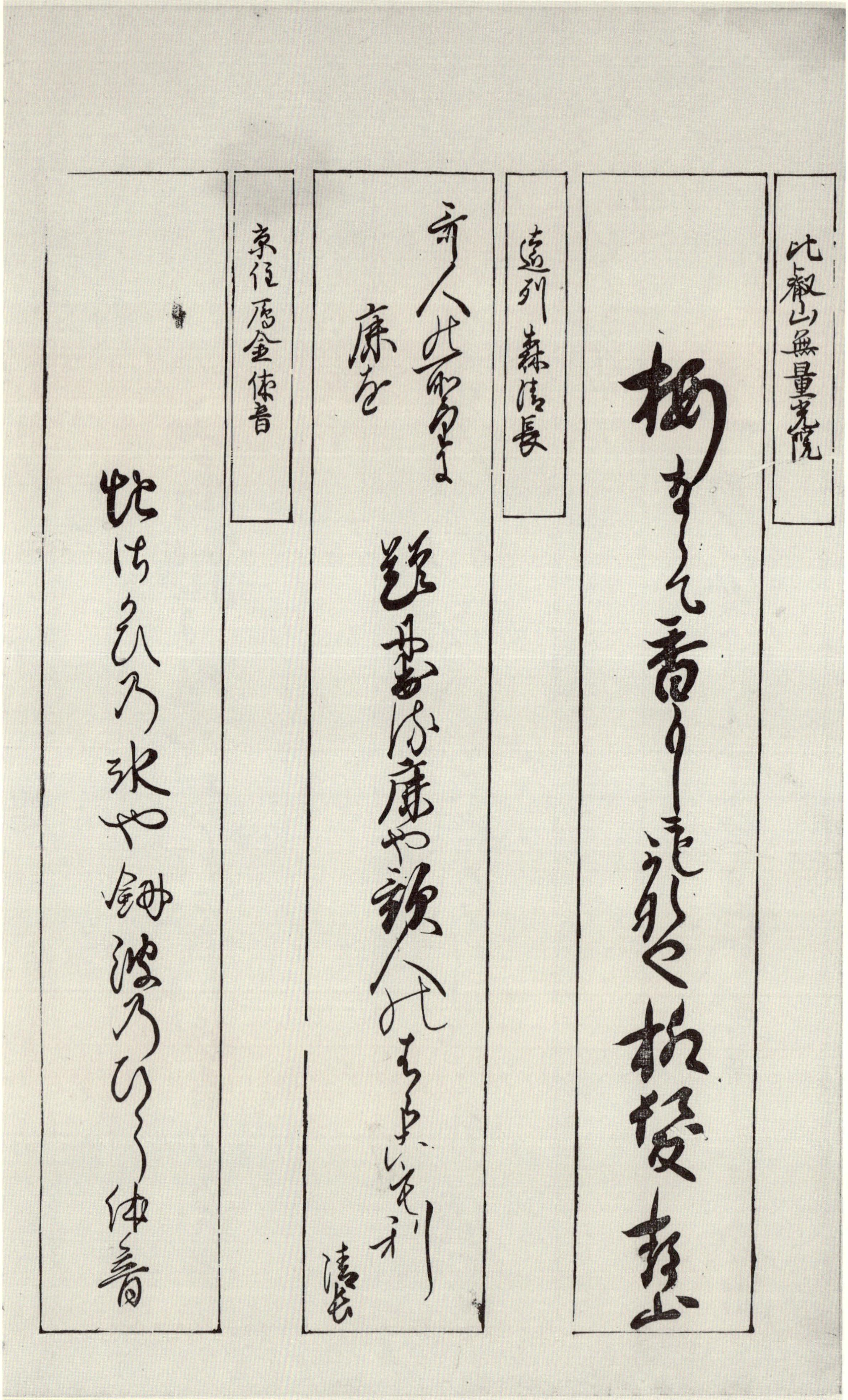

駿河久能徳窓

京大智武門

京柳原正房

三井寺や古入合も花の春　徳窓

いろ／＼に紅粉まうせう梅花哉　武門

君あやめくさ月見れぬら海　正房

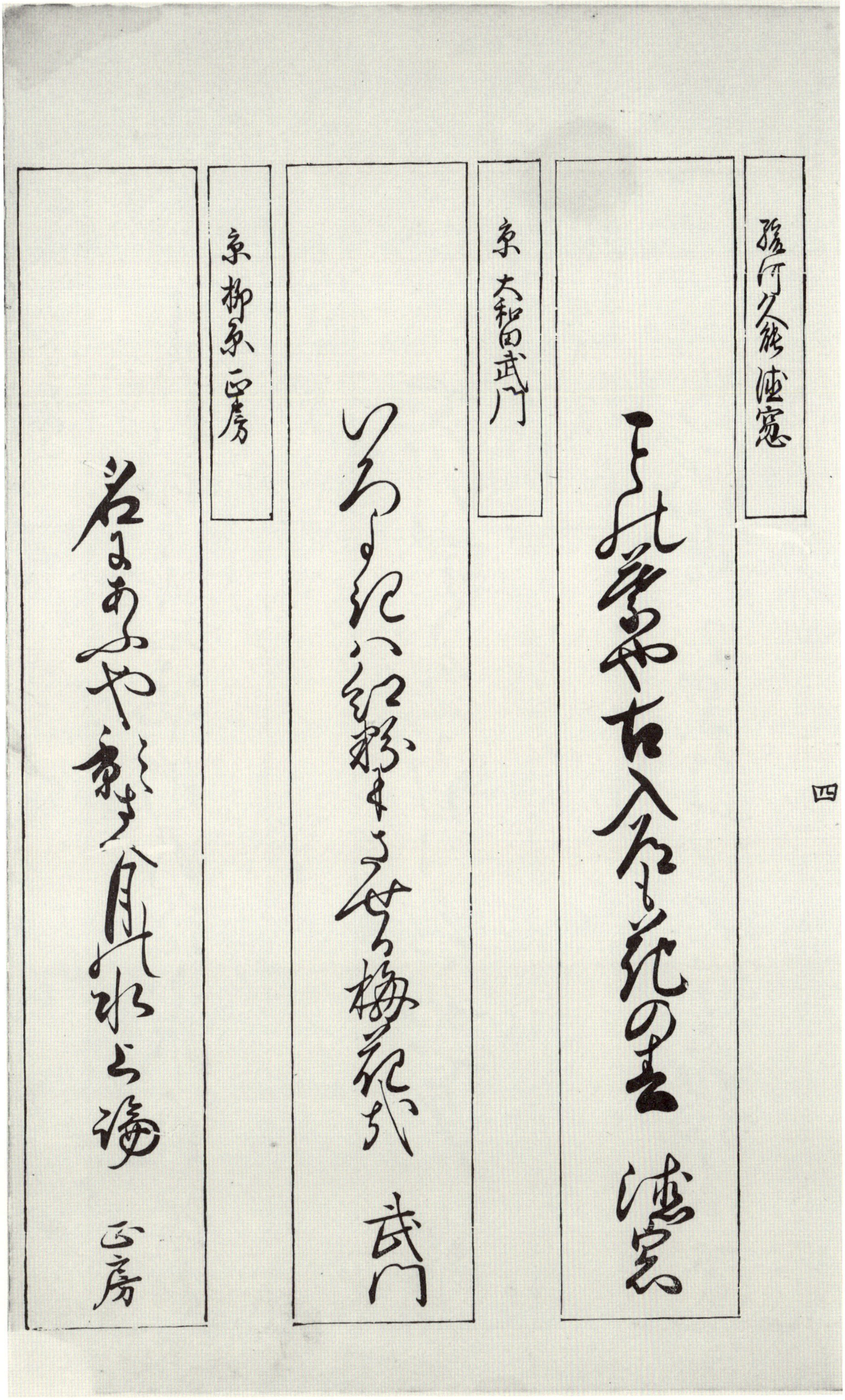

京　宗祐

かすみふつや脇乃をそ小姫瓦宇都

山崎住卜琴

うめちるかりしやなせ夕琴

堺硯氏一武

浮世うるあれ去ほえ郡玄武

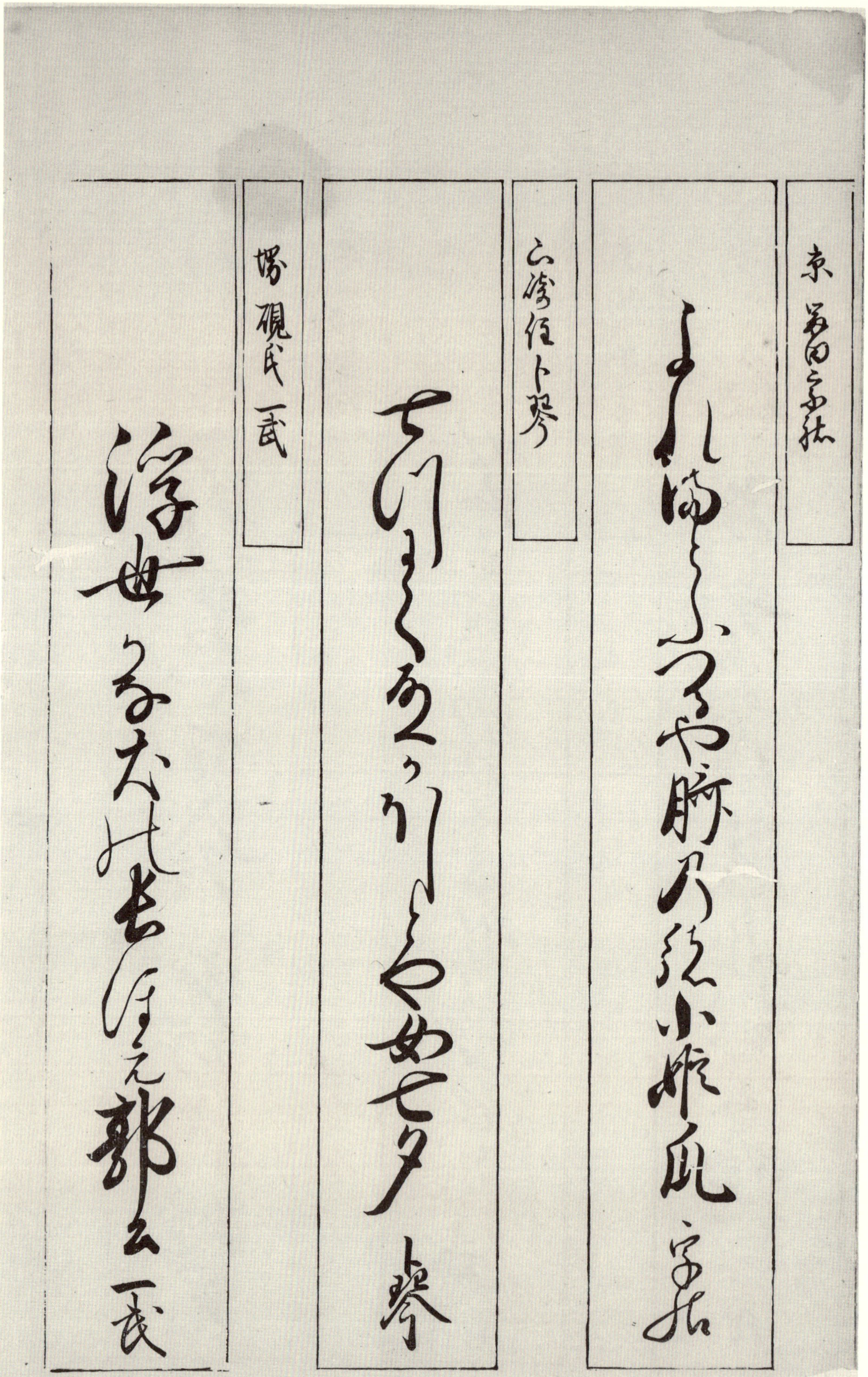

大坂太平伯貞

平野伯東名実

江戸岩田乃有哉

大悲いまも板つる祭うり 伯貞

この祭乃種や誰はの
梅乃きえ 寸斗

荷葉し虚尽愚やかつ花
有哉

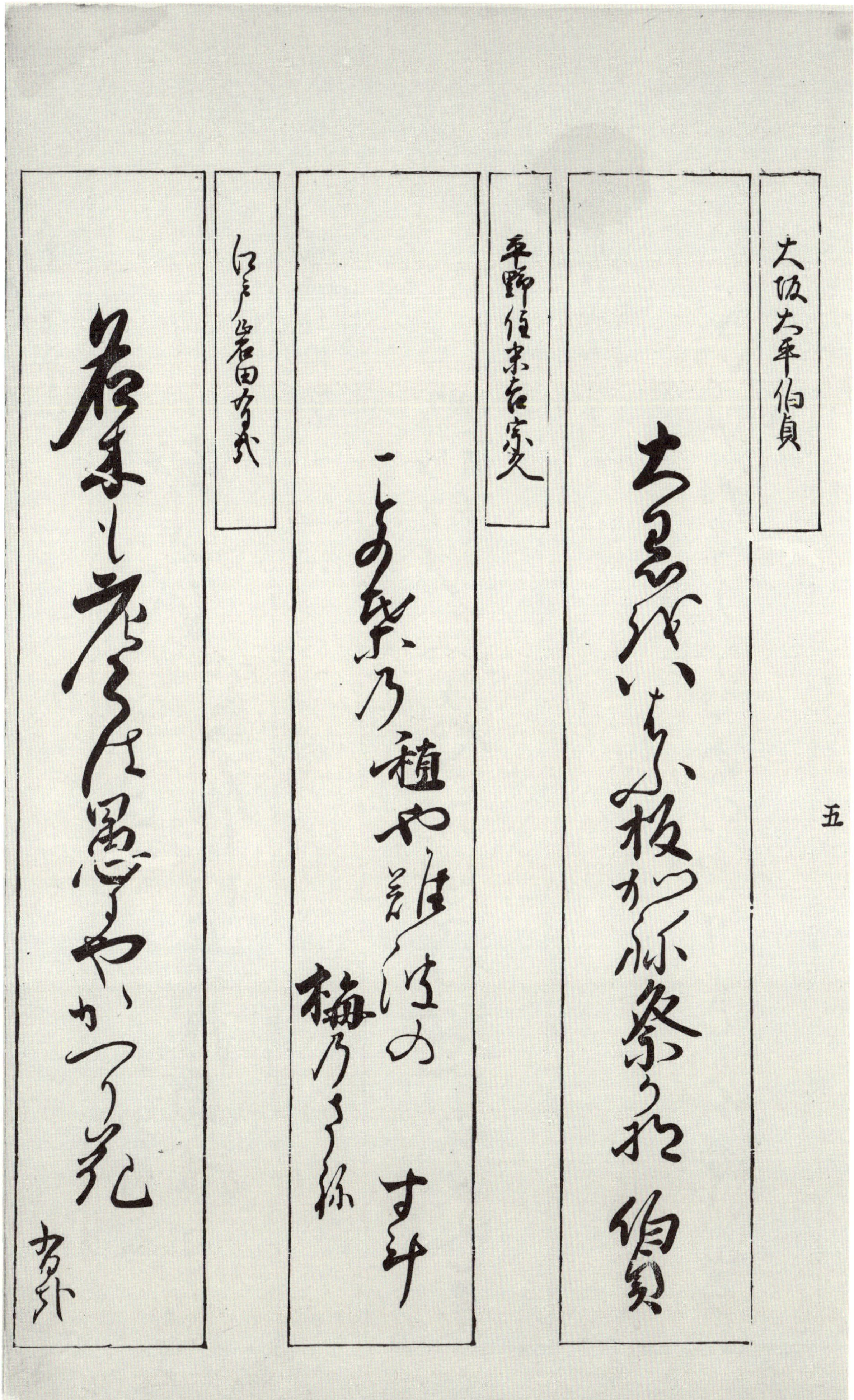

京　平尾幸以

都方衣笠不きこ五月雨郭公　幸以

摂州住　内山一イ

難波の今宵もくハらの乃秋の夜也　一イ

肥後宗雲寺山石

うつ戸なくぬるも夜の名ハしともるる風　山石

京　八千代

尾州　加藤村俊

勢州　松舎武因

うくひすもいそかれぬ月やちよ

落花三五ありて此暮乃すか村俊

老の身の月金つりさう志武因

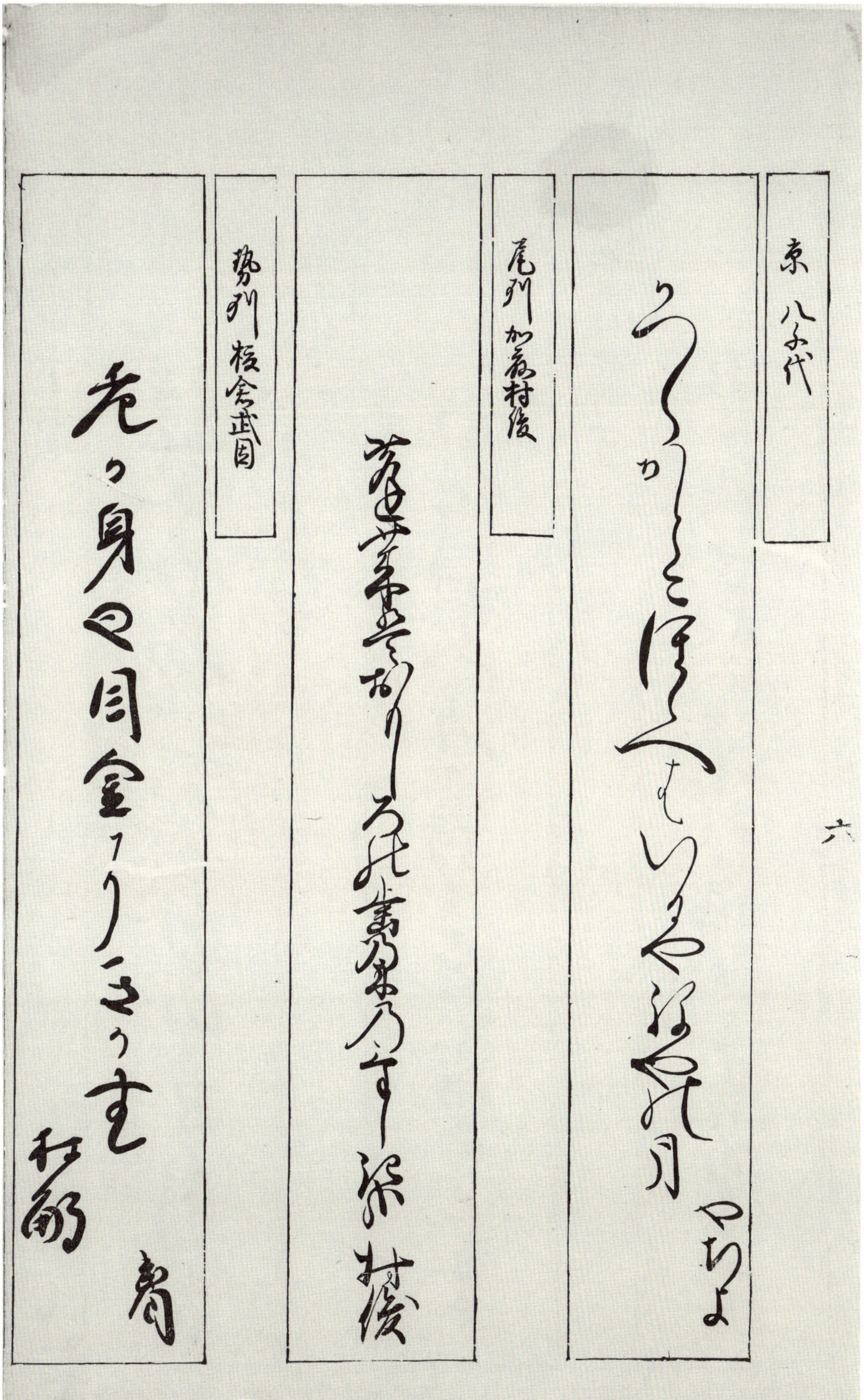

大坂 伊勢村次良

経冊や柳み祭うひにみれ次え

残ち乙川云ホ

計そうれ吹ら日よ滞るとふ董 云ホ

伏見住中野一直

あくのせねるを峰れ出やゃそれ菌る 一直

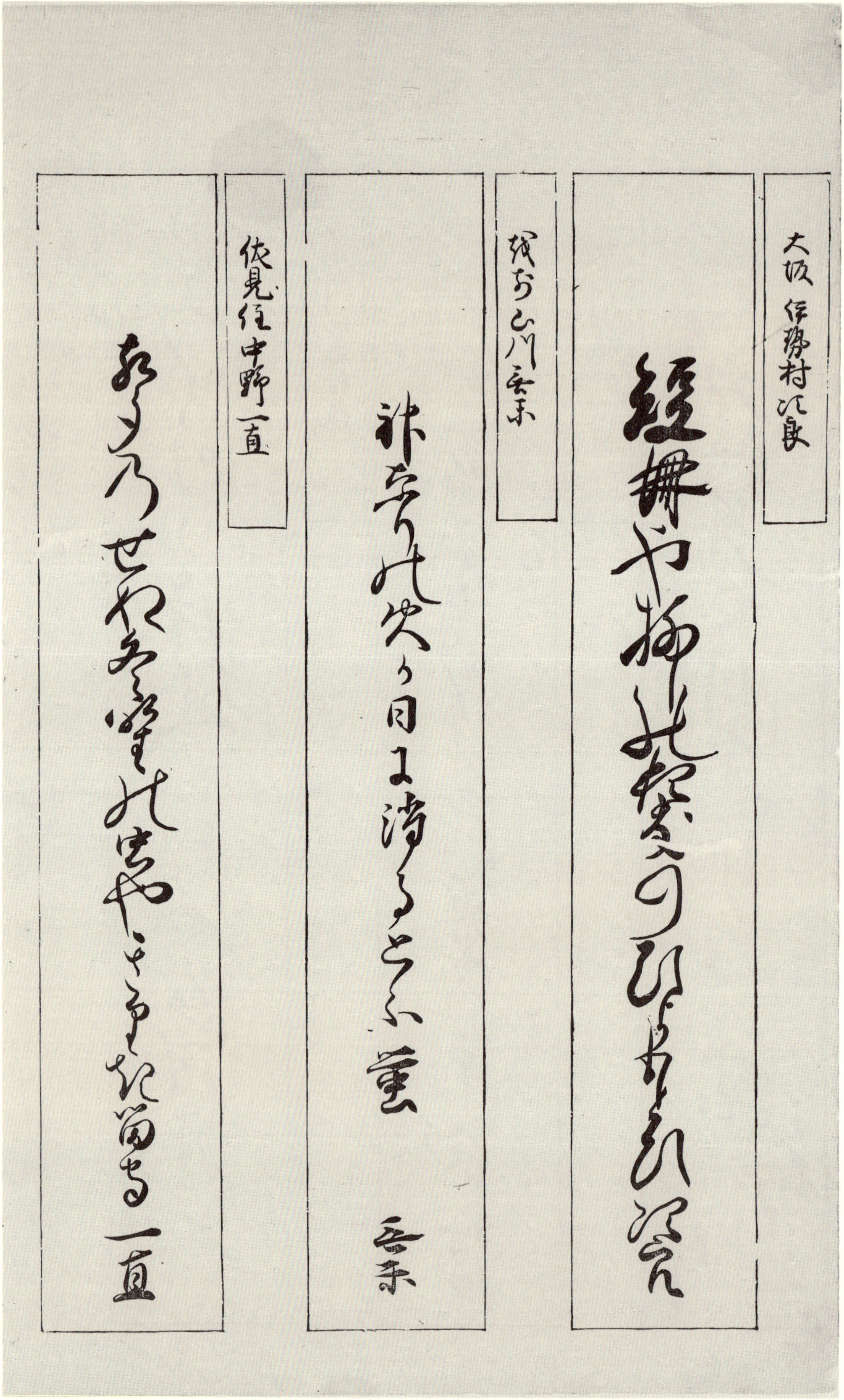

江戸中村正立

御門を

あらましふれ去る鞘図画
所

　江戸松尾定用

月節に記るくちをうつれ
定用

　大坂武野俊佐

秋まつ享月仏乱書多知馬儀

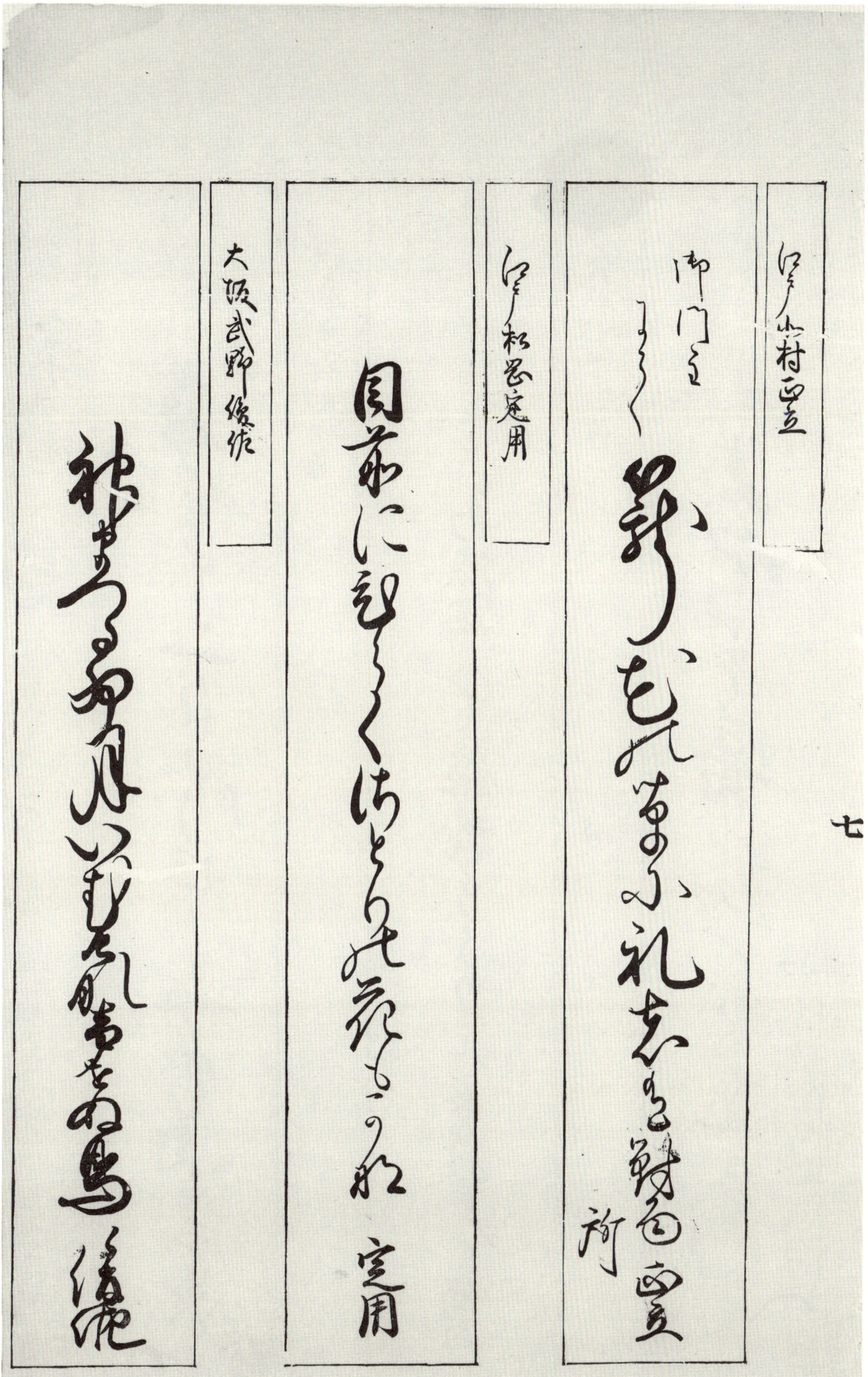

京辻京順

まつそ二日酔せし一夜酒　宗順

泉石堂幽山

毛氈姫んで鐘輪うるめく誉みせ声　幽山

大坂小西来山

名を婦鐘とぞもちひるとうへ　来山

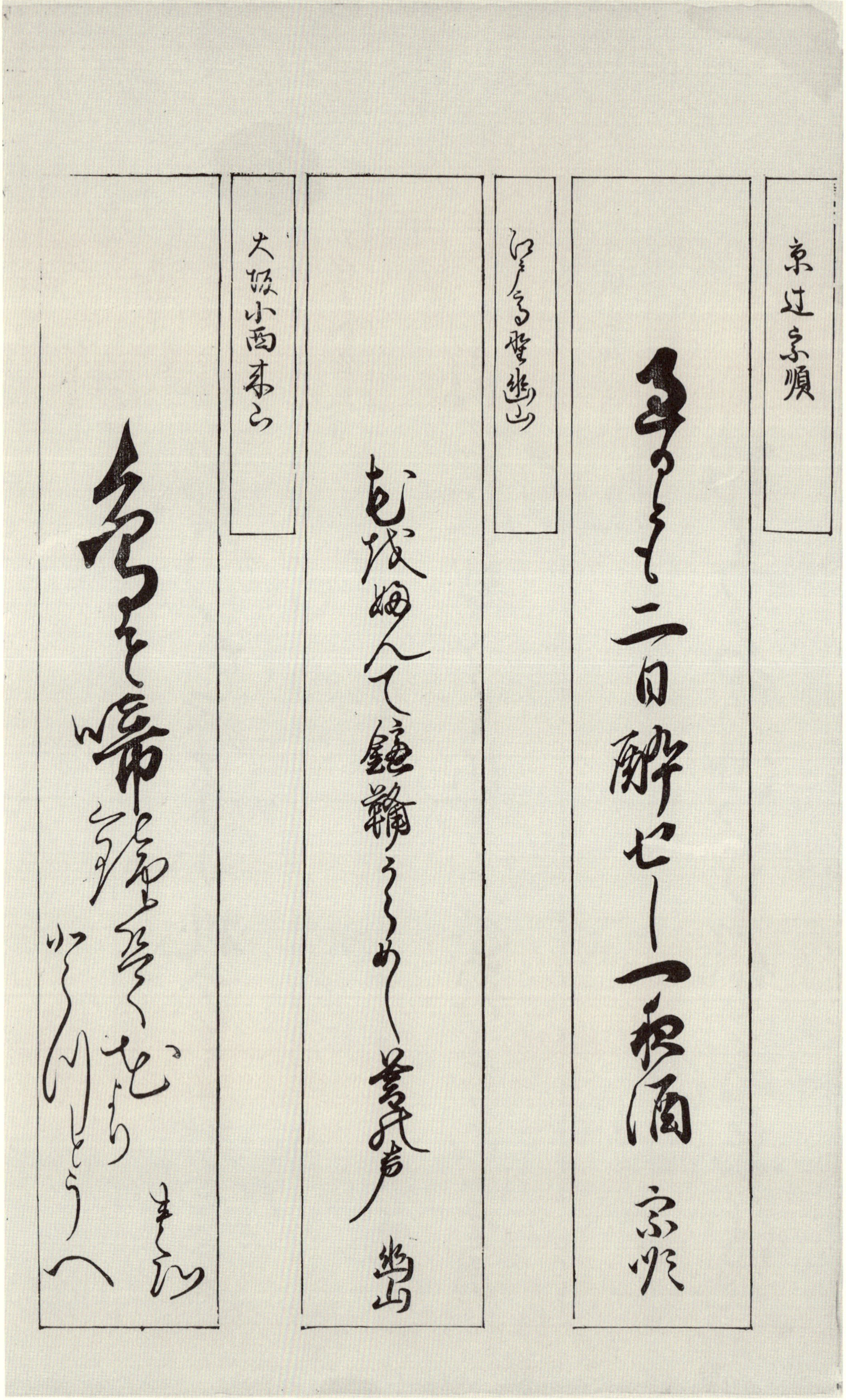

京 常倫

うめ人やあき枕すれ物の夜人 常倫

吉田住候鐵壷主重道

千代北坂より出る茶麗たみん君う春 重道

京泊雨言水

元日耶もちぬ人ふきよれ鏡餅 言水

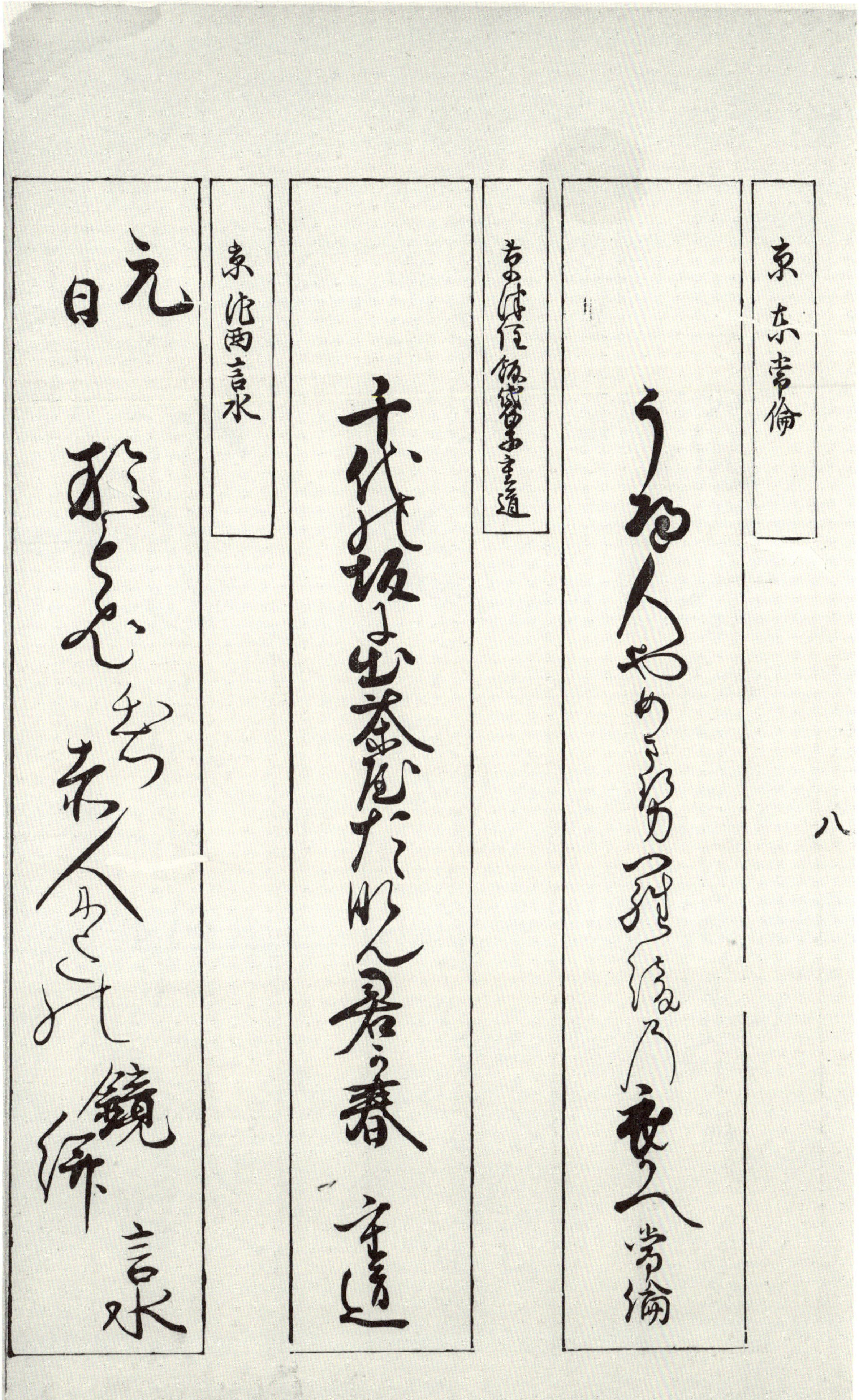

大阪　梶井契中

餅もちを誰もちふかねてて　訳中

大阪　赤松賀子

南都
まて　大佛乃胸うち出さ兒
三ケ九月　賀子

伊丹　庵鳩宗祇

庵きくちりやといすちへ都ふ
宗祇

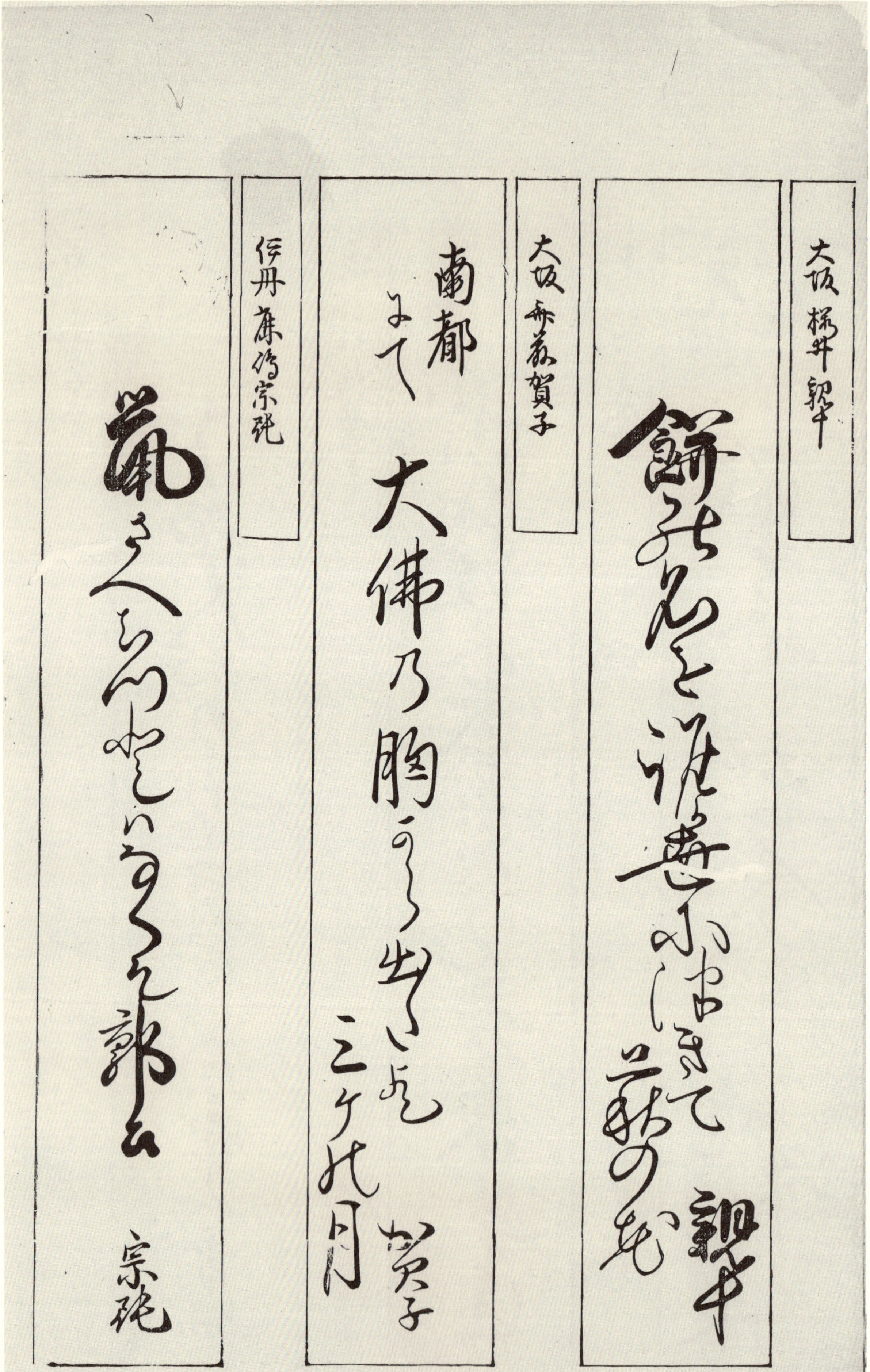

京妙満寺素桂

万葉の集し乃筆や夕時雨　素桂

膳所 尼智月

ゑにこかさと云さしをりけしの花　智月

大坂 玄安泰重

雪乃月ハ学寮なき窓もなし　泰重

九

続古今誹諧手鑑　九（ウ）　桂葉・俊安・その女

羽刕腕翠堂桂葉

いもふ心瓶を郷人命ミ孔酒
桂葉

俊𦤶志賀俊安

九日 いく年よつきても老習門乃松
俊安

大坂囿女

きへすろ
まうてく
圇人こ、様
おうみして
宛夕人方ゆはるころを
䋝鵡め
ろれ女

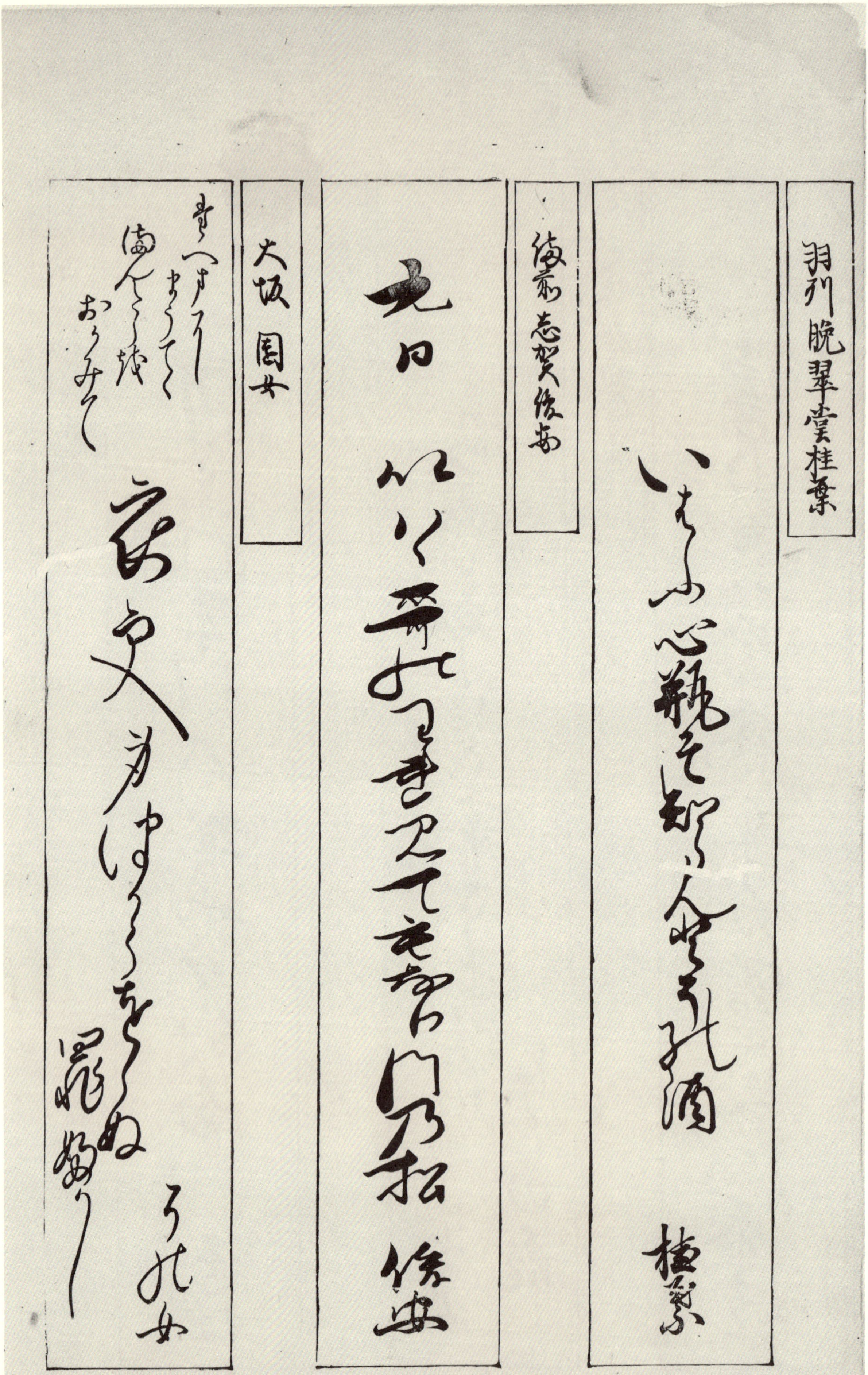

京 周中常雄

あらたに神代紀
面艶若夷常雄

江ノ小沢卜尺

通ひや根源うまれて河原者 卜尺

東妙唐寺学恩院

残る寒うちはれやすき永護袈
日怡

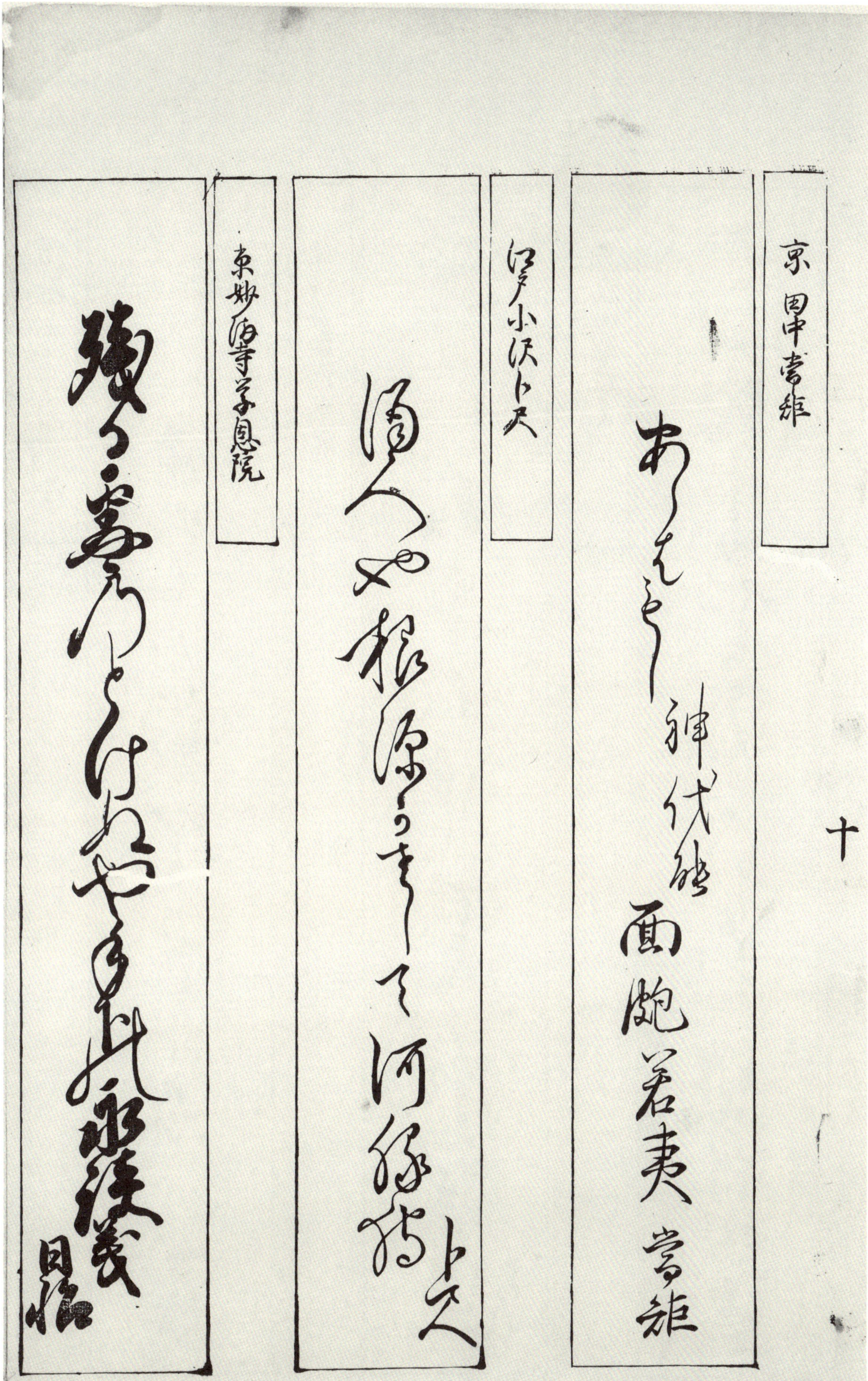

為延久を寺目脱夫

蛍火もみえぬめ山もしくれ　空雅

伊勢三代弘氏

大空よ板ふ数屋うれ凉し　弘氏

京加納道与

花もちやくもんとになれとほく孫　道与

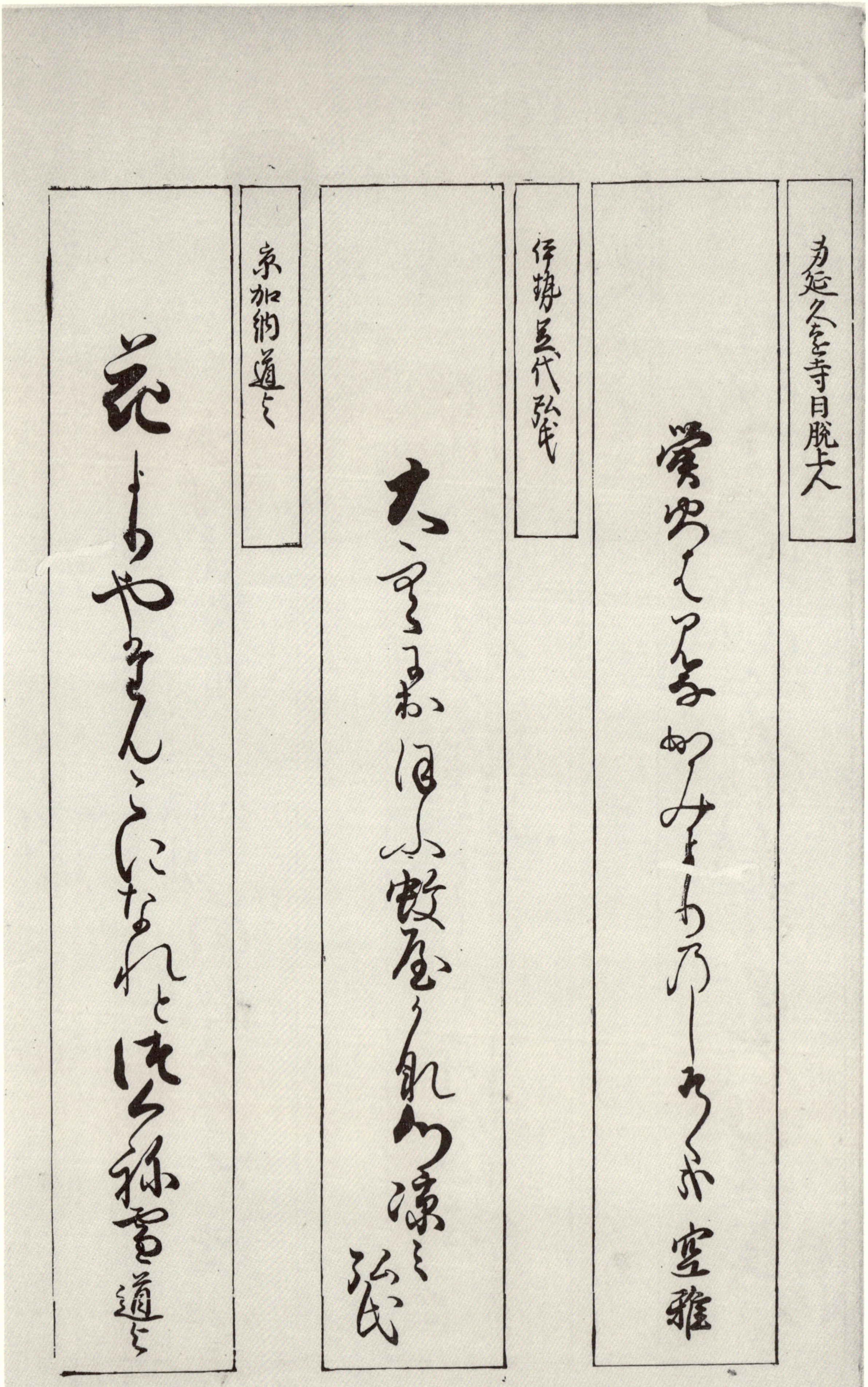

姫路　武田三吉

思ふにもれぬ恋やのとかなき春　三吉

京　蜂谷宗富

書残す文字ある道し梅の花　宗富

敦賀　野村正辰

風もねこころそ梢かな花里　正辰

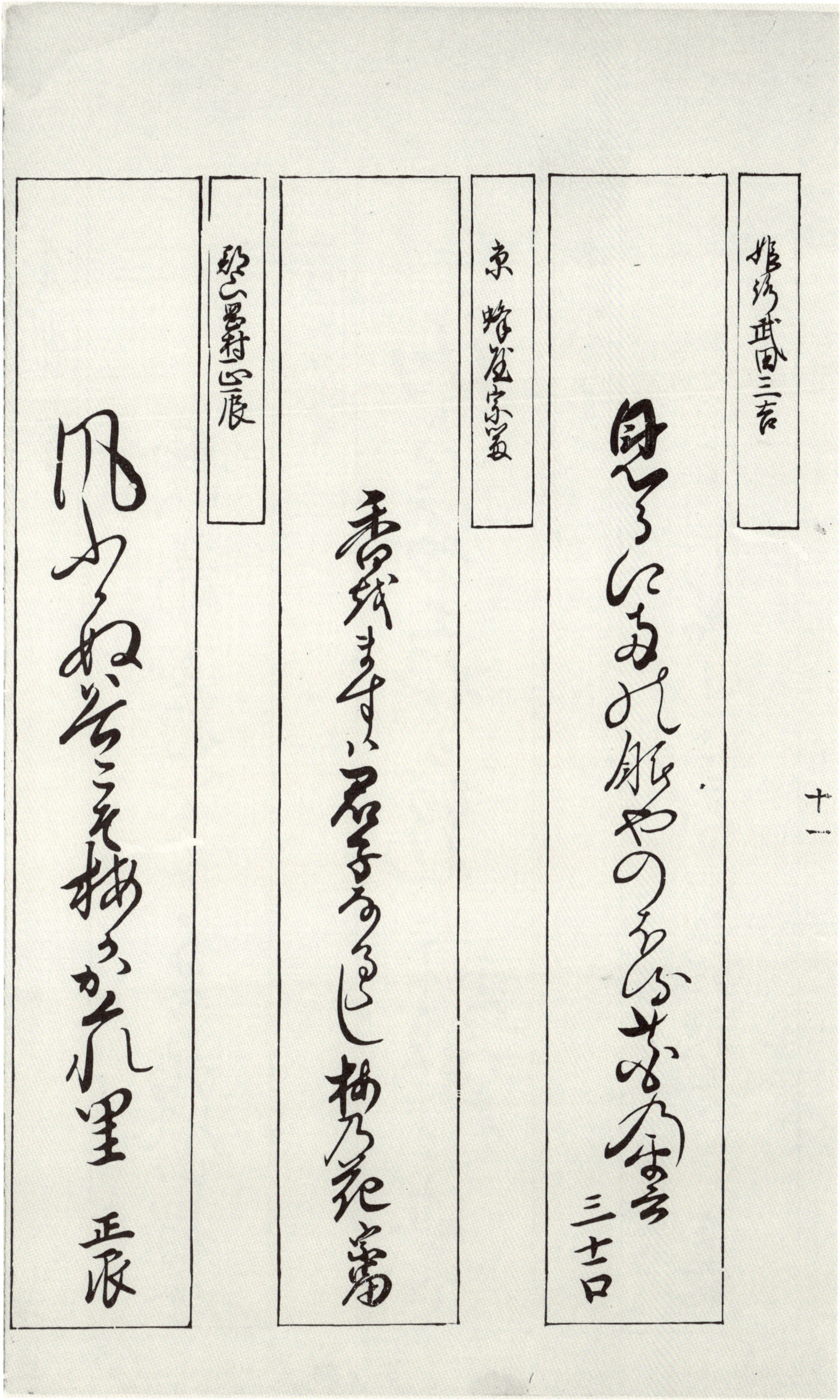

廣瀬 少齢梅吟子

大坂 杉江近吉

京 清水氏言聴

歌都うたうとをれをるを萩丸山 梅吟

山々富士根のひれこう雲花 近吉

三川かあふみさがみ水鏡や禅寺あさき 言聴

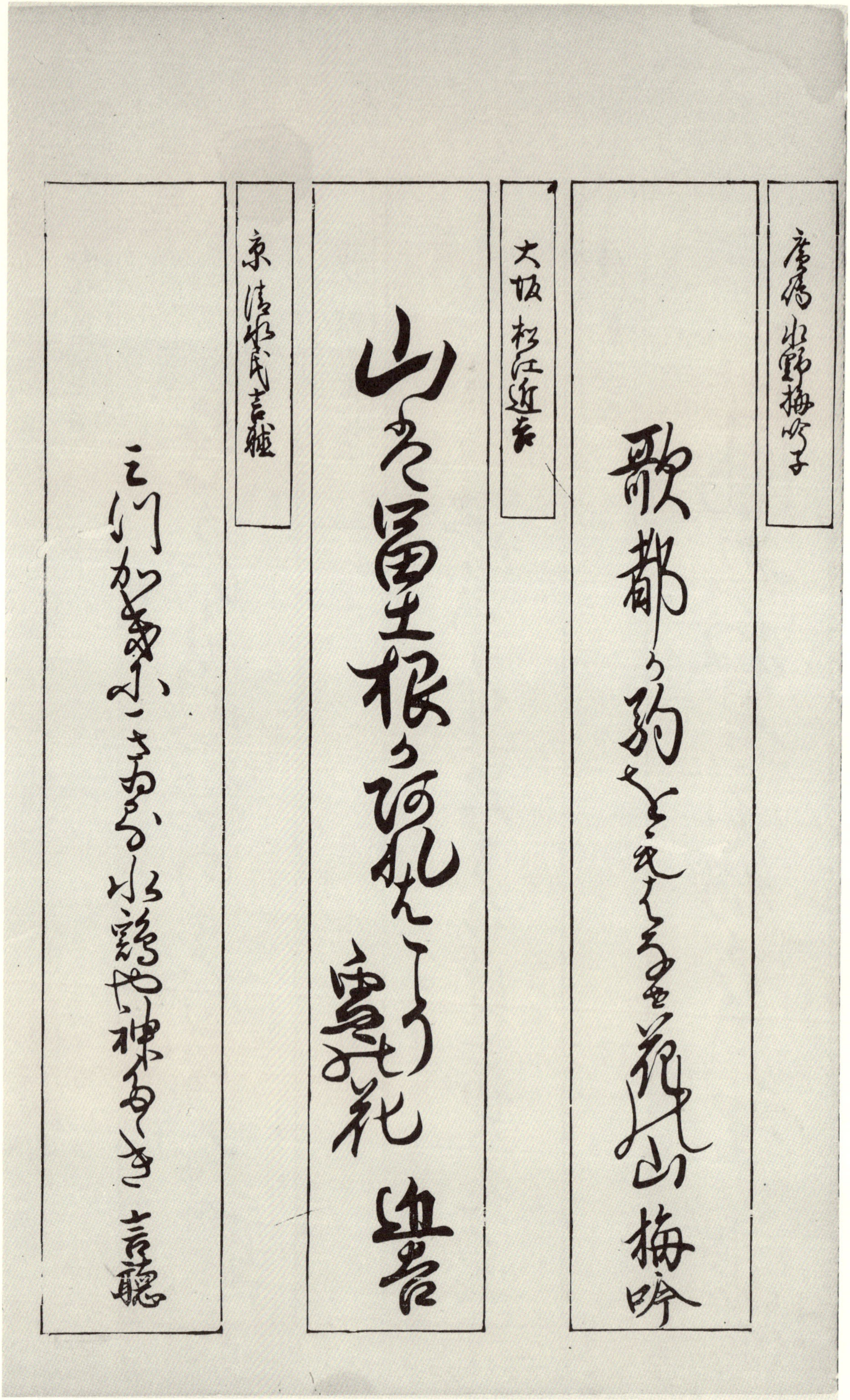

肥後芦屋金門

京子鴈久次

伊丹愚涼猿風

子たか〳〵と今玉藻うちすれは菜　金門

玉手極てゑちくれ折れ艶か　久次

もの毛蕾園と一つからて鳥い　猿風

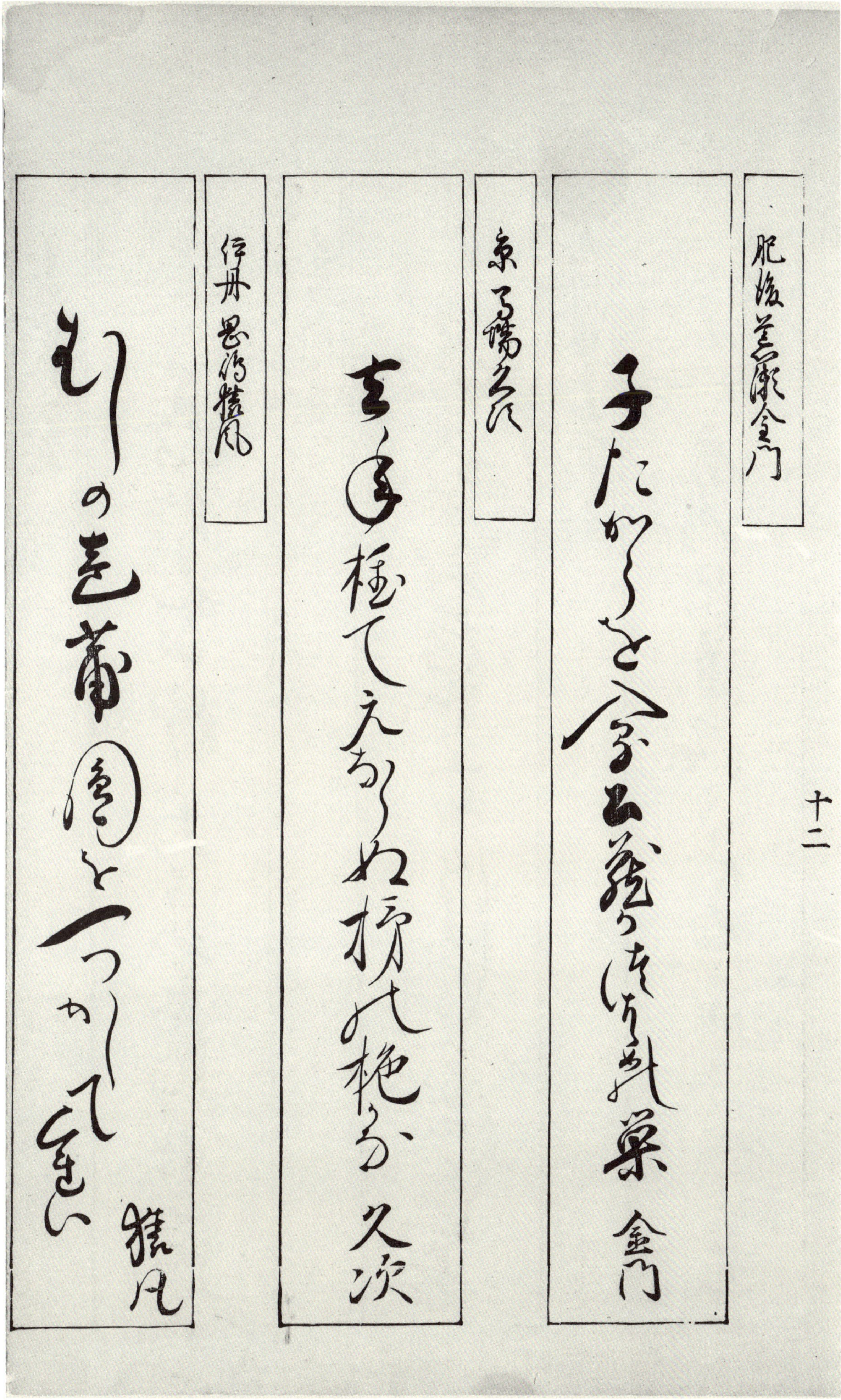

菊園師柱玄敲

京丈川了味

尾川榎水毎延子

菊行や一畑あらふ庵乃奥　宣慶

かすみ柄をたらはして雪了味

春雨り清きやる海にらつき海毎延

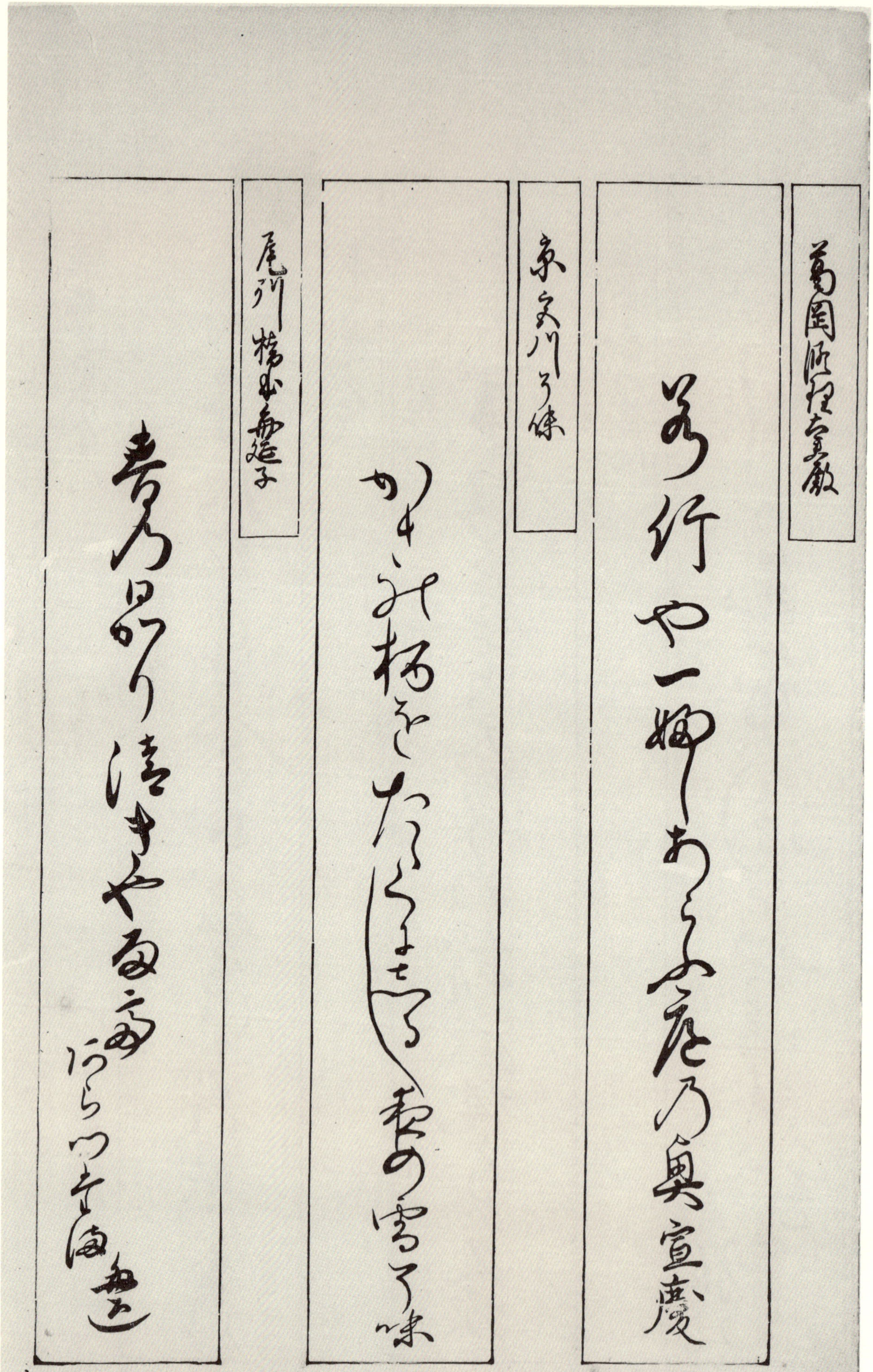

京　荻村倫員

月の顔をかくや新清師　倫員

阿波　萬執吟夕

〔草書句〕　吟夕

東平国夢牧

〔草書句〕　夢牧

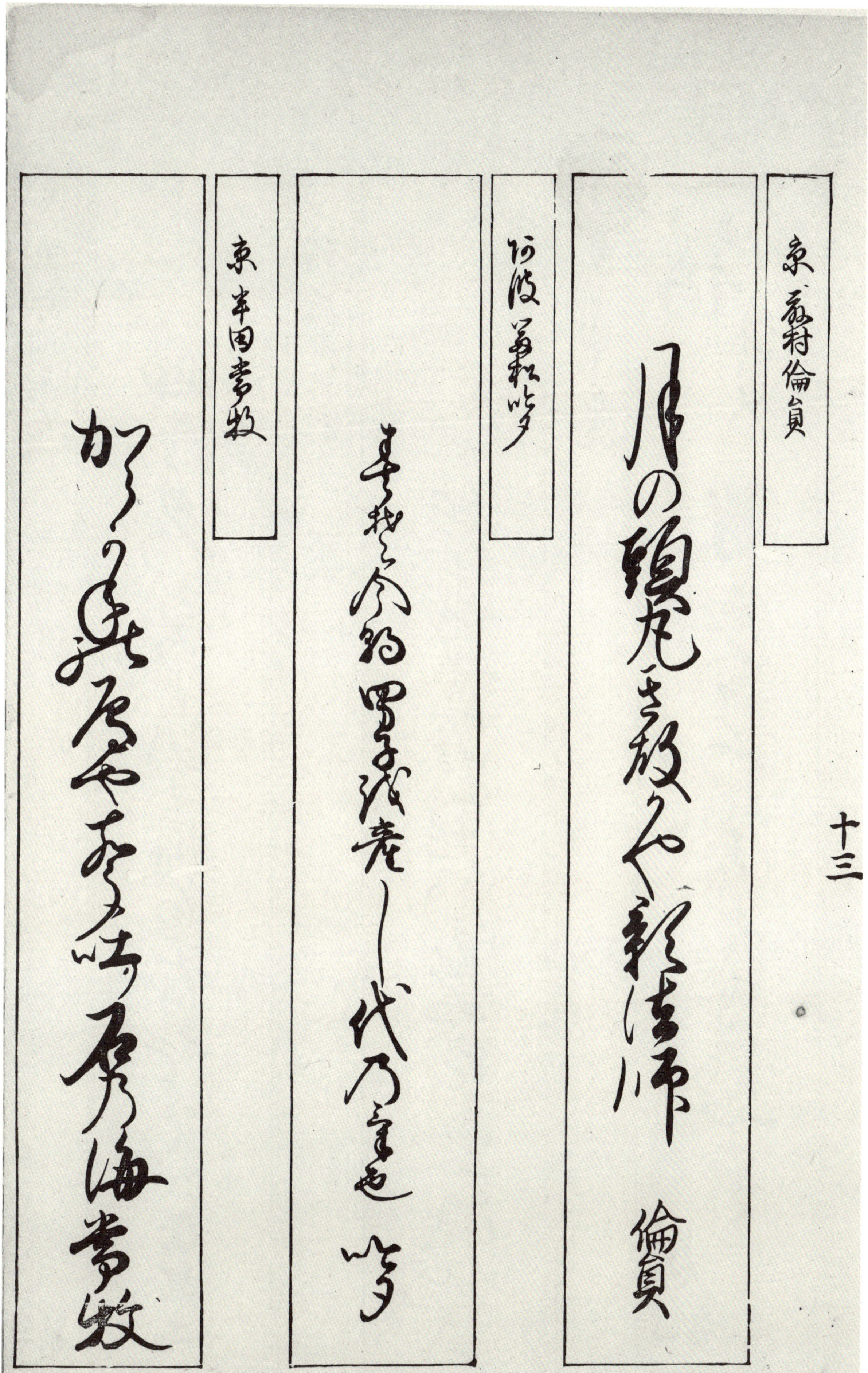

京 松浦廣寧

いさめつるともひと同し青さヽく　廣寧

堺 淺井正村

鯉雀も寝起うちやめあらし正村

京 光堂愚鈍

八幡　かく　男山人をつとをまつる君いかなるらん　愚鈍

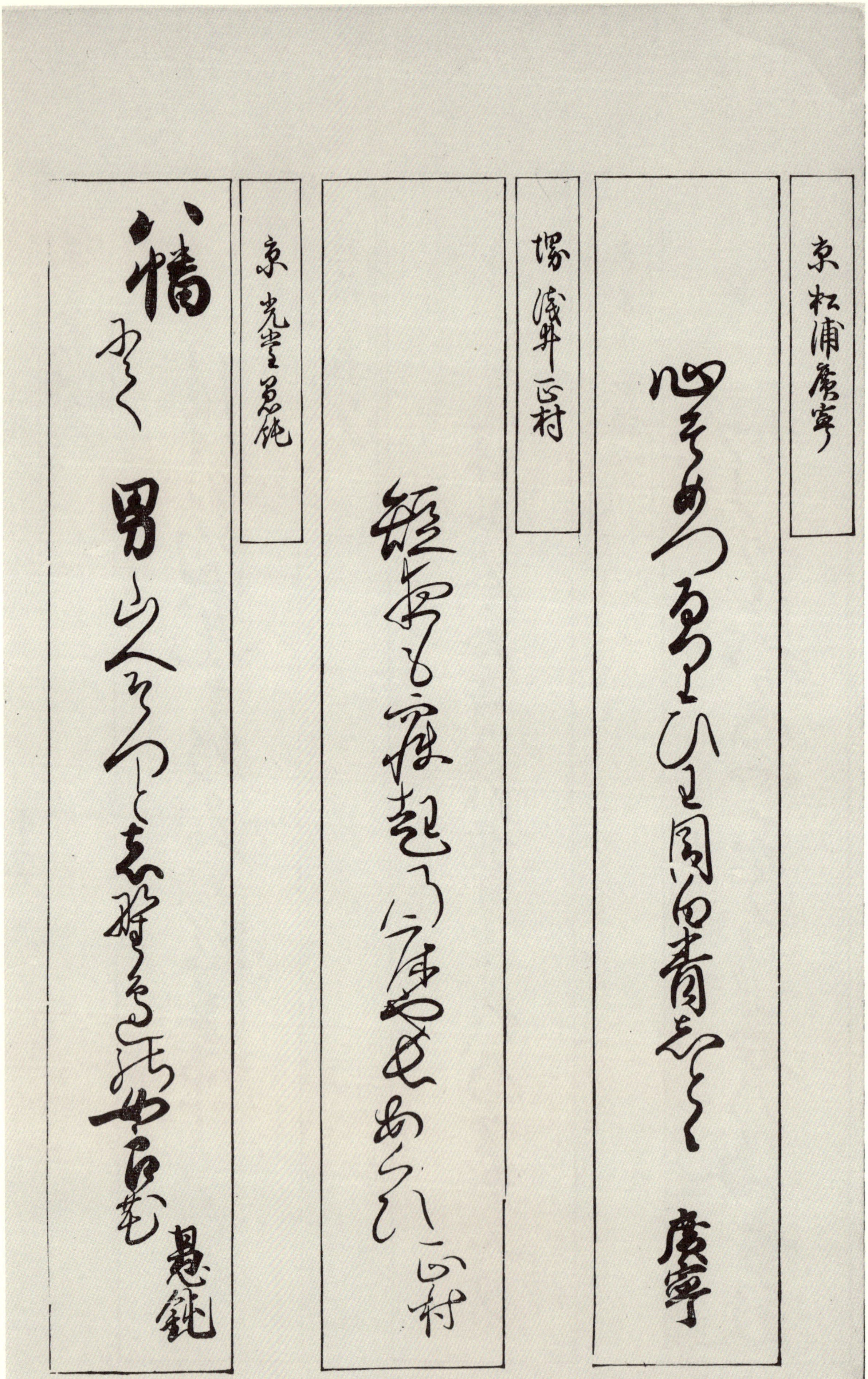

京 衣裳 如泉

大坂 白江 酔鴬

京 大佛并昌軒弁朗

和比をや華瓶
あの宴
めや水

更以かる
くさに尾瓮戌
まね来ふ
酔鴬

うきれよちくる
やなち郭公
弁朗

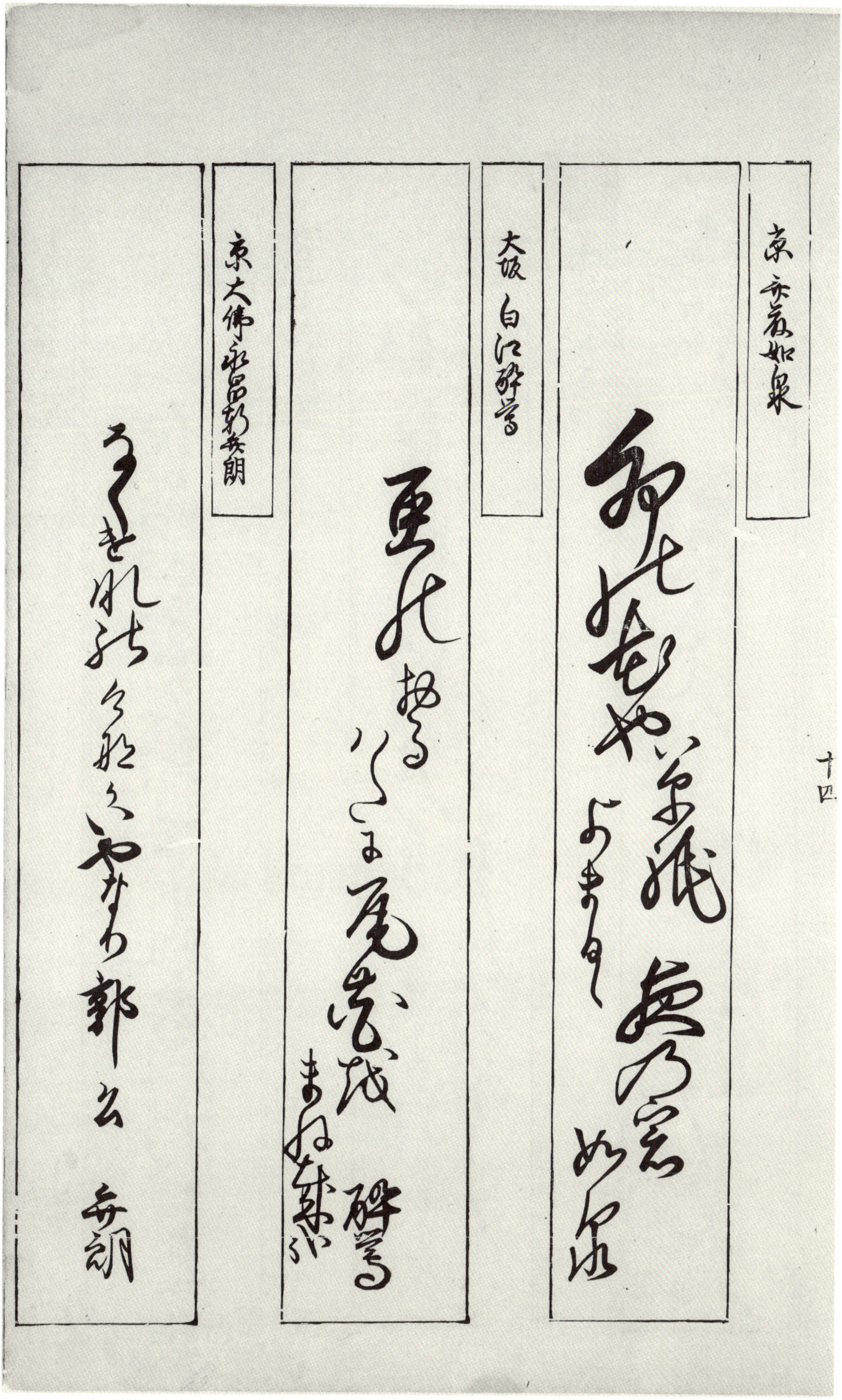

尾張師忠知

白露や屋ねむしられ吉野枝
　　忠知

洛田佐伯氏女

花もちや竹乃きれますよりのもゆふ

美濃芭本月

夜たちれ澪木と物れ草うれ杏

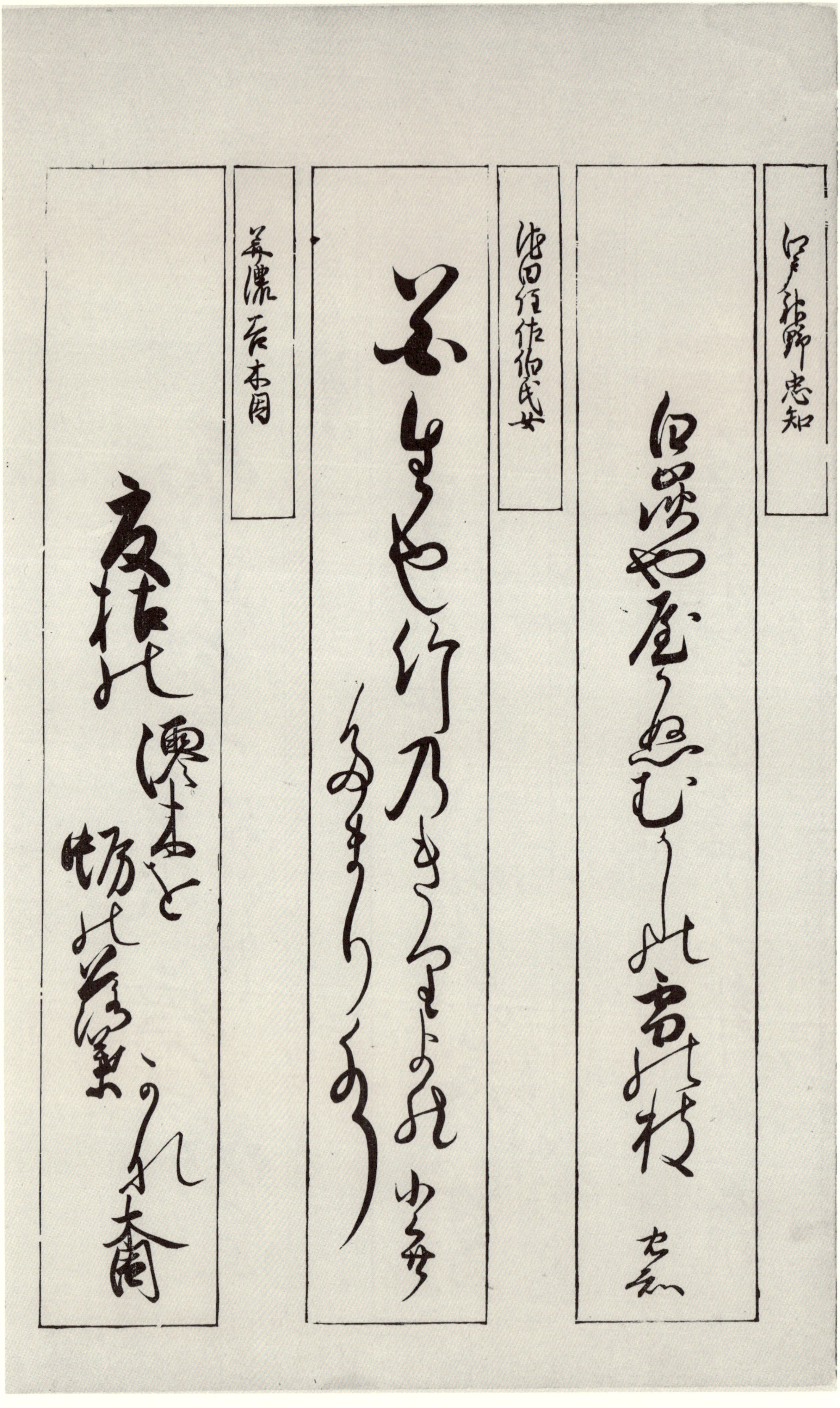

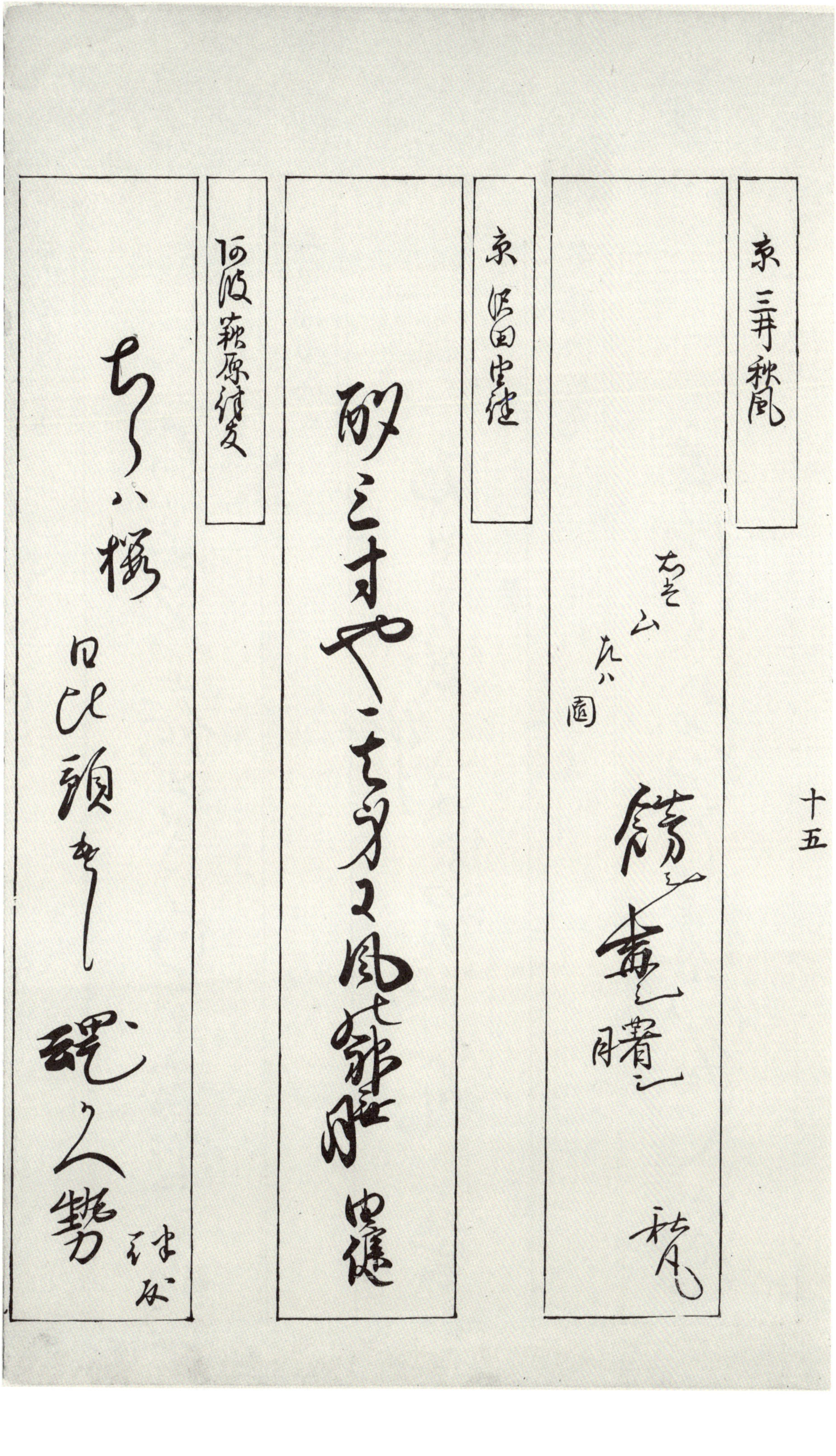
十五

京　三井秋風

京　沢田由健

丹波　萩原律友

京　元晴

なのあくも何をとうの人こて言葉元晴

大坂隅田路春

風ろえ花らきみや萬れ几路春

京鴨水只丸

うけろ波し柳のそよ六只丸

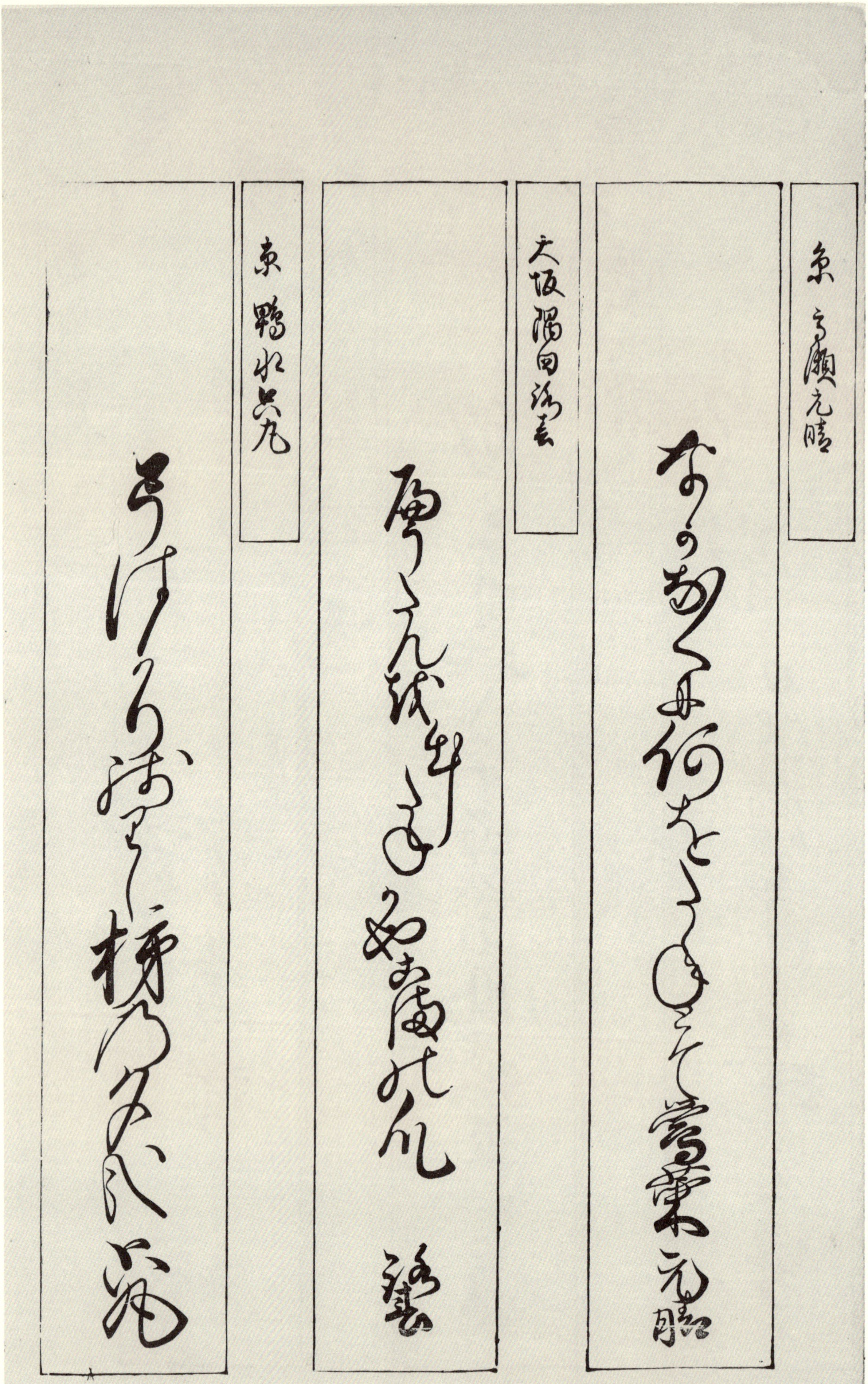

京　河口保成

加茂山の花より出るやうくいんせ　保成

伊丹　水間沾徳

枯野はさく青ゝ進みく法葉のれ　沾徳

京　白田賀種

雷とみハち宵風厚や花男　賀種

十六

京　中山栄治	大坂　淀屋ヶ菴	江戸　芳賀一晶

京　中山栄治
年乃矢もたゝけれハ大かきり筆落

大坂　淀屋ヶ菴
志くれても蝶をぬらす松の尾重當

江戸　芳賀一晶
むちやや 鮒とてあゆむ 其菖蒲 一晶

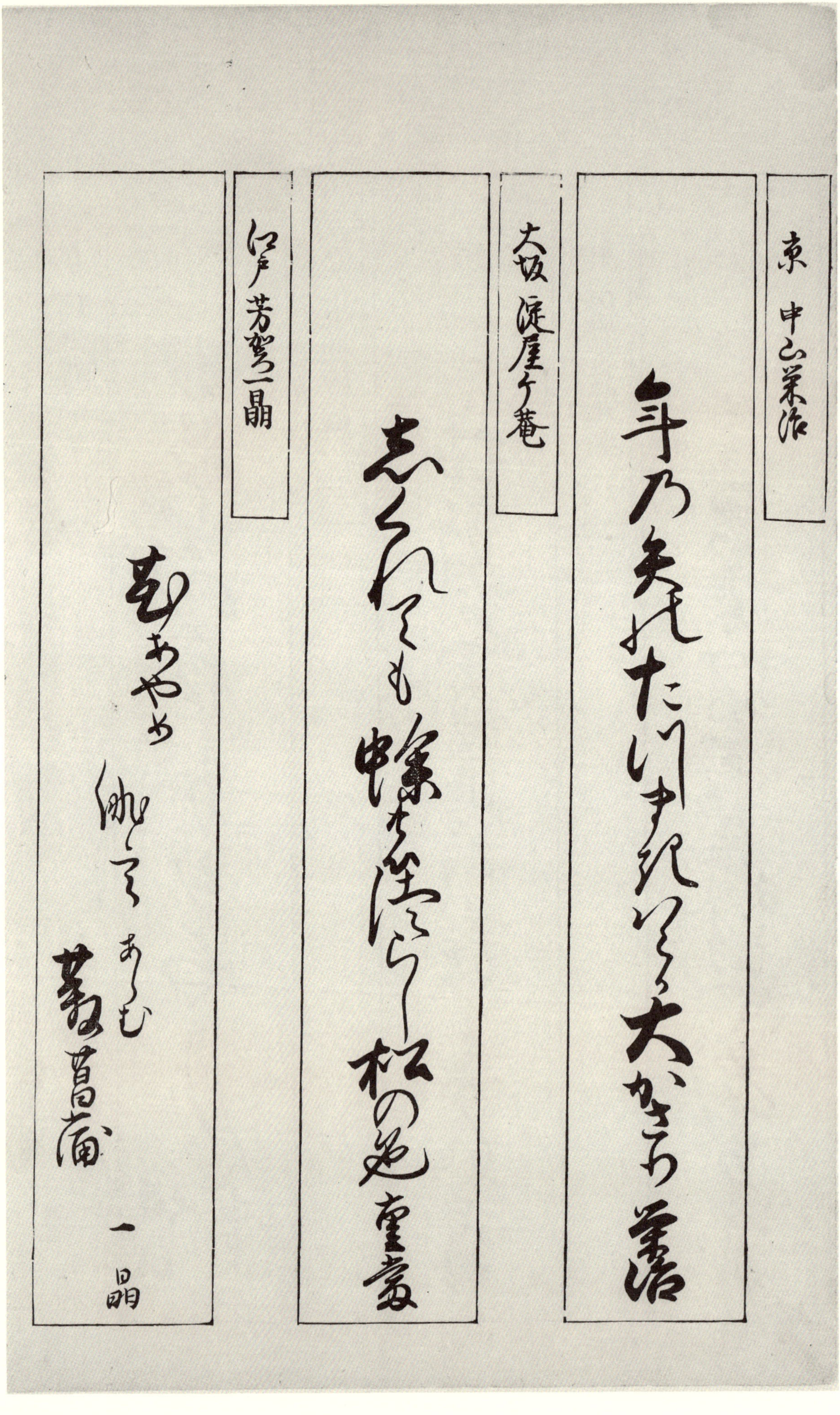

長崎内田橋水

京 井上友房

京 作々木道繁

宵酒と云月尺して里ちゞ橋水
つゝきほのる

夏乃春や月共祗するも鵝の尾 友房

ちをもし鳴めるきおう声も 道繁

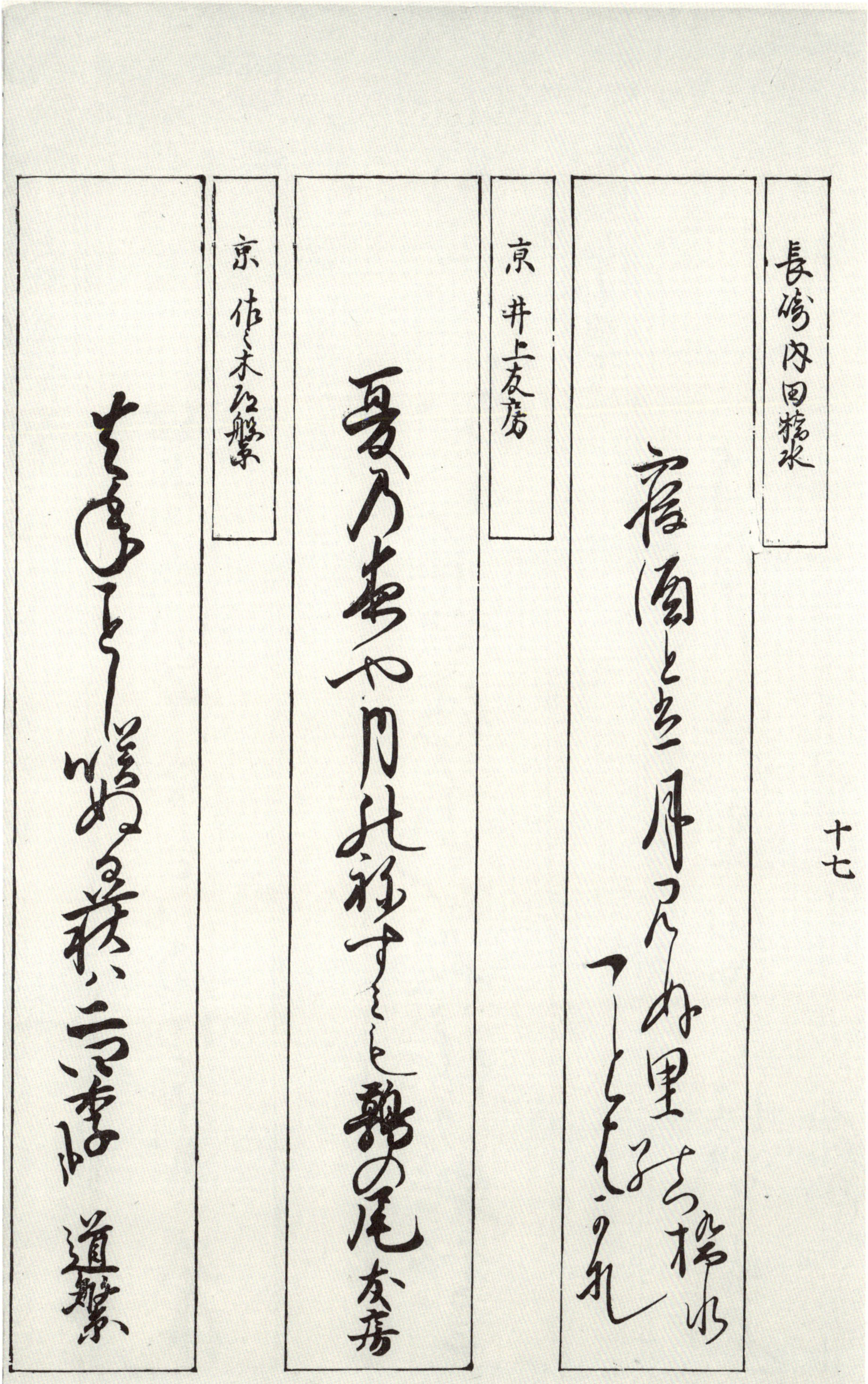

大阪 茨木盛庸

口まねを後々年なき水乃にそ武 盛庸

江戸田代松意

おかぐりや俗としおく作り髭松意

江戸樋口山夕

うすひ乃此盥梢のしつえ原しそミ山夕

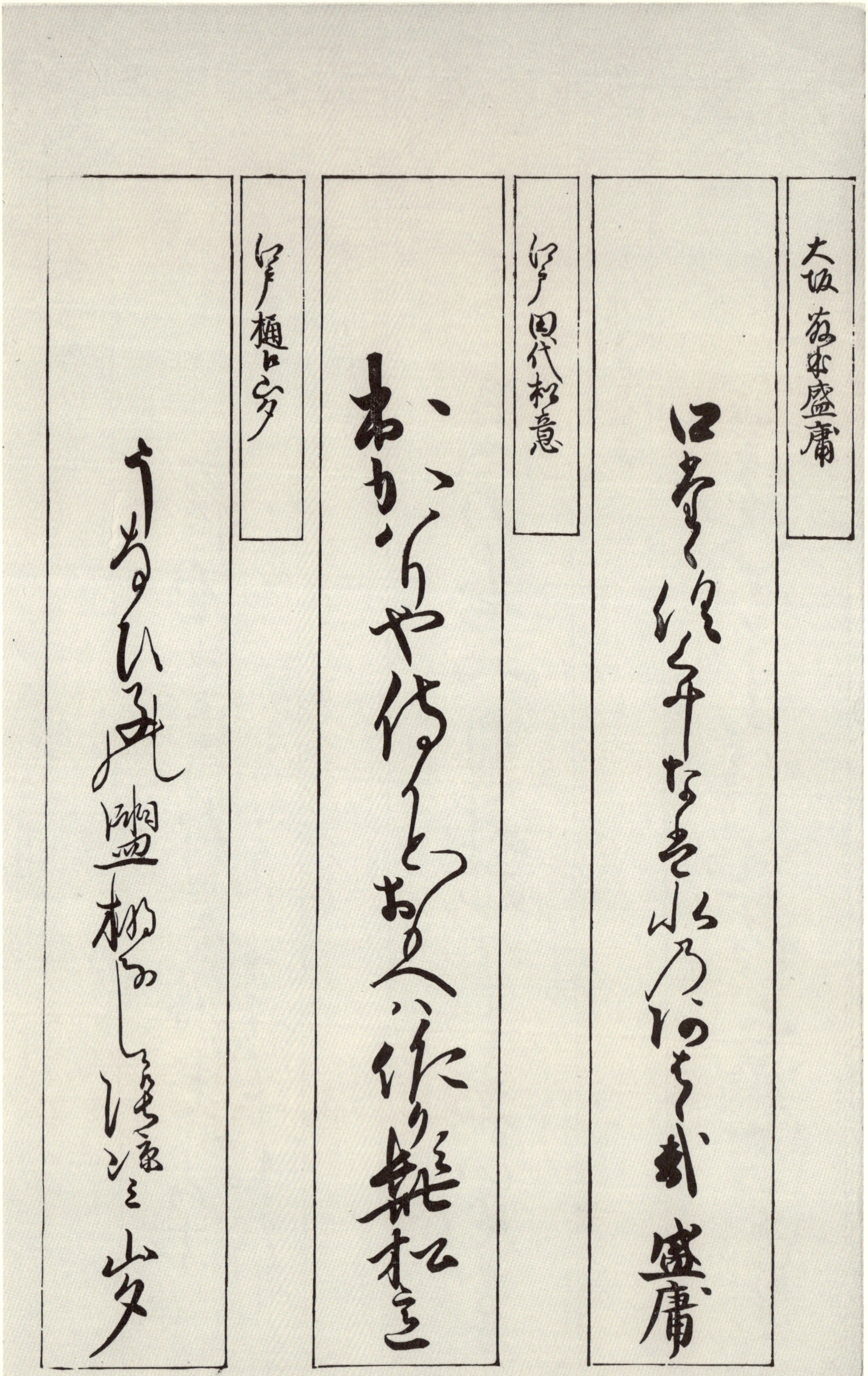

大阪 川崎正信

雨をこゝ月もや宝丸　　正信

京　絵村信房

郭公
目のある
巻より　一聲やよ枩原一帖ひろくあけ　信房

大阪　壺屋為親

月をふかみつきやんぬ比花盛　為親

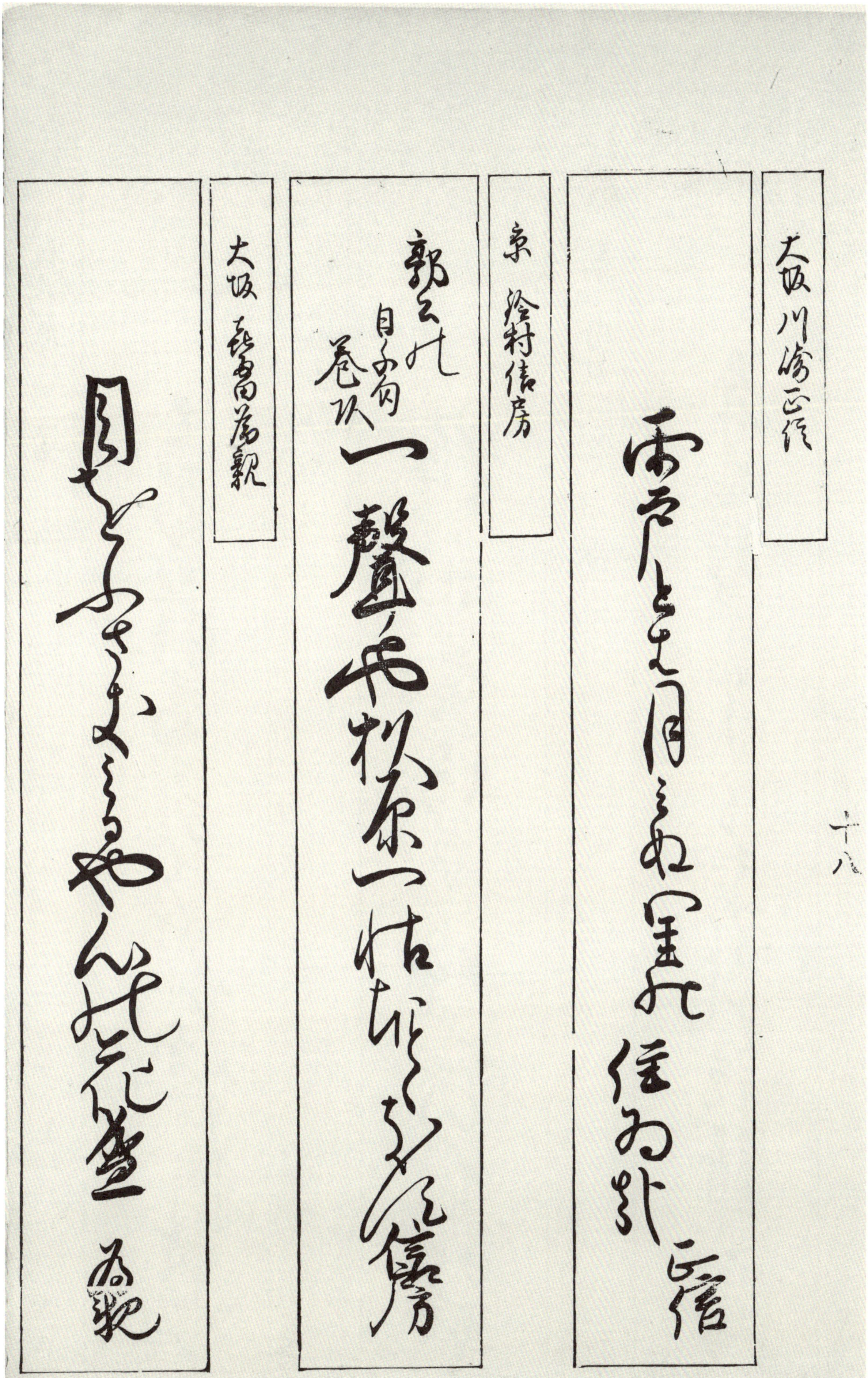

京都冠井令冨

弓矢明るゝ秋もうそ神も　令冨

江戸西丸泰徳

獨りや麦陽うす陶山のゆき　泰徳

京内田正朝

年を抱くまゝゆや花ねれ鏡餅　正朝

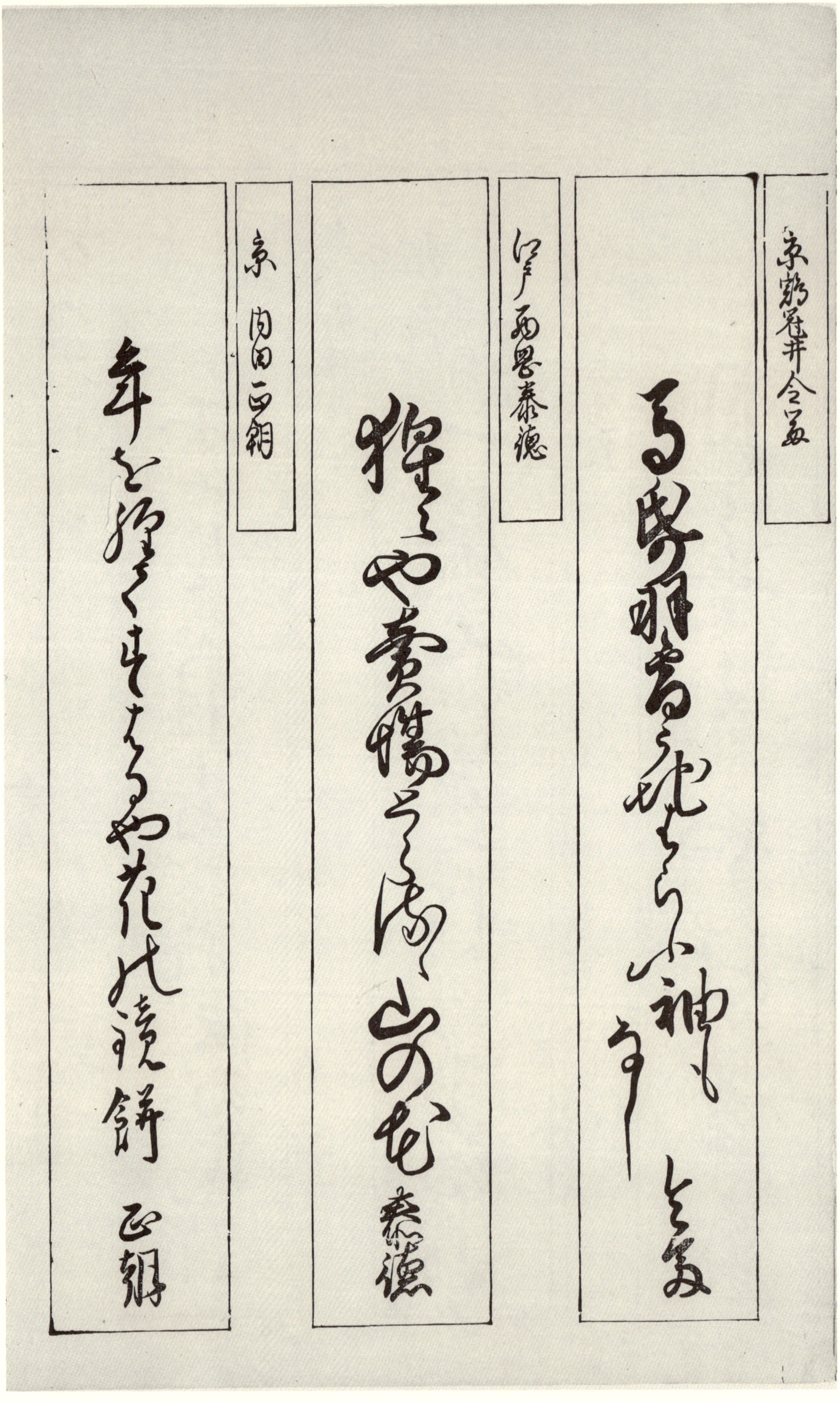

京　貞兼

さく友乃花　桶なしやあきの浦　貞兼

江戸　嵐雪

今を花とちそれか小彌をち　嵐雪

京　萊門離雲

冬乃月よ　見かするかしの世捨人　離雲

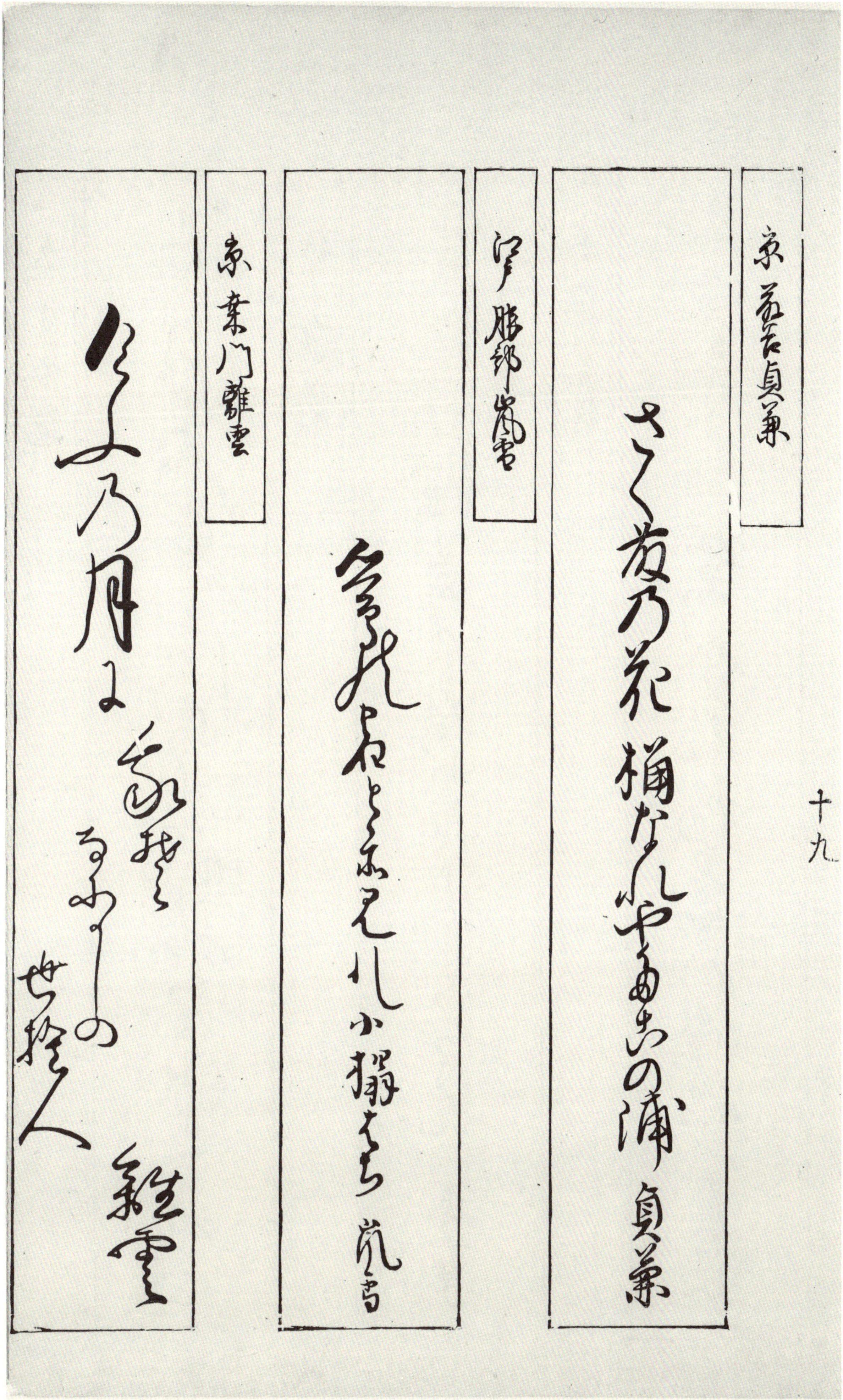

続古今誹諧手鑑 十九（ウ）土也・秀和・直親

京 鳥塚土也

月の奥たつ祢我家作よ 土也

望 大野集秀和

深草の橋いたし かつ親 秀和

京 佐竹直親

里の今朝福寿の煙鳩 直親

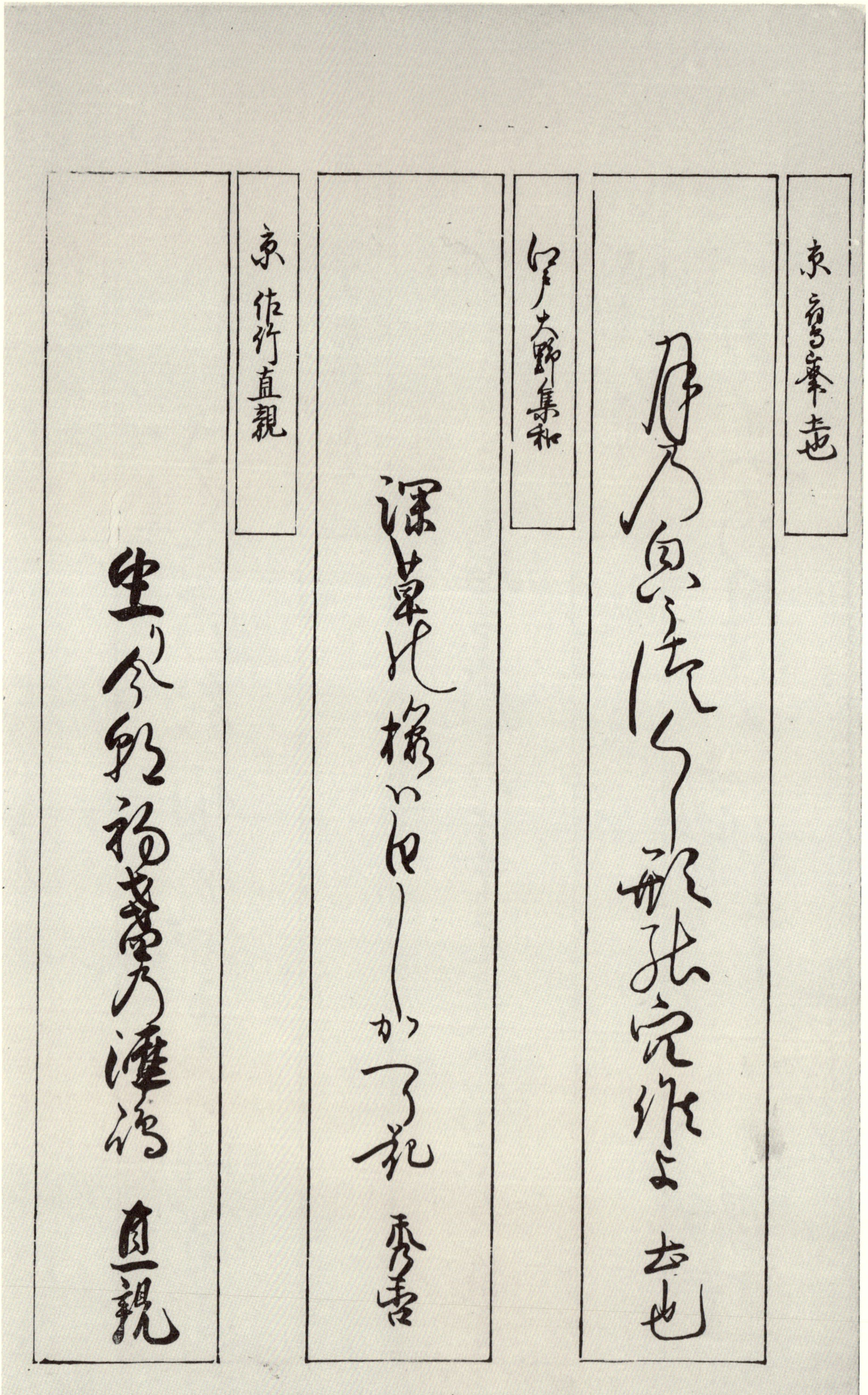

江戸榎下其角

昔々雪の茶たうや月のくれ 其角

京智田蚊足

雪に客をよびて枕を書にて 月まてる 蚊足

大坂道成寺智詮

足をさしこみ入りや雲せしおくるゝ智詮

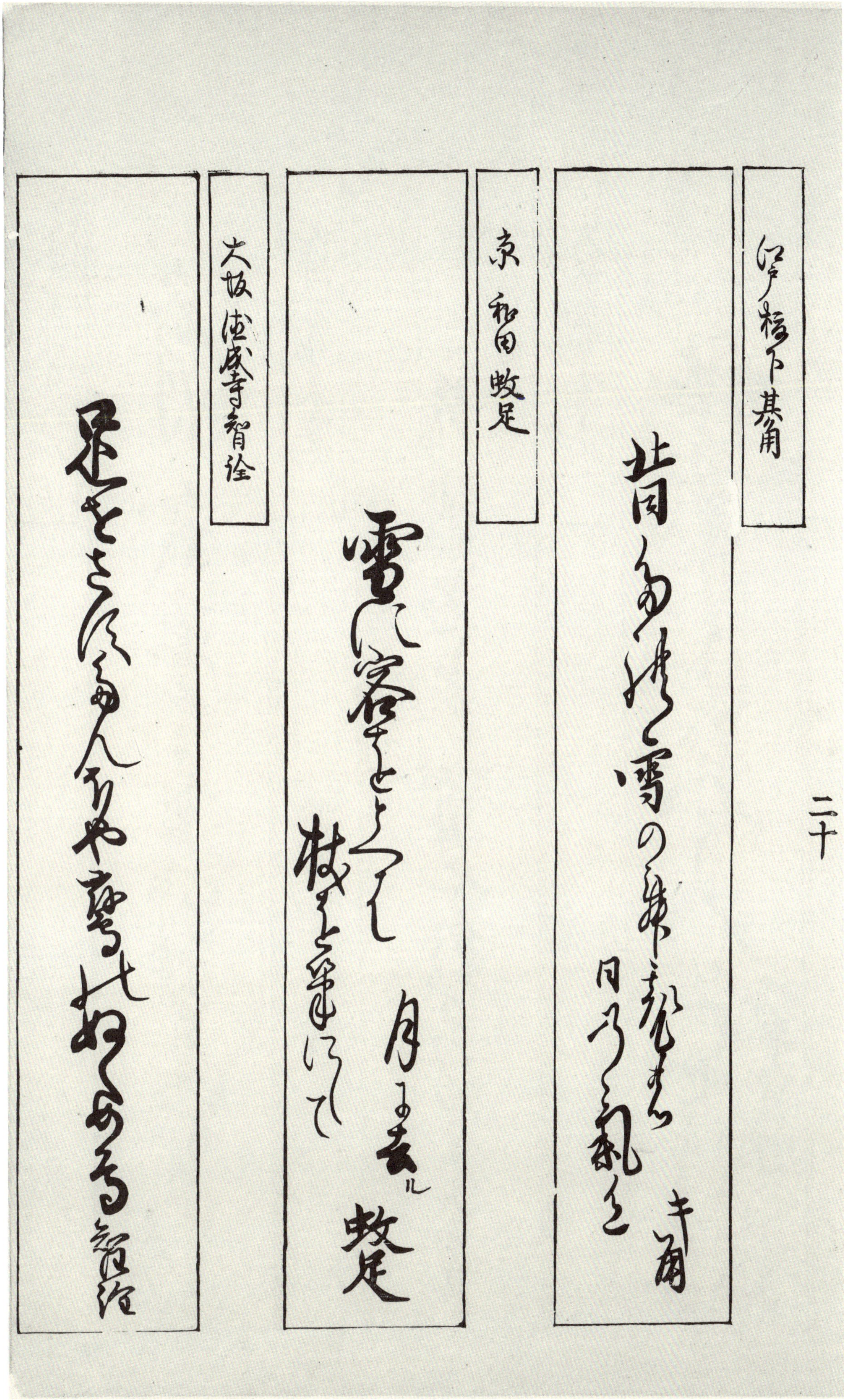

京嶋屋和及

名月 我窓をこゆれば時より脊
　　　　　　　　　　　　和及

大津小作宗連

兄子にわかれしや椙のうら宗連

大阪渡部書学

枯葉ちる真乃父と 小学
翠簾廉の菱

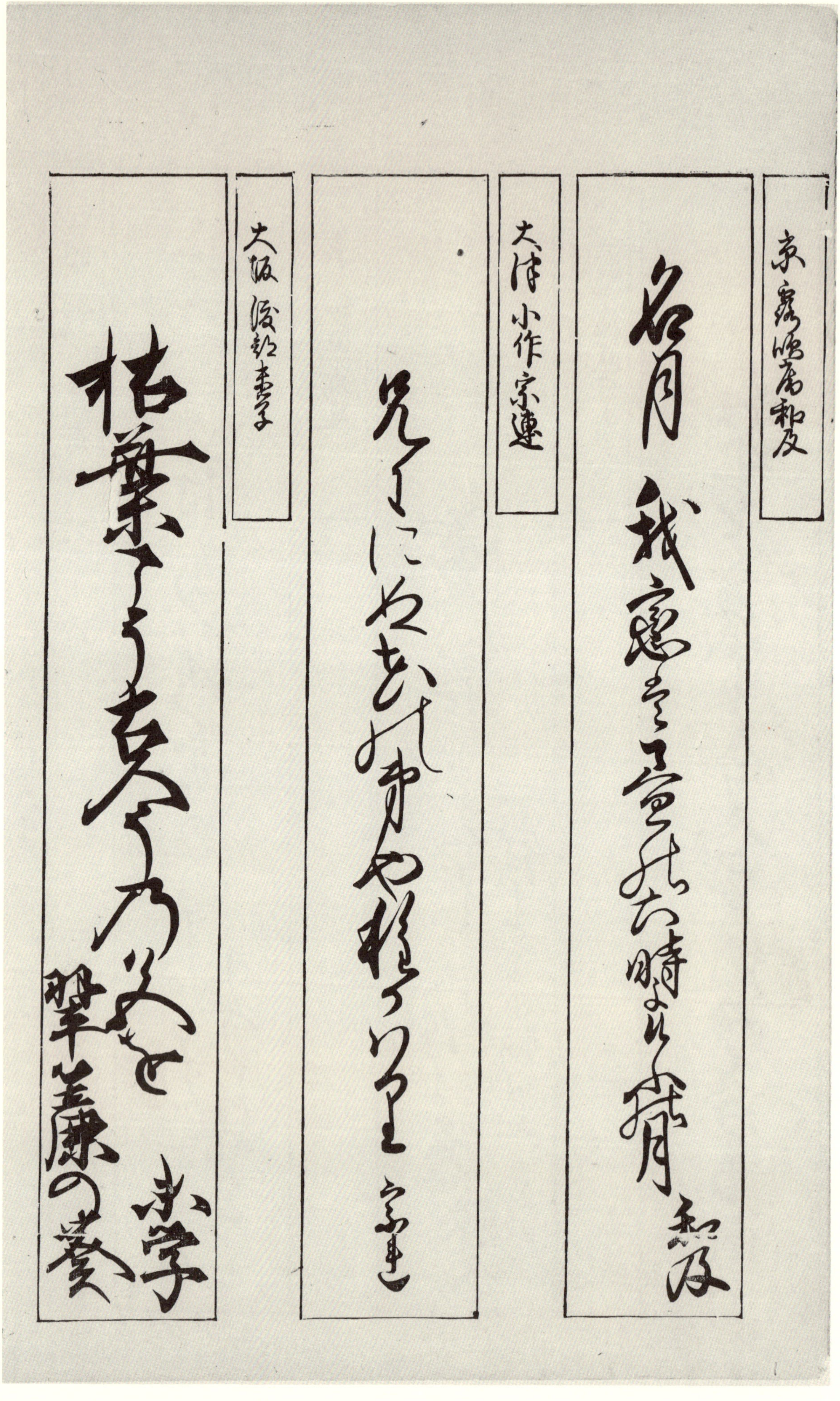

京 関 昌房

花乃兄と経篭ら
いすゝみ 昌房

越後水野福冨

かつ衣月たちなまゝにぬれて鶯

鑑室大隠三鹿

松風を寿るひとつの三千風

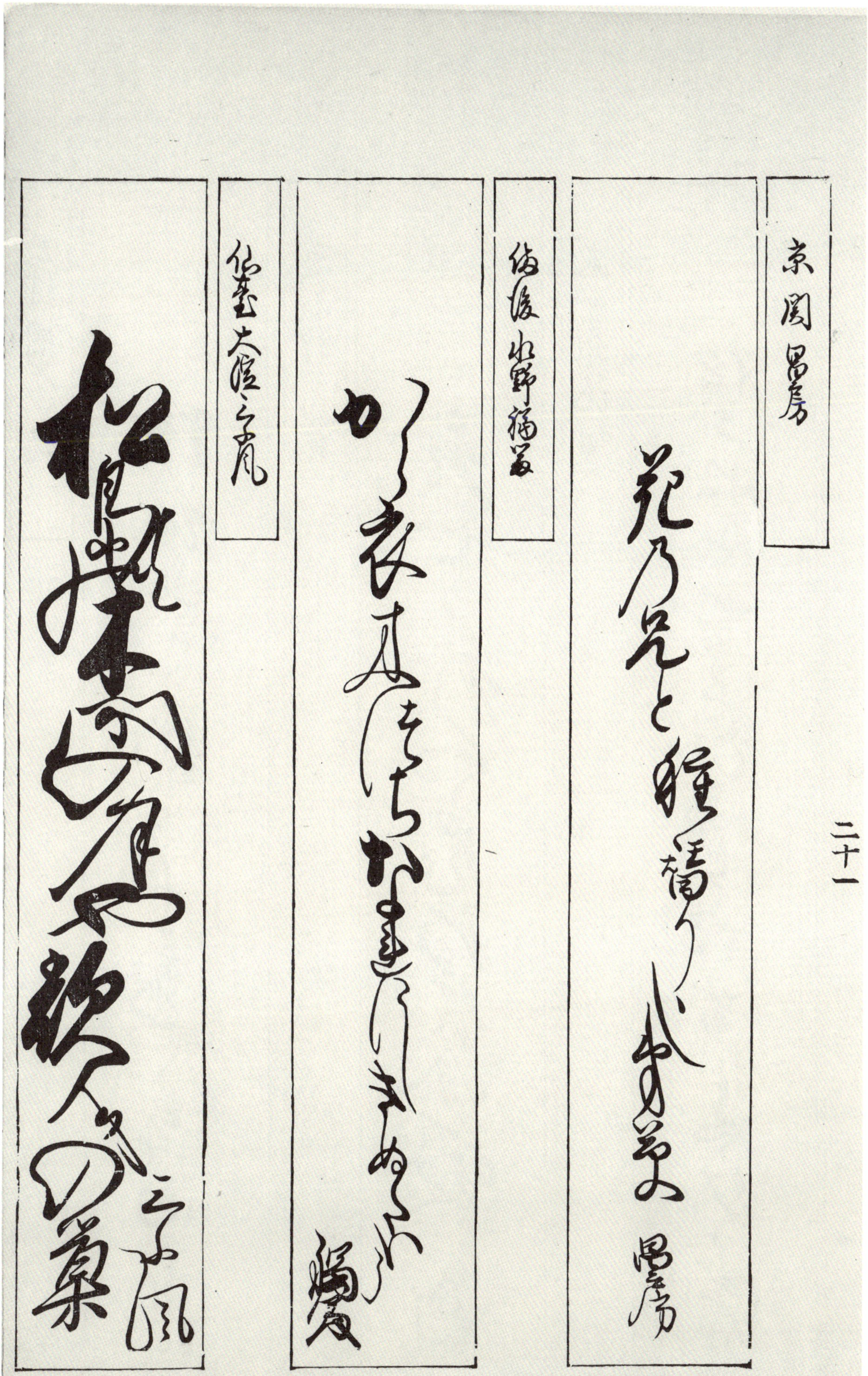

大津 國友

野茂山を花かつみやこ春雨　國友

京 野 氏範

あら七り新や見るゝ分よ娘　氏範

京 古観院知春

松うねをせきるゝ海とふふ岩じやける　知春

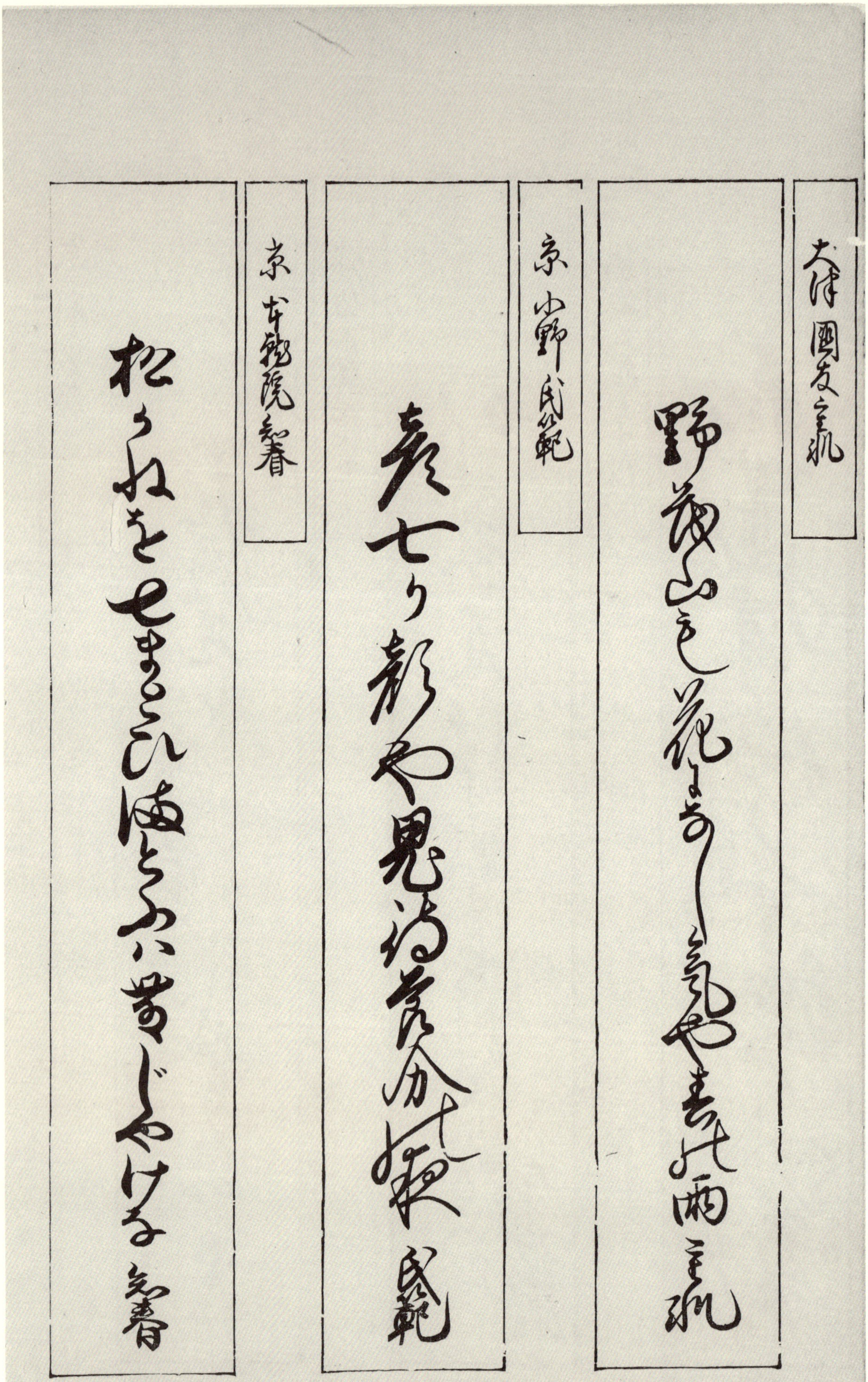

| 大阪　喜雨友雪 | 江戸當時挙白 | 京　伊勢松笠 |

右 ふし海づら焼かけ 友雪

石ふみも岩ふしこ 重 肌竹 挙白

松笠流れかゝる 三まろやよしく 乱笘

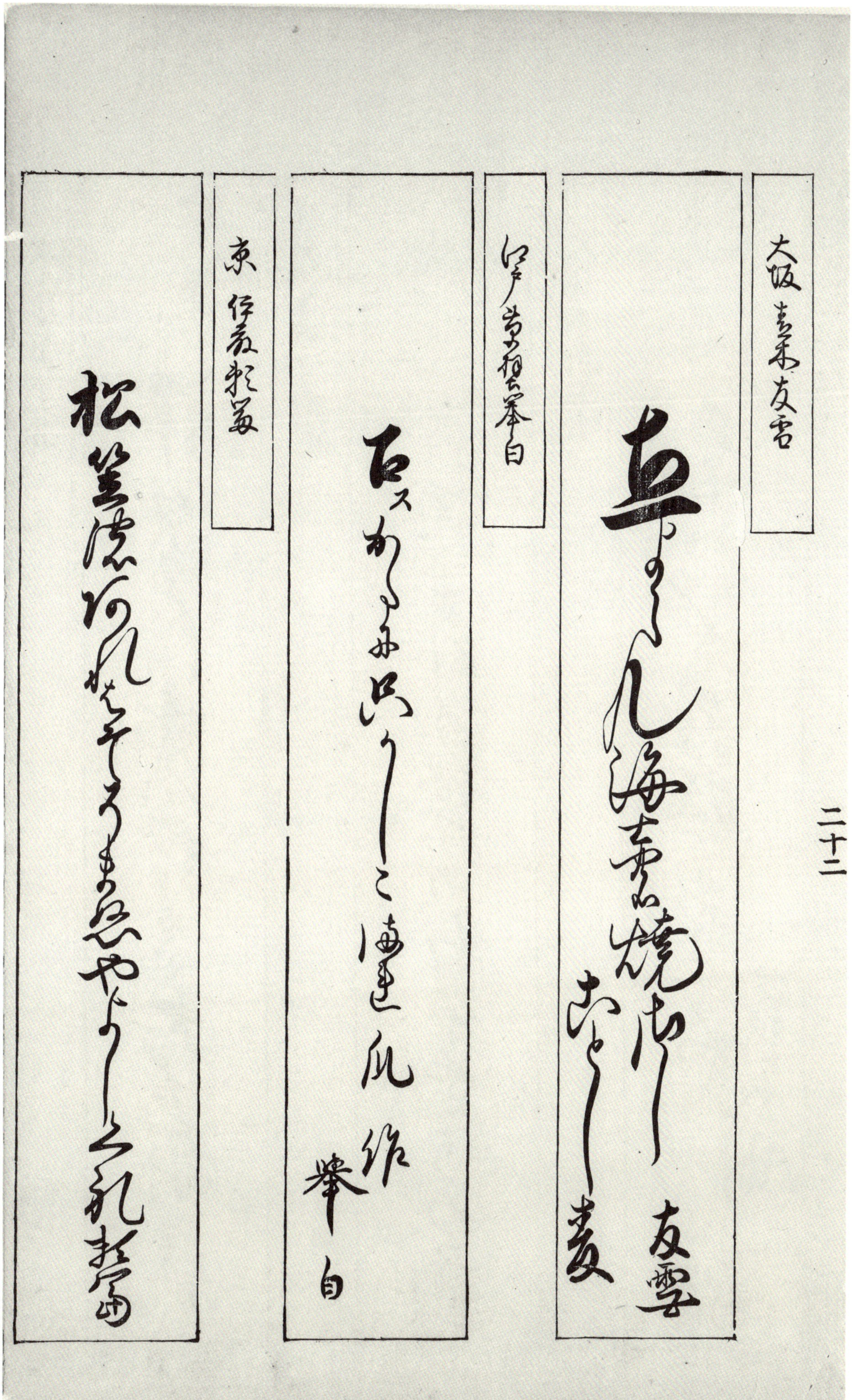

京 習屋重方

京 勝資寺光正

大坂 赤原宗澄

下〓流水乃秋くを立ちかへり 重方

又〓外ありたてのすしやきそろ 光正

花いく五楽ありをとや
若万風 宗房

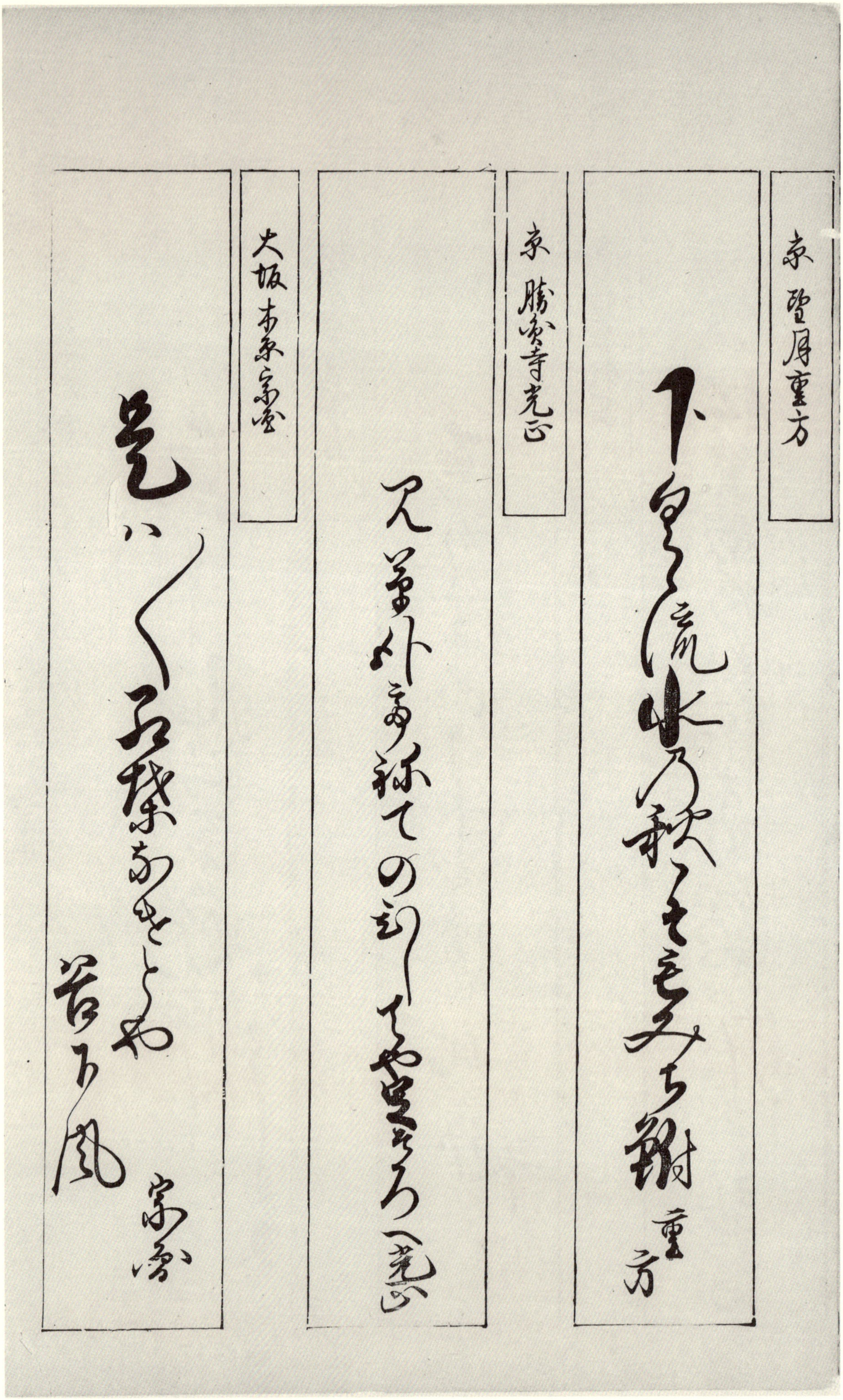

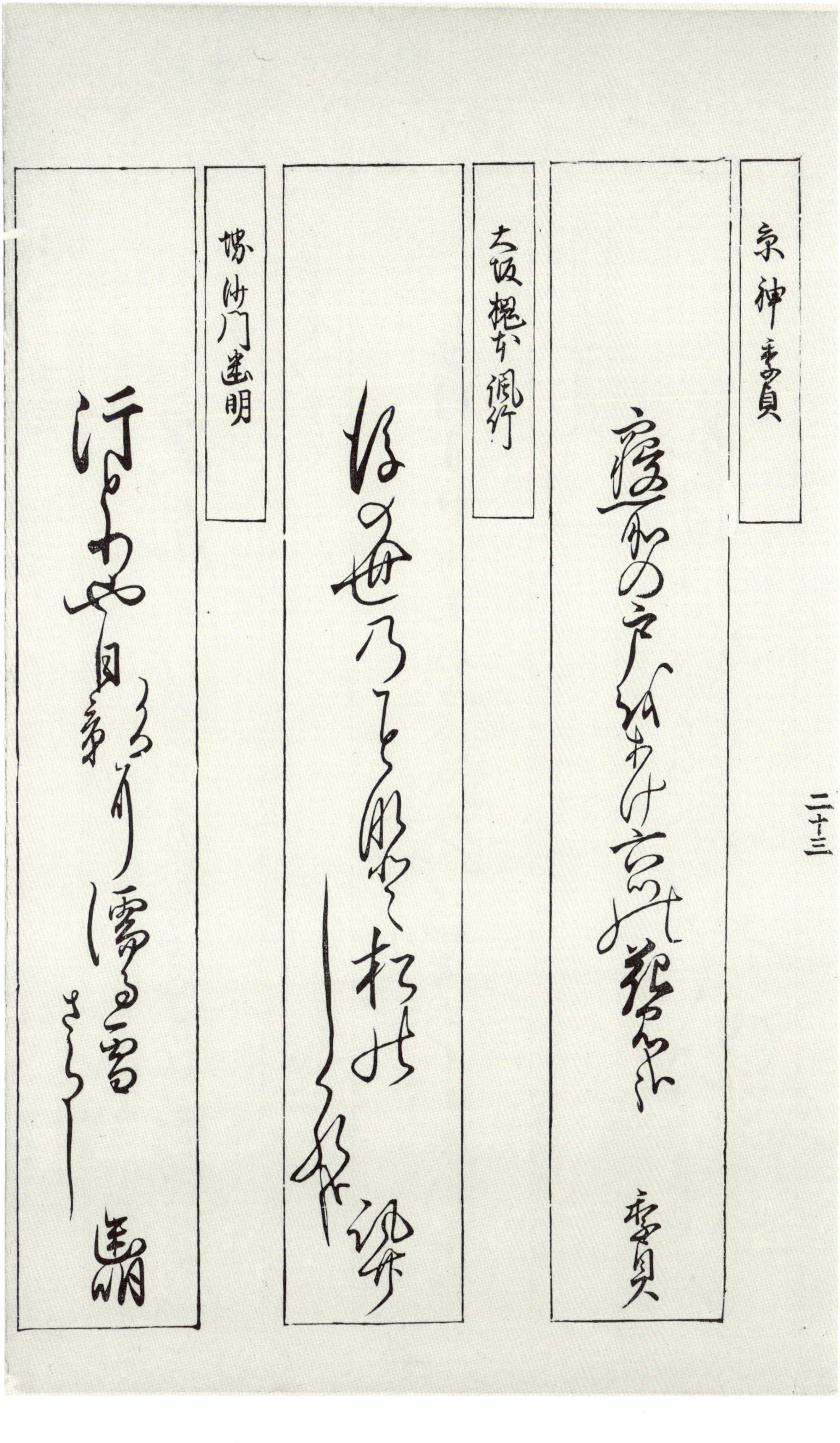
京 神 季貞
大坂 槐本 諷竹
堺 沙門 幽明
二十三

京橋軒友吉

文[]の月清もう〳〵也皆空

藝州来つ□坊

荷かけん鳶ぬひも鳴つ〽︎〳〵

伊丹上海青人

如月や法会〽︎〽︎の〱候 青人

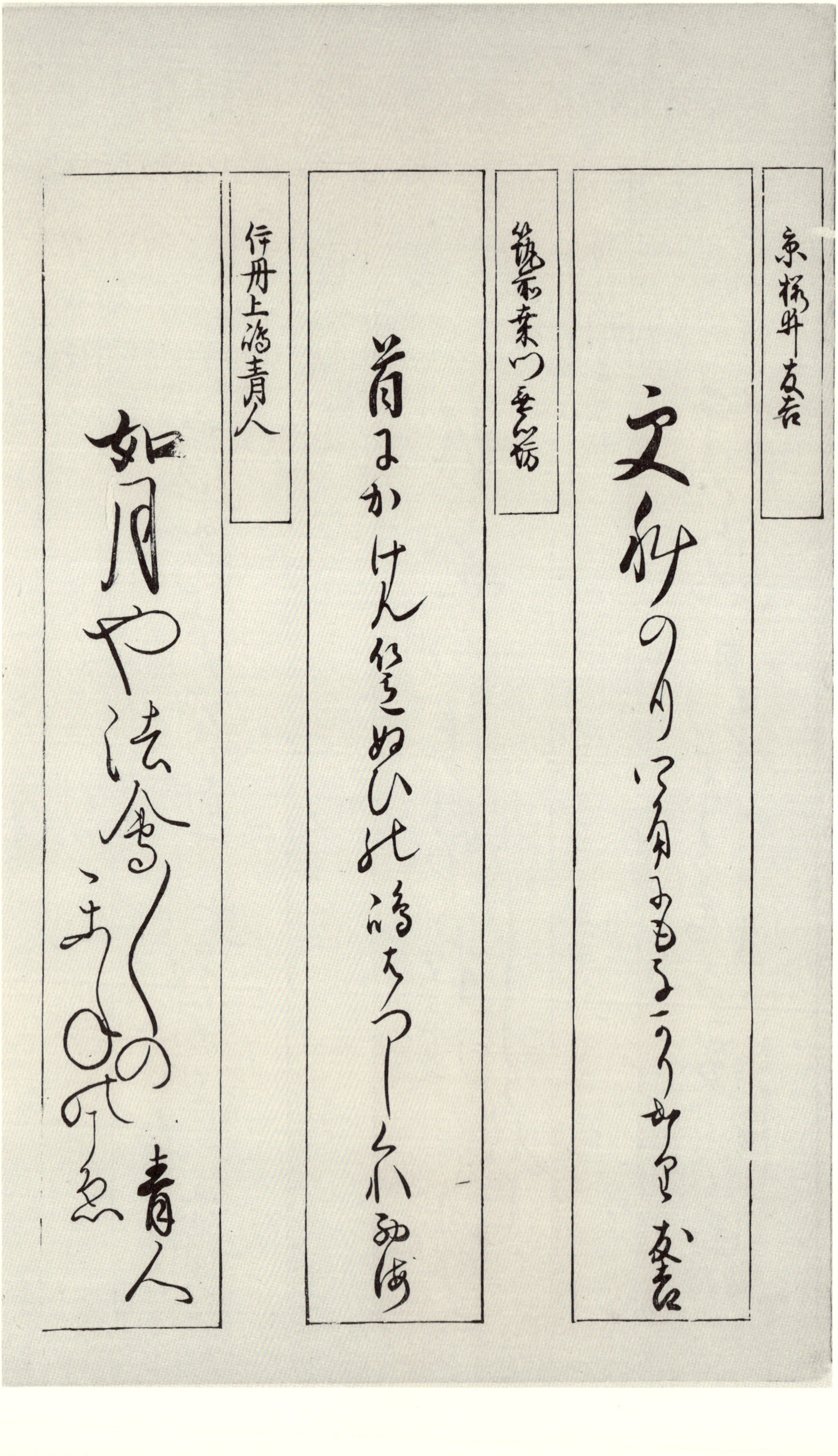

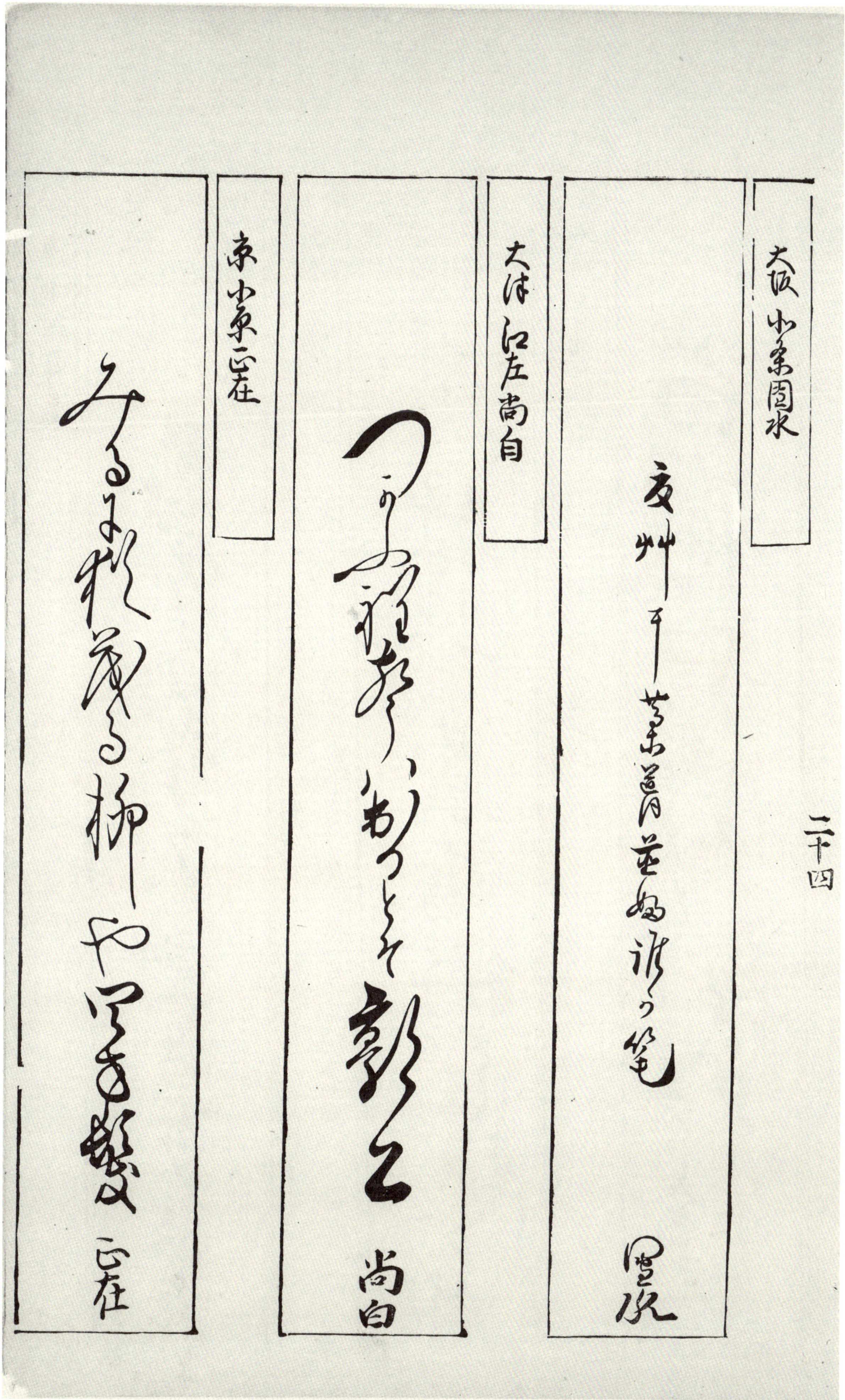
二十四
大坂 小紫団水
団水
大津 江左尚白
尚白
京 小紫正在
正在

京 ト 村 康吉

江戸 一輪一鉄

大坂 名路 永文十

光堂やる萩いのむ窓うめせり〆康吉

此方をさめ暁る
あえたきに
一鉄

白梅やきやく和つ重く
代ふむ
文十

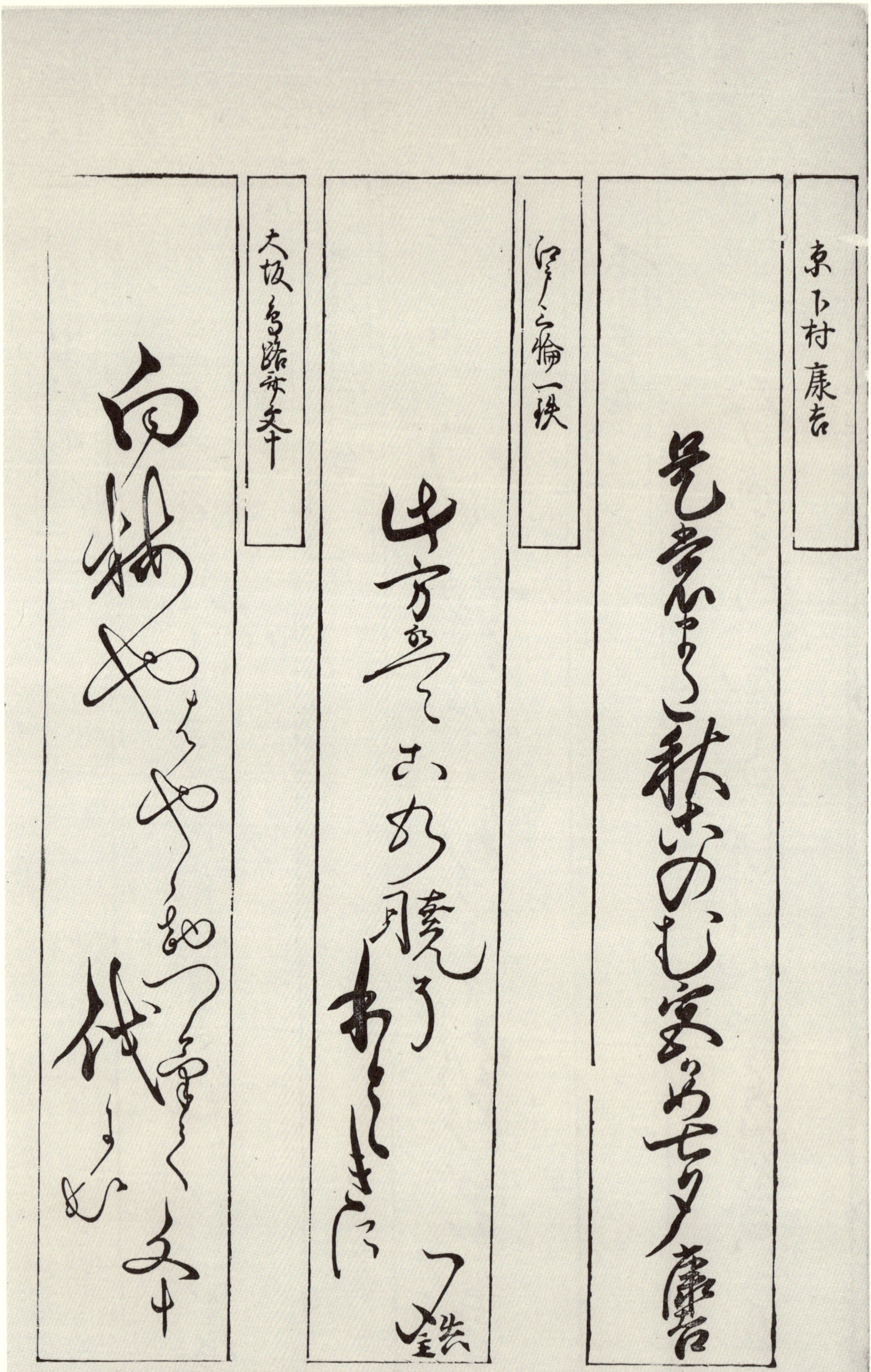

增上寺方丈	京福井重種	京妙心寺大圭和尚

波乃花に何を種とう菓用 石寿

俺人しらぬきあるやなり格寔

工深るわ水くきれ古書栽 玄弘

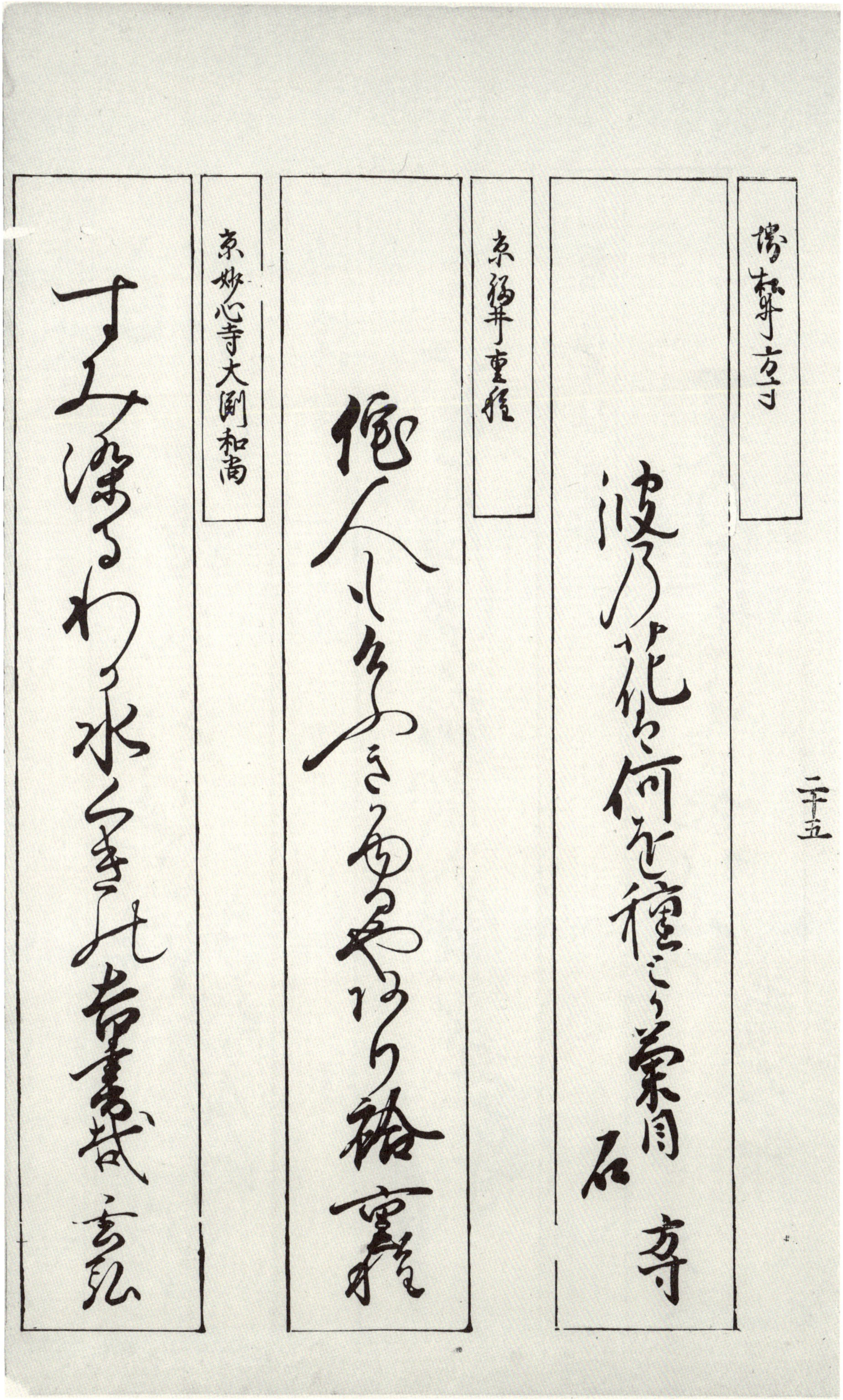

遊行上人

八幡と一枝のこそ中もや、橋
をわけ、きりふ屋川
　　　　　　　他阿

大阪長井敦甫

苦を済くひろゐ拾らく五六寸
　　　　　　　蚊市

越荊徳井佐可ロ

夏乃庭気をさそう長しくむ
　　　　　　　可郷

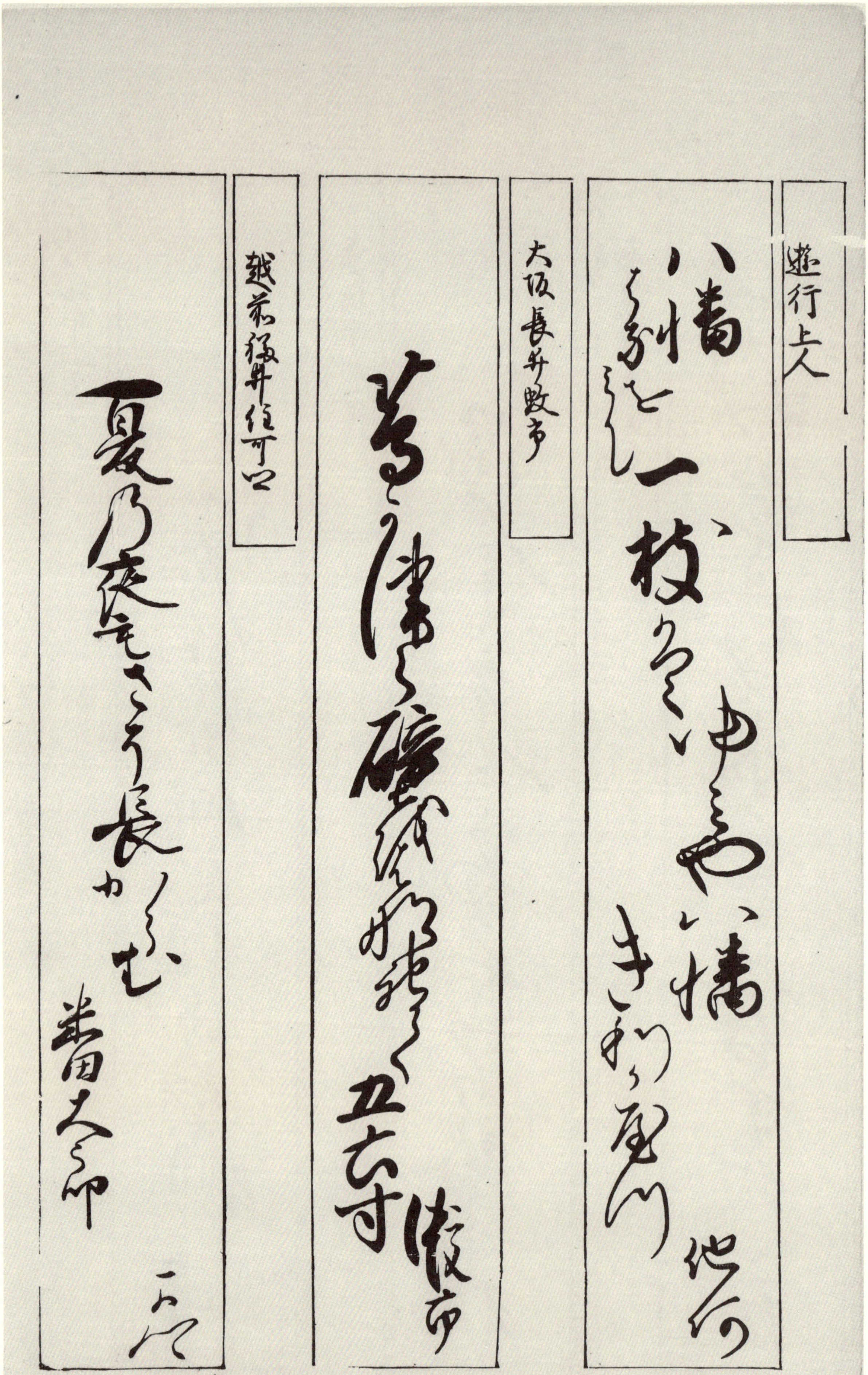

大坂 林宗明

もろ聲に蚕も蓙渡く雨の明ぼゝの　宗明

伊勢 岩田園友

もしゝさの清明〳〵田にむきを　園友

京 野田本春

超しせ又狐の附や雲村花盤　本春

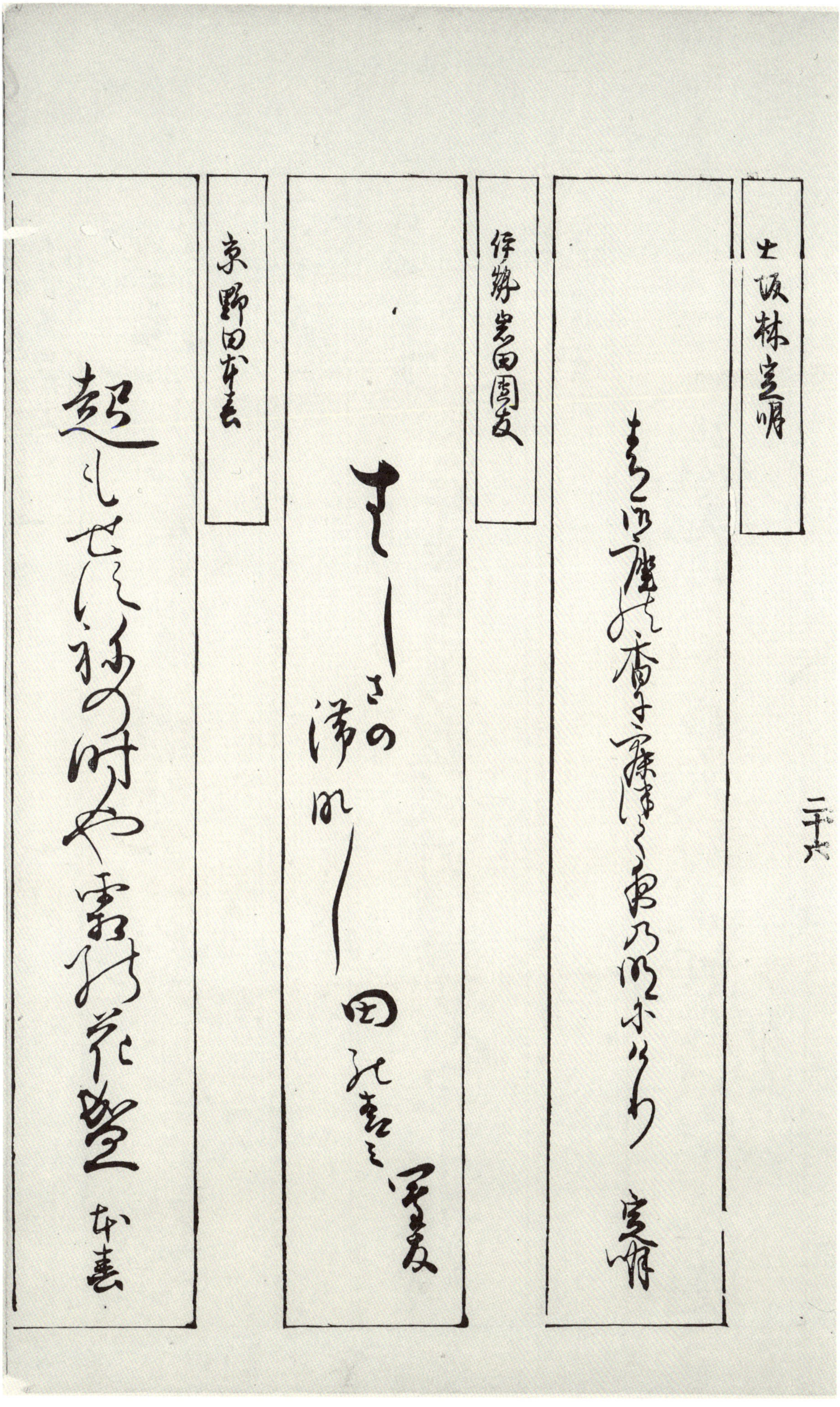

江戸田蓍文

大坂坂東杏酔

津國御影農
邊尓天 牛農与親波汗滴流石車 杏酔

京蔦房若遊

餓鬼世や姫瓜老て舟池燈風雲 谷遊

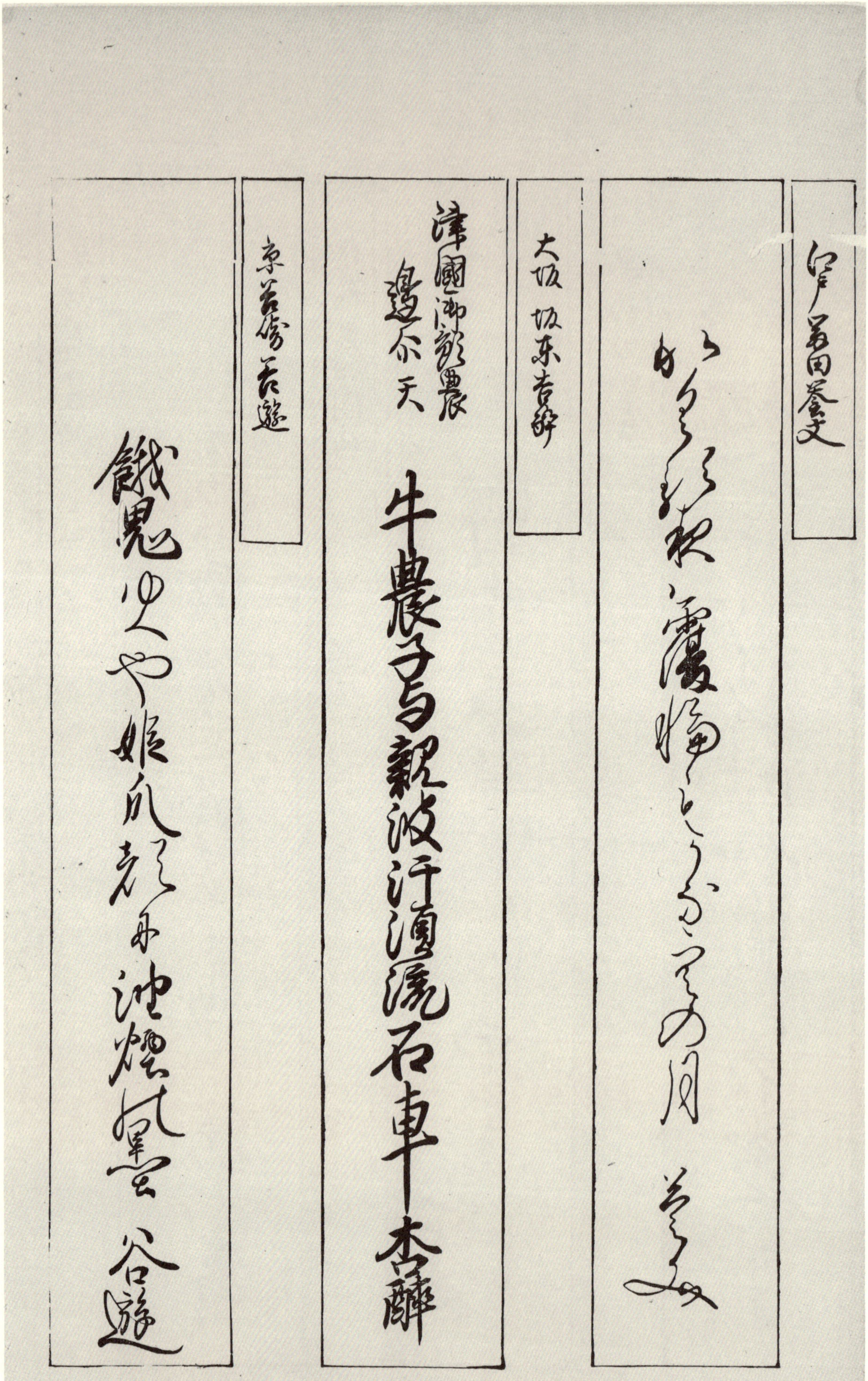

京 祇園と舅春丸

二十七

誕生して釈迦佛腸の下芸初

大坂住堀井氏女之句

捨ても猶うき身やすがた行く水に

江戸小西似春

のうしまれんよめし朝の春 似春

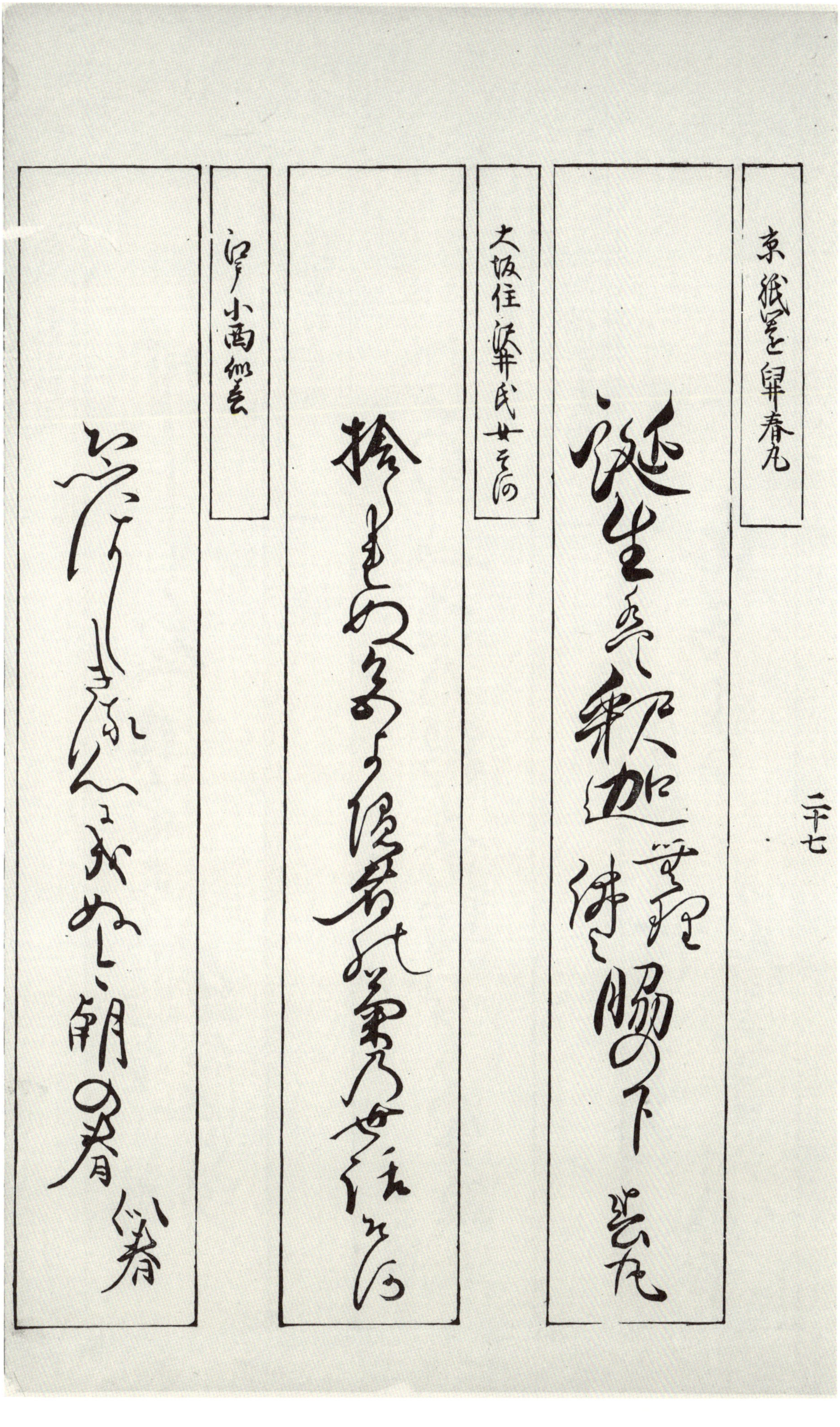

大坂　牧師　晴嵐

川しも川面去ふ朝臓屋　多濃志ゝ　晴嵐

信寺村三筒

あつ坂乃松葉ちりうちつら連計　三筒

大坂　根来芝柏

むすぶるはゝるゝことこそ　之白

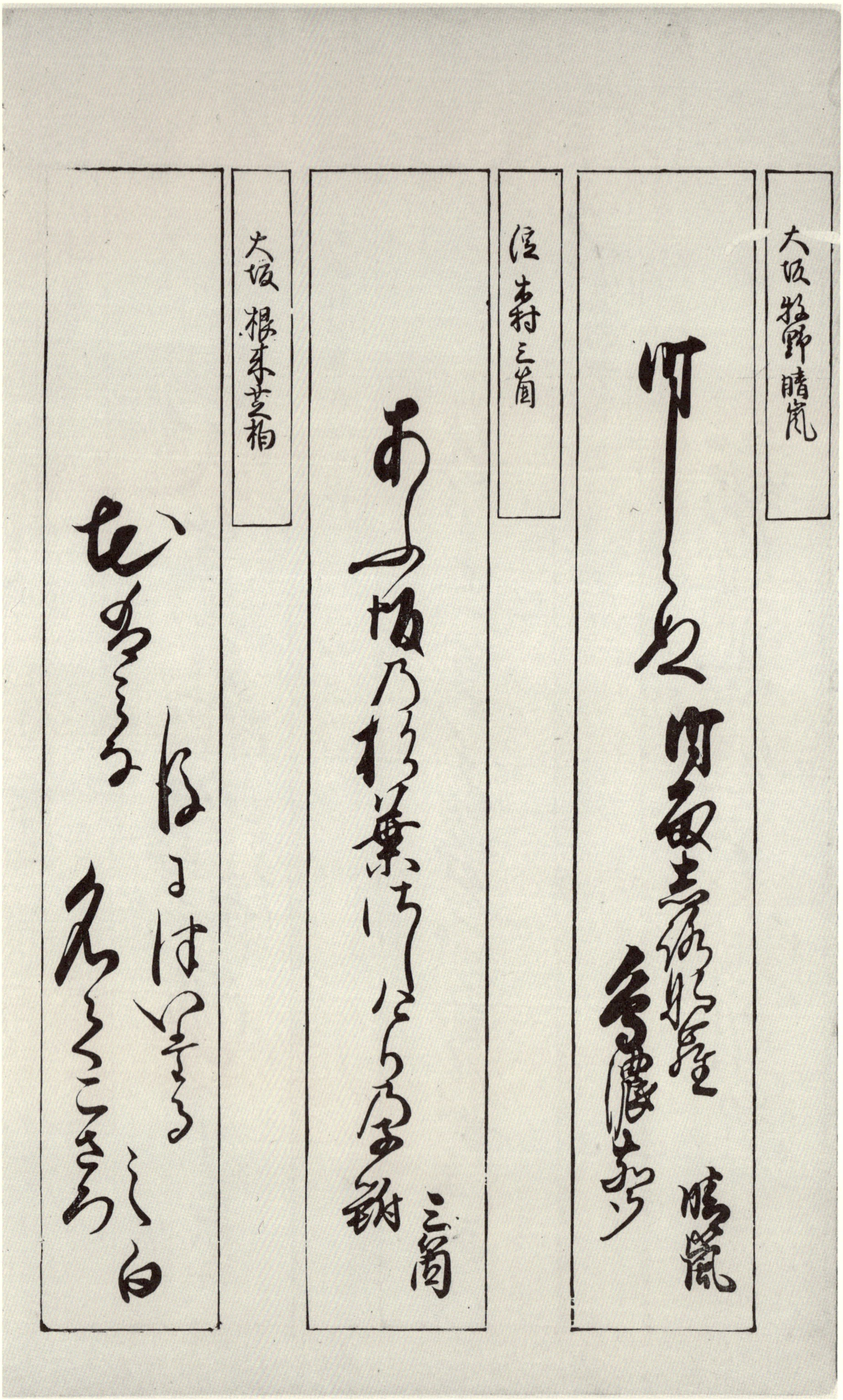

京并狩友静

伊勢　名所及加

切引　楊嫩伝西吟

二八

をしえてうろよまの初さく　及加

嬢れあろを物くまくねも西吟

をなをえ流とるる波やん投川　友静

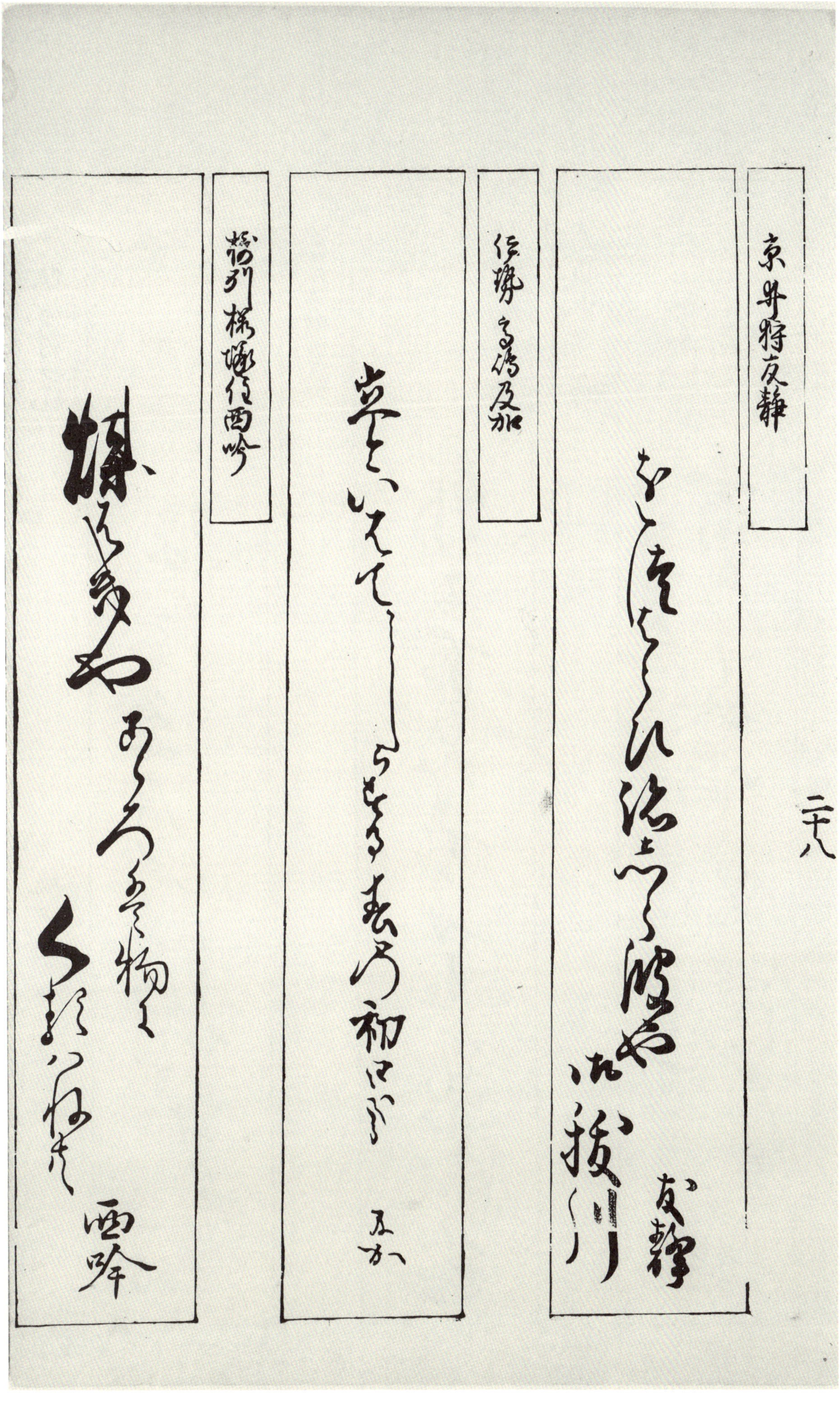

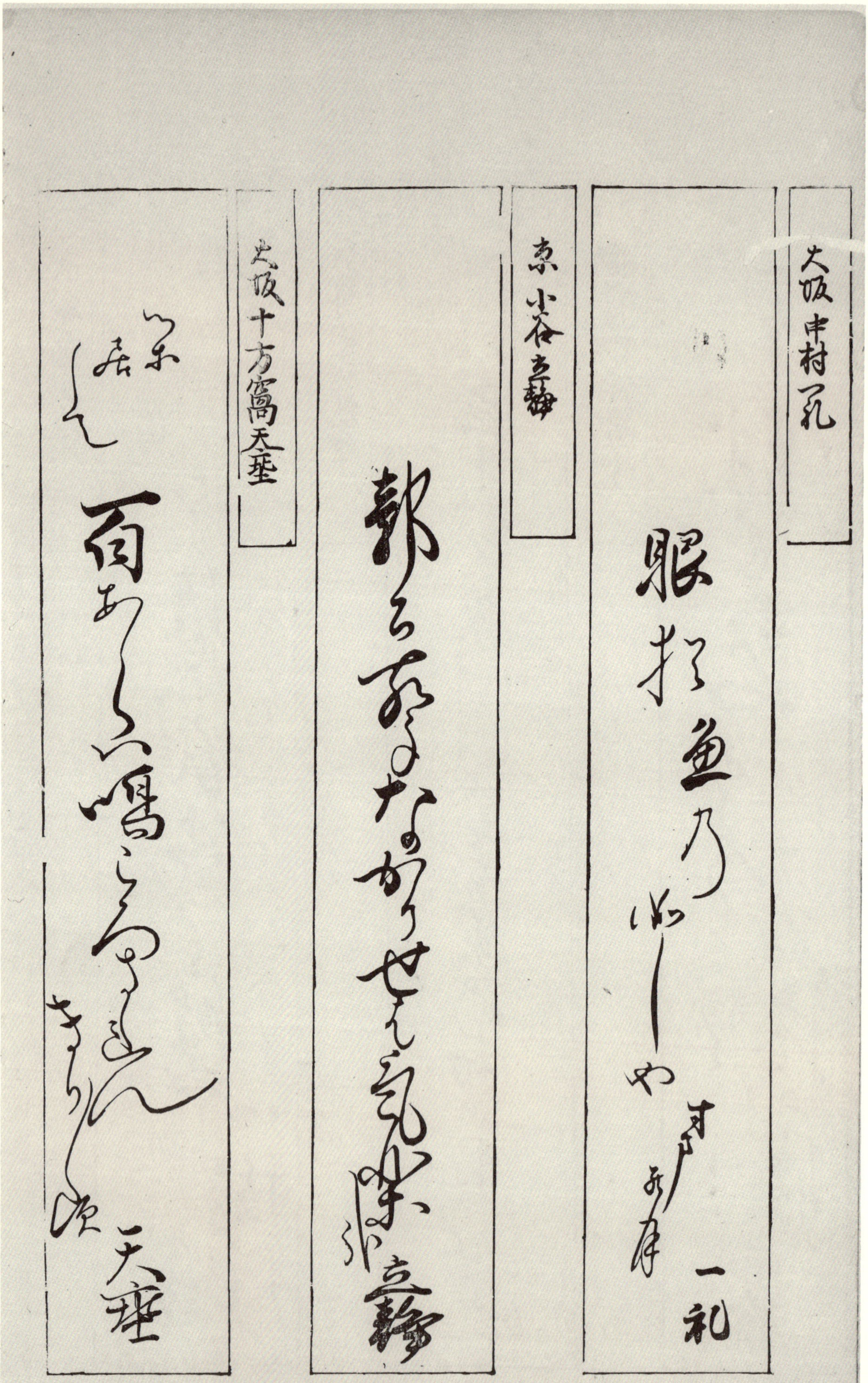
大坂中村一礼
一礼
京小谷立静
立静
大坂十方窩天垂
天垂

堺 藤井宗尓

家隆やむかれ大和ゆつら　宗尓

丹波 松岩軒可常

秋の香に入ぬ先達や筆の勢　可常

堺 永田貞伸

むしの雛の家翔しくさらの鵬　貞伸

二十九

京坂　新好春

大坂　梅並舎羅

京　曾田常知

柳垣のむ数帳きやう[...]

神清菜　朧月や有あけていて舎羅　うしこまり

佐保姫と山姫いつれ姉妹　常知

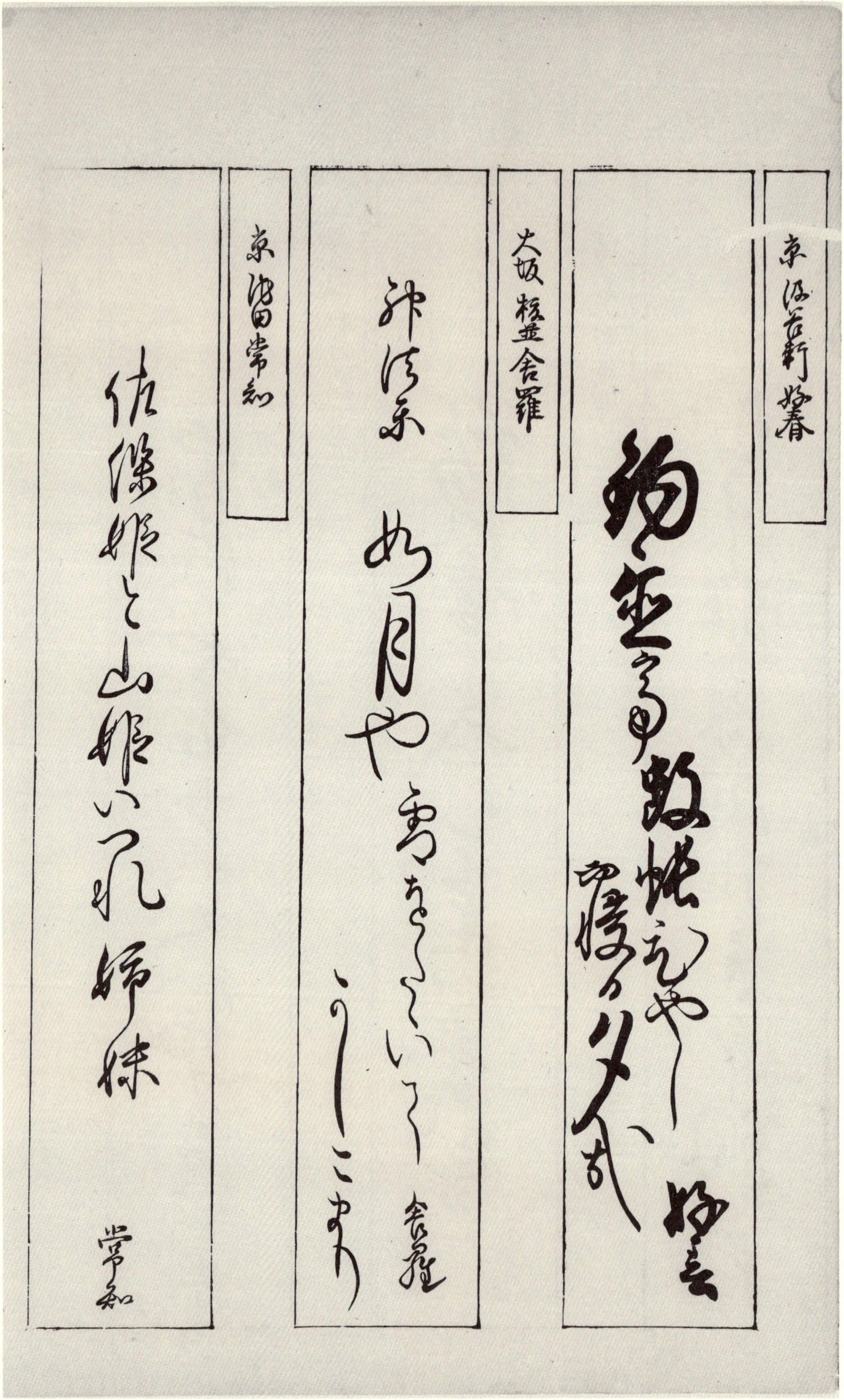

大坂小節松緑

平城門鮨の あくはの
小石うか 松緑

江戸髙舛今三志

黒ひ狐屋を遊女乃弟志 立志

大坂光吉定祐

志ら雪そ松きく人すきま
をかけ屋 定祐

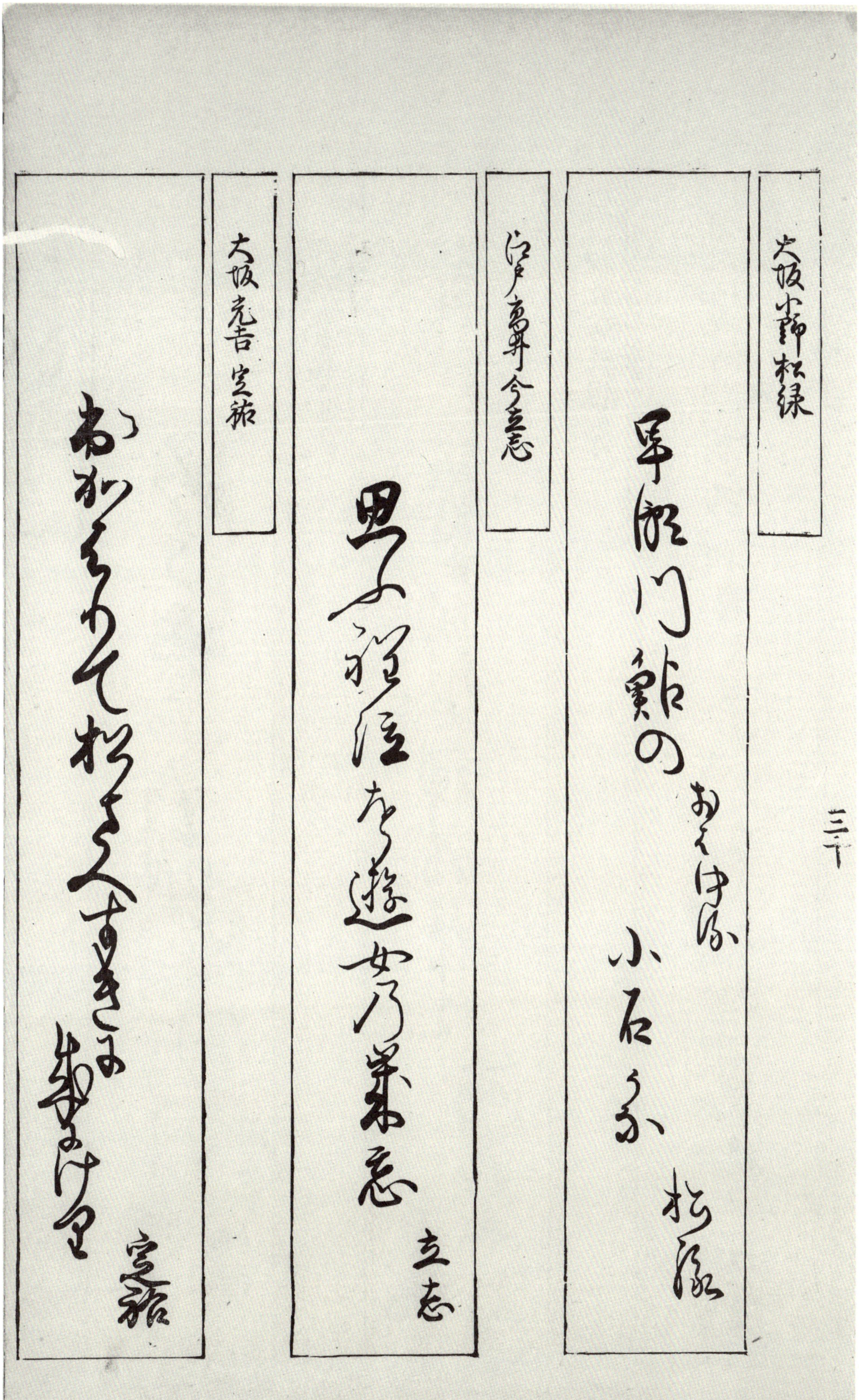

京　高洲轍士

大坂　岩橋豊流

江戸の旅但秀

めをやの川ちよつゝ
轍士

春もれと神乃拝む
梅やなぎ　豊流

吉野八重乃塩引嵐の
　　但秀

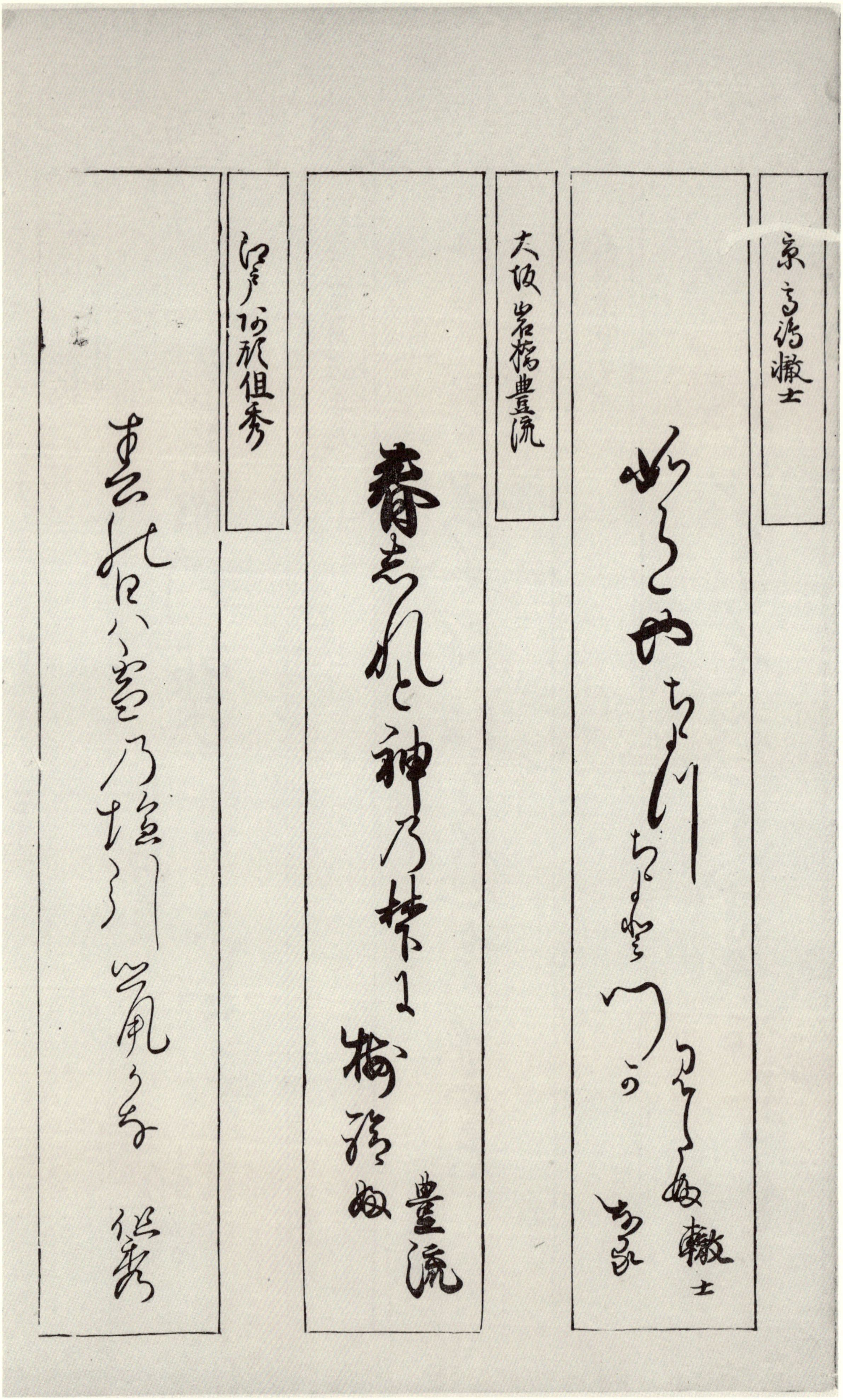

大坂 長井 伴自

本ゑの久ゑは月まつ夜や秋のくれ　伴自

京 称好軒慈敬

元龍のかゝれしを月乃氣色かな　慈敬

阿波 細井 釣寂

おこり落し葉に秋のかへり　釣寂

奥州江口塵言

泉刕尾浴喜田尾蝿

堺駒井貞継

照尾塵言こゝかくてあの蕚人会　蕚言

君ハ流疫氣や告れよ鳥の声　尾蝿

氷の淋う露う出て金かゝる草　貞継

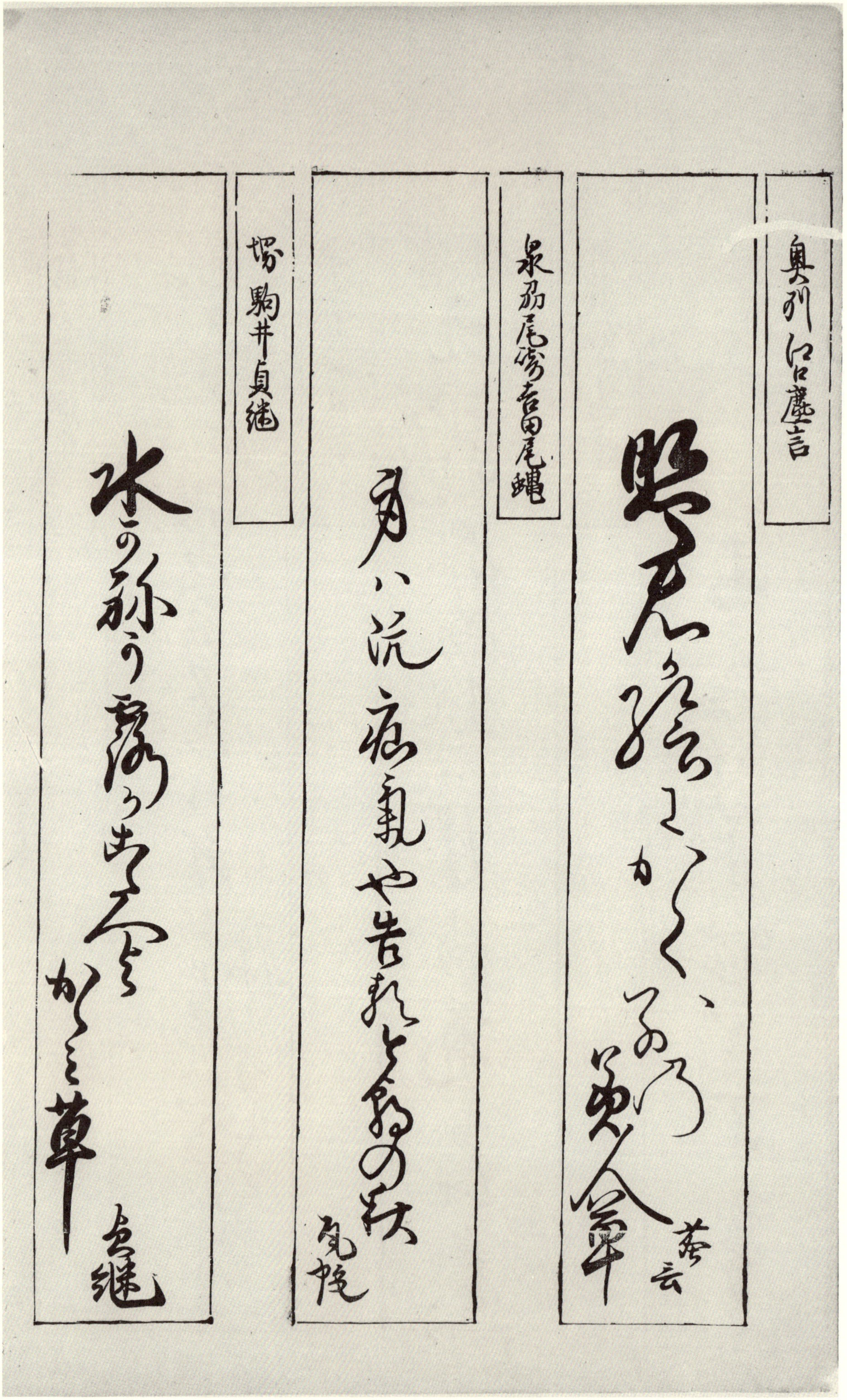

京福井重昌

行平ゆ憎からやなあ處のう
重昌

伯耆住荒尾直久

あつき日やそゝく扇籠
直久

大津経原不卜

所々乃荣ほまつむ豆みつ
不卜

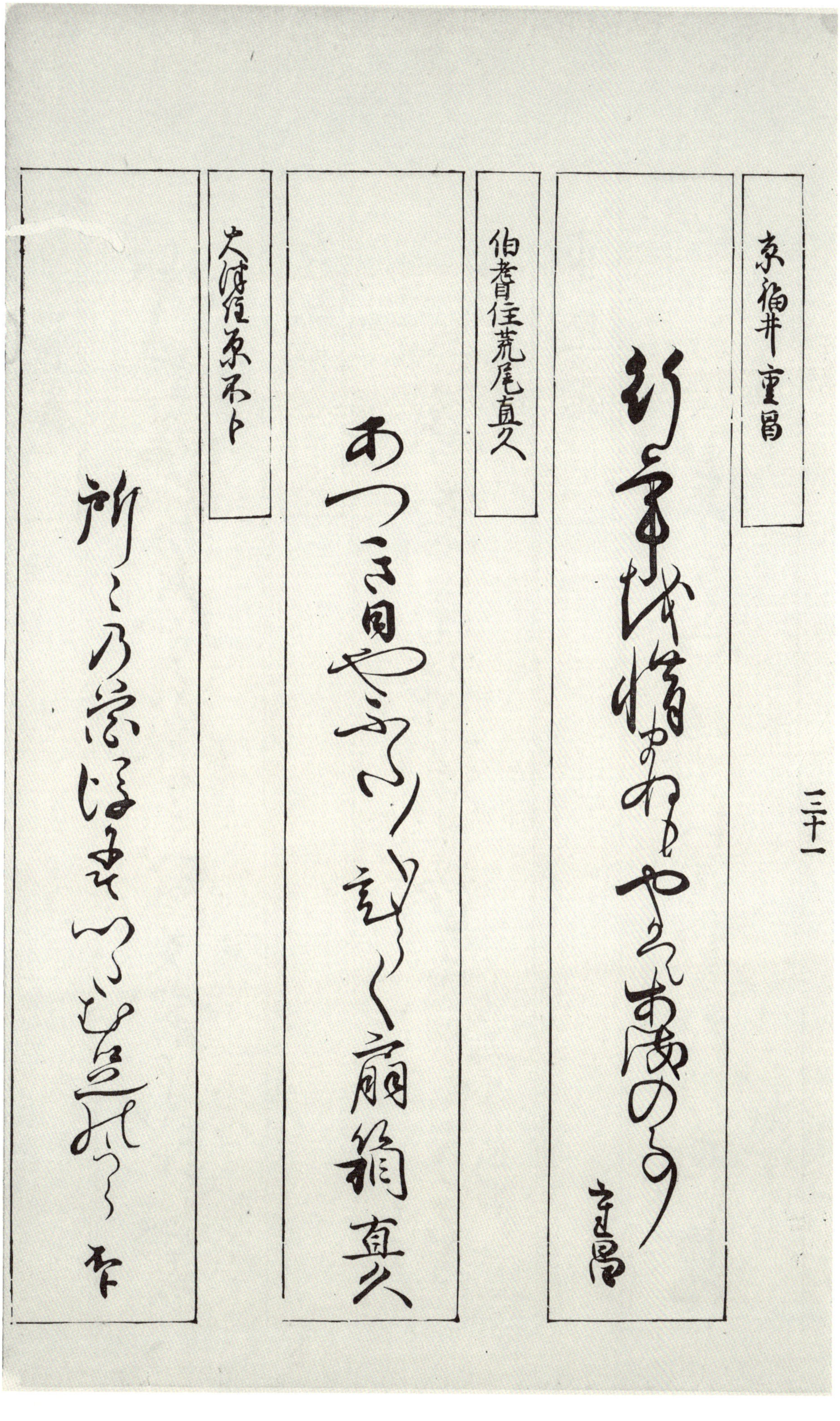

江戸 由良正春

浅茅りのすすきの奈つくさ雲

大坂 乾昨非

吾庵は佛も置もすみな鳥巣

伏見 坂上稲丸

年とらぬやぬ～／＼孫も花の庵　稲丸

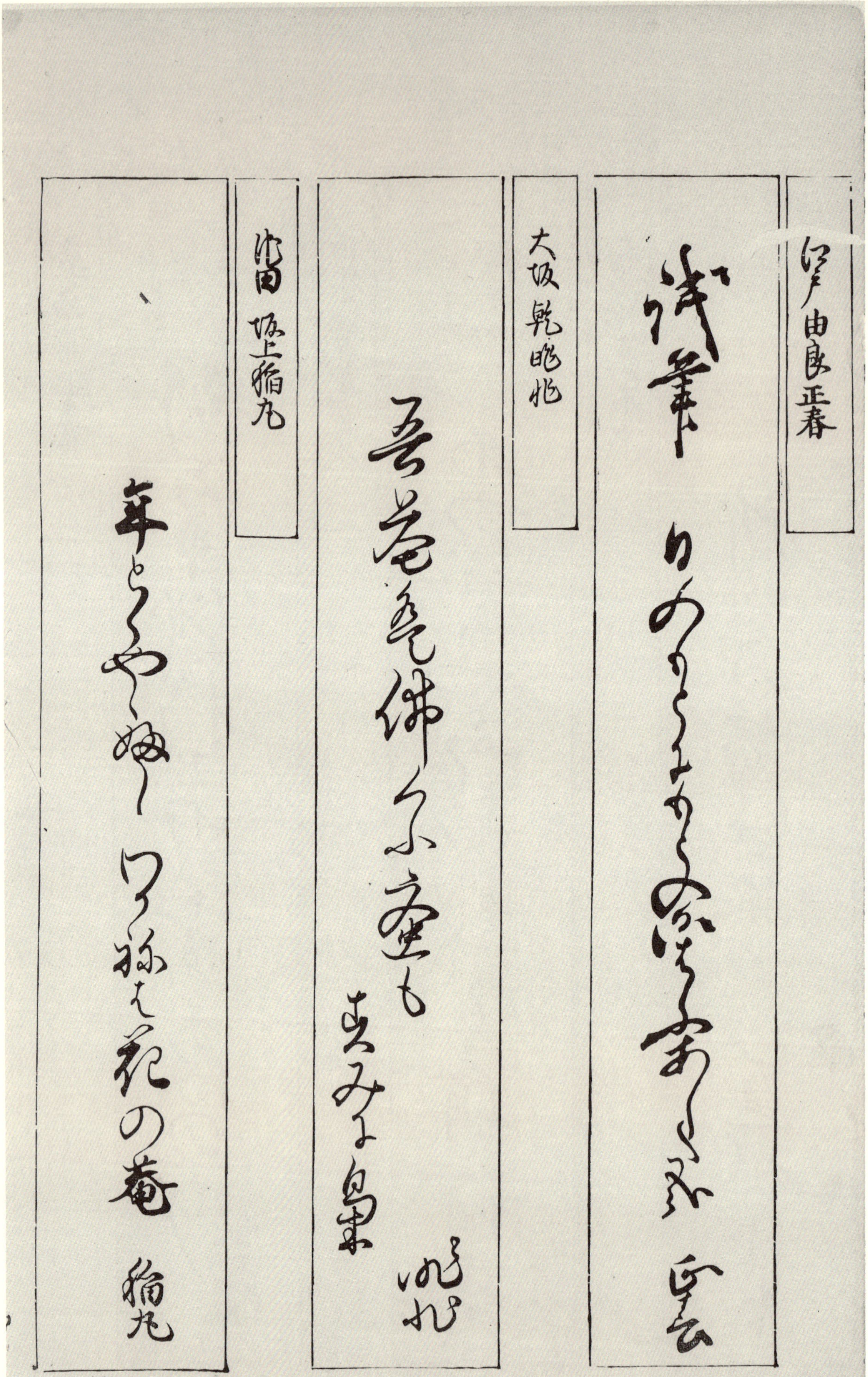

京 釣江種栄

大坂 蘆箏智徳

澤山口素堂

凧羽をつめやたゝに浦千鳥稚栄

出初人我々天香敬索
慶

清々洗やや年海を年々裡

素堂

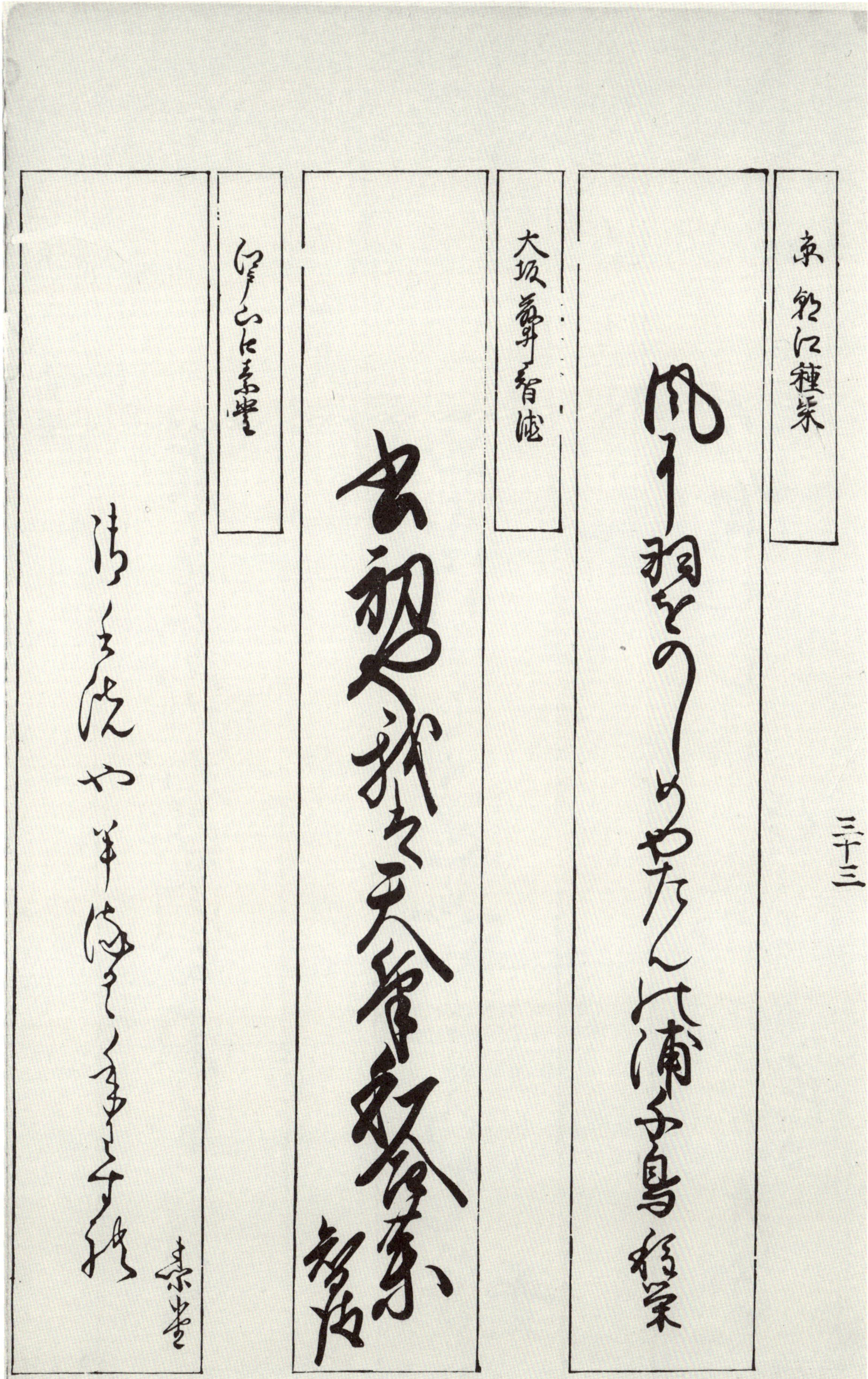

京 三沢之馬育

若えて柳の髪みたれたる　国信

京 山本善入

墨をたふしもき忠やうの志鳴る　善

大坂安部氏幸方

久あやむしもやの保しゝめある　幸

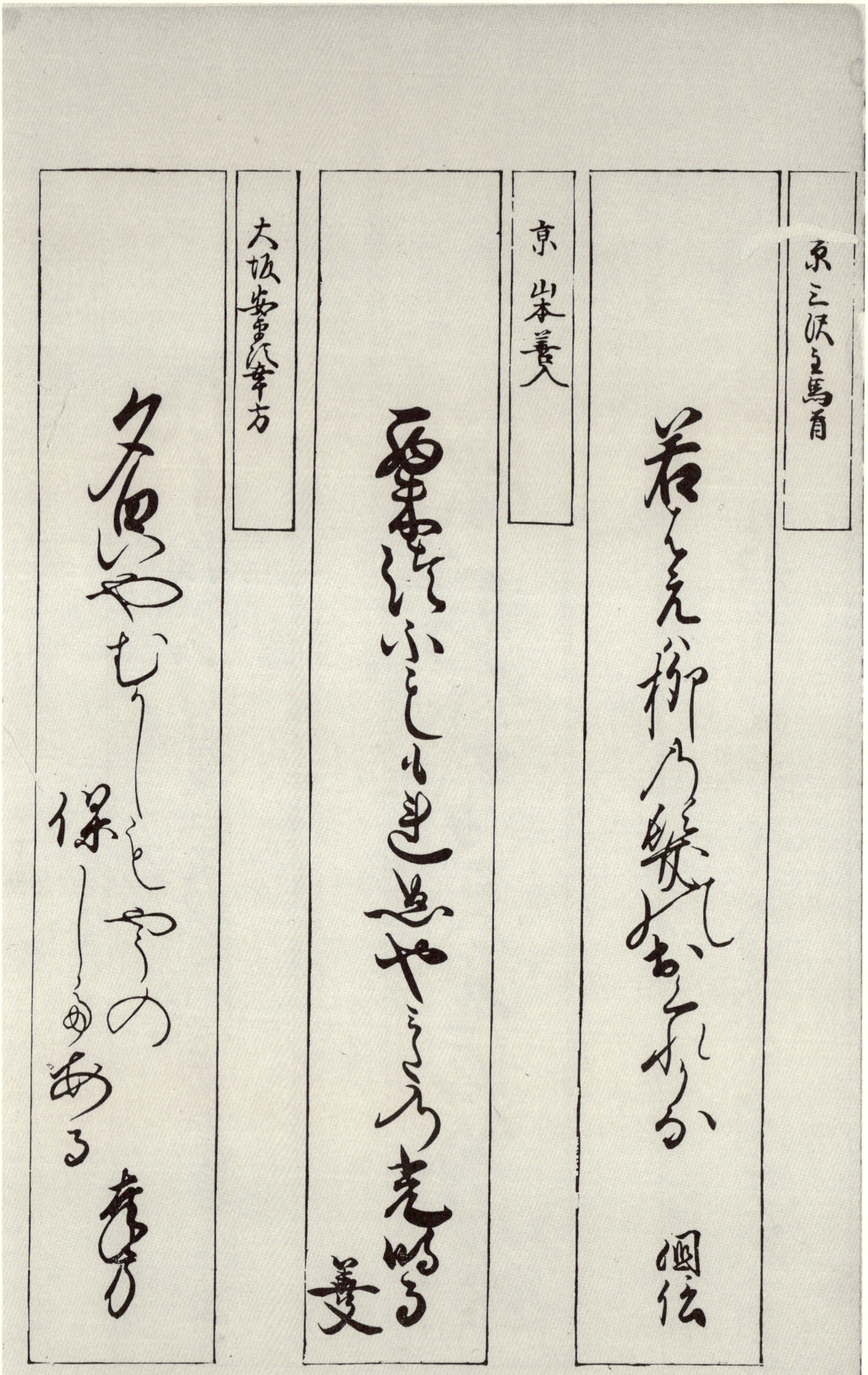

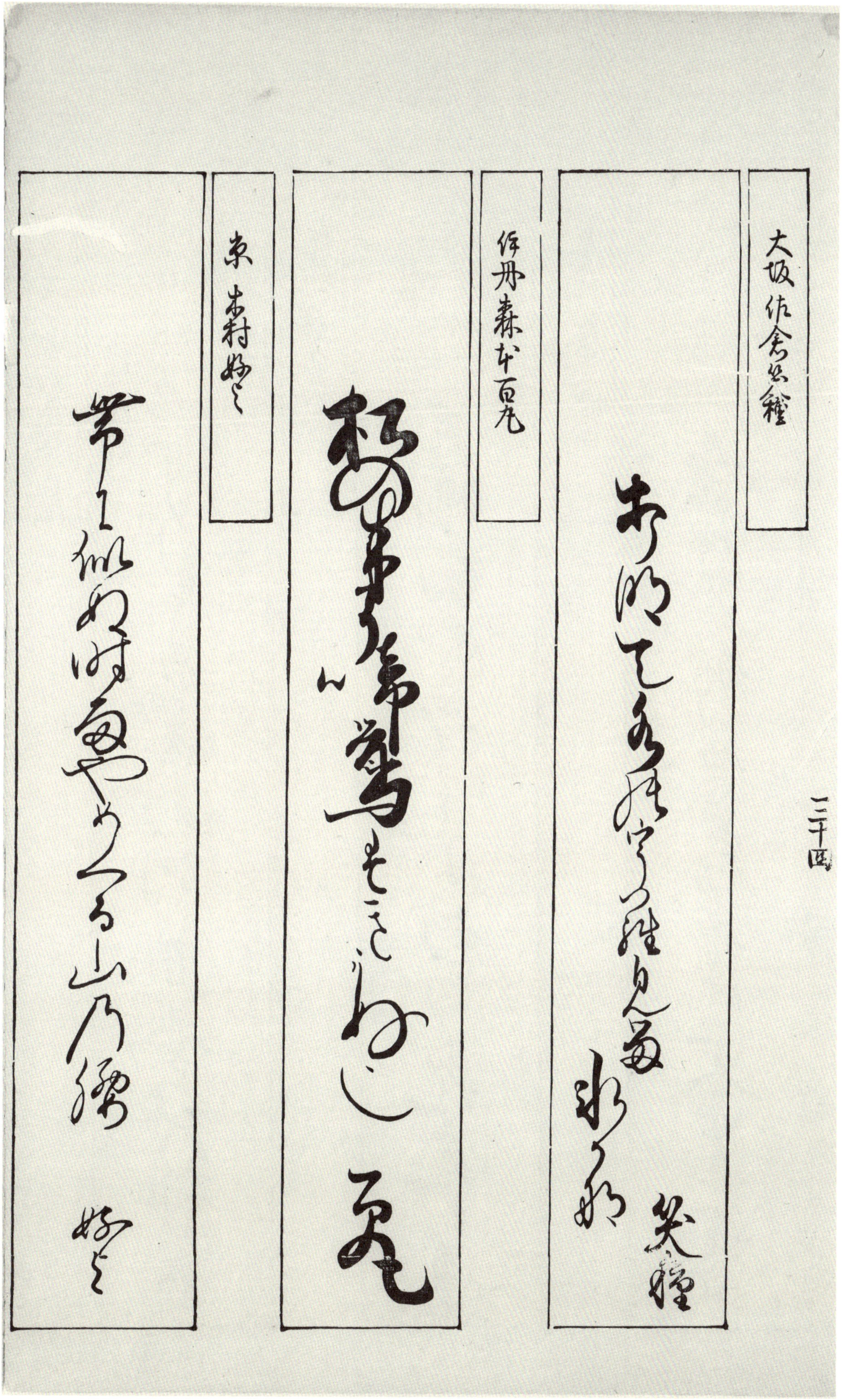

大坂 作倉笑種
笑種
三十四
伊丹 森本百丸
京 木村好与
常に似ぬ時雨やめくる山の端
好与

京極宮貞敦　

紀州目方貞長

こゝろとも鳥そあはれにしらせけり梅　

藤あらしを小夜の花ちる　貞長

京嵯峨堂晩山

虫啼や萩折ゝし二人連　晩山

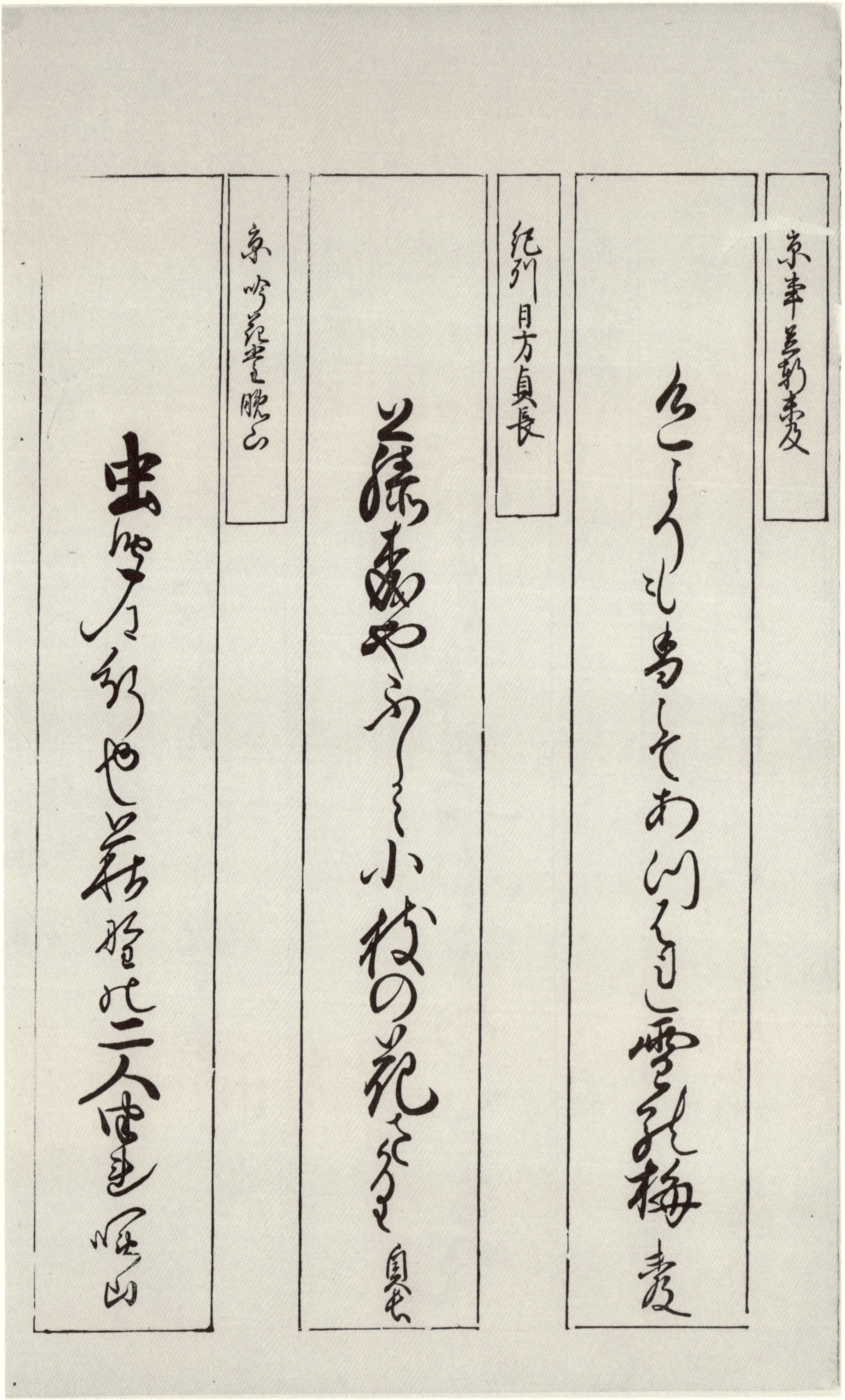

淀の豊浦の
みなと漕ゆくろ舟おそ宣風雲あらし

京極未亡渧
五月雨やまこも淀をうきてのみ

織田信勝
さみたれや勤の瀧のたき　信勝

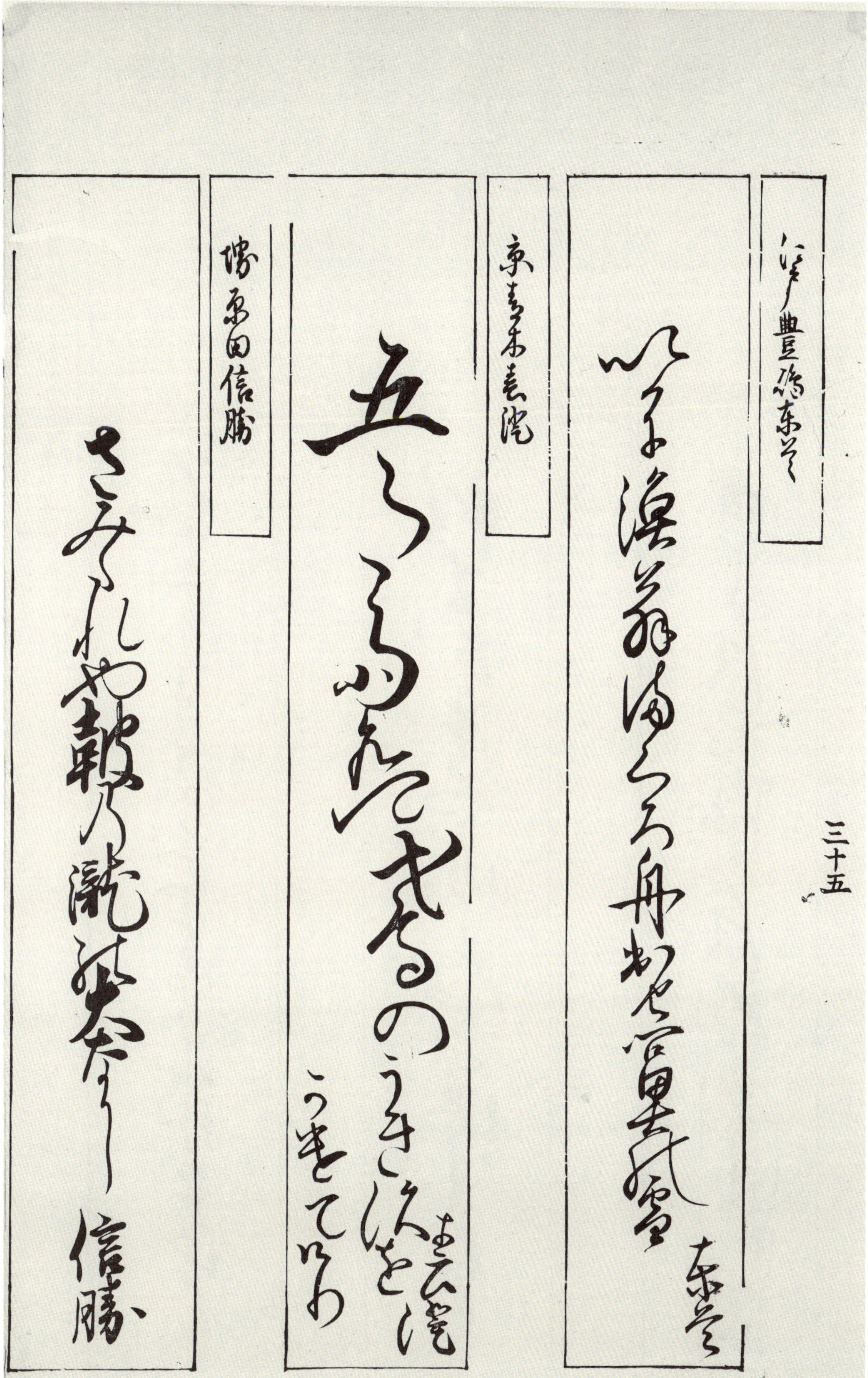

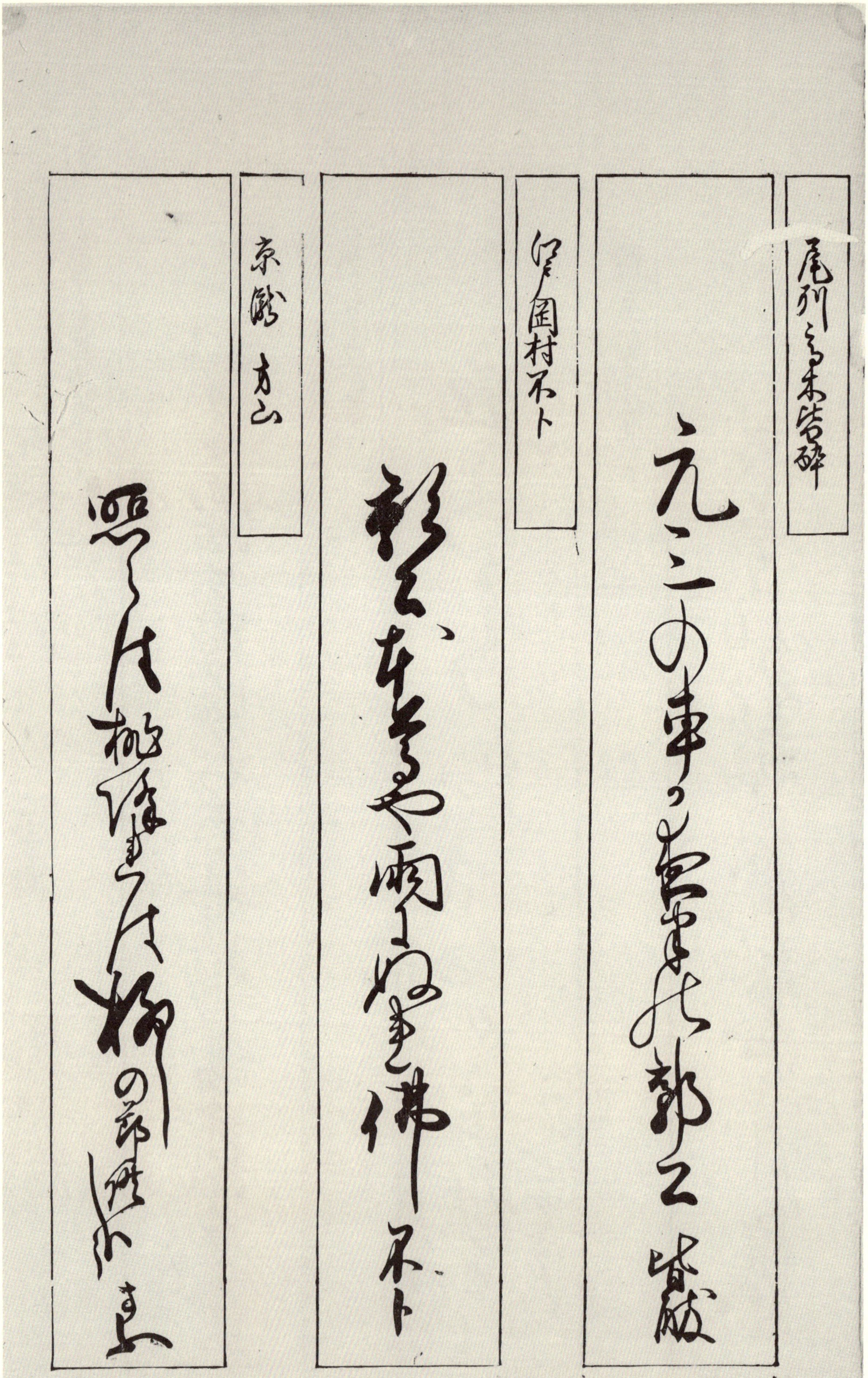

京屋千春

あら時雨沙稽や早稲草　千春

望小軒雪柴

月のこふた人よらんやねん望桜　雪柴

推雁幸田正舎

雲あいつる山畔をうろんの粉屋

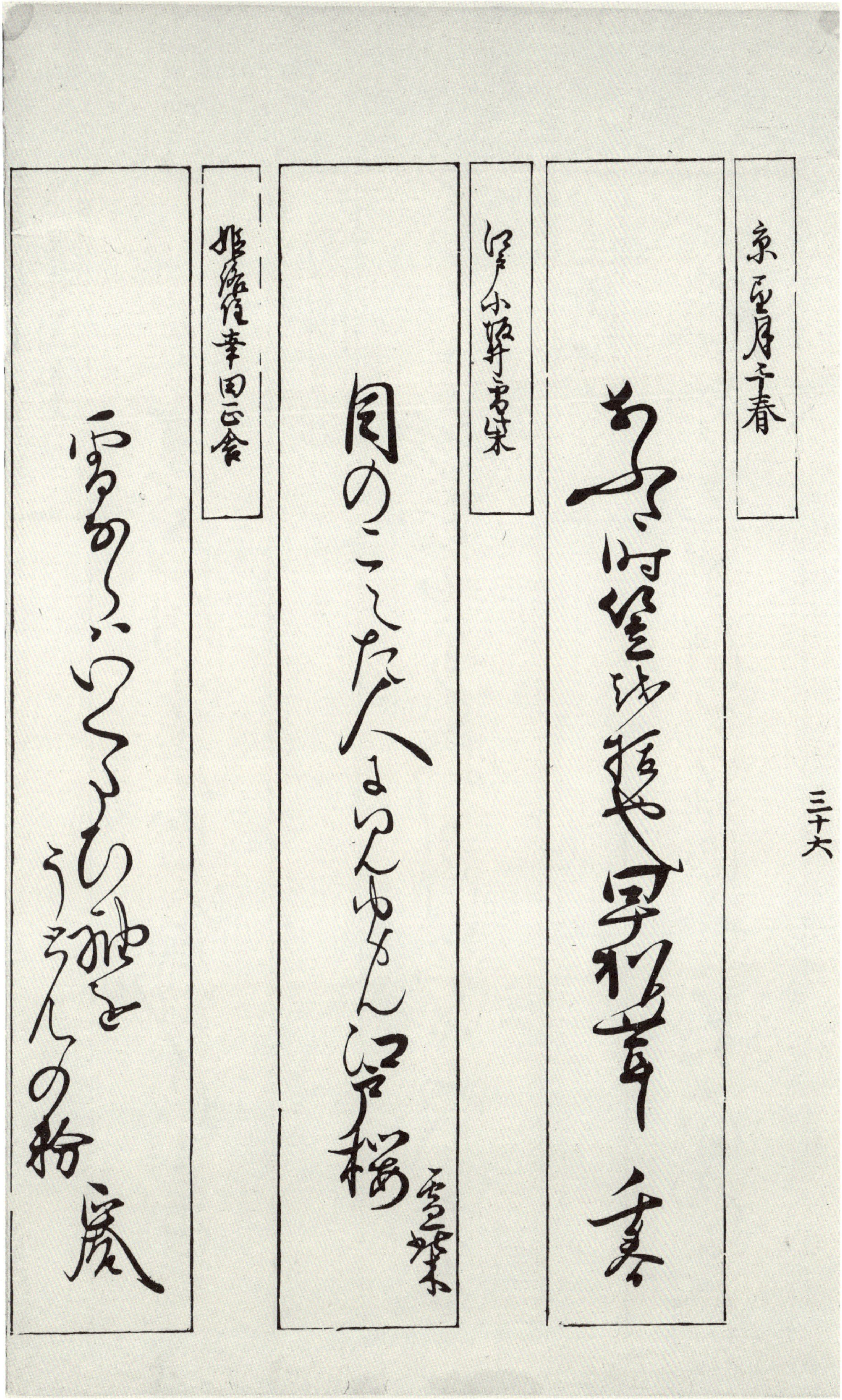

東山閑元恕

　高閑なる年とへしかな元恕

　泙野星舵

　聳雨とふくようはうかゝ武蔵

　参列神戸可入

　梅やきすけうとしふし花見之入

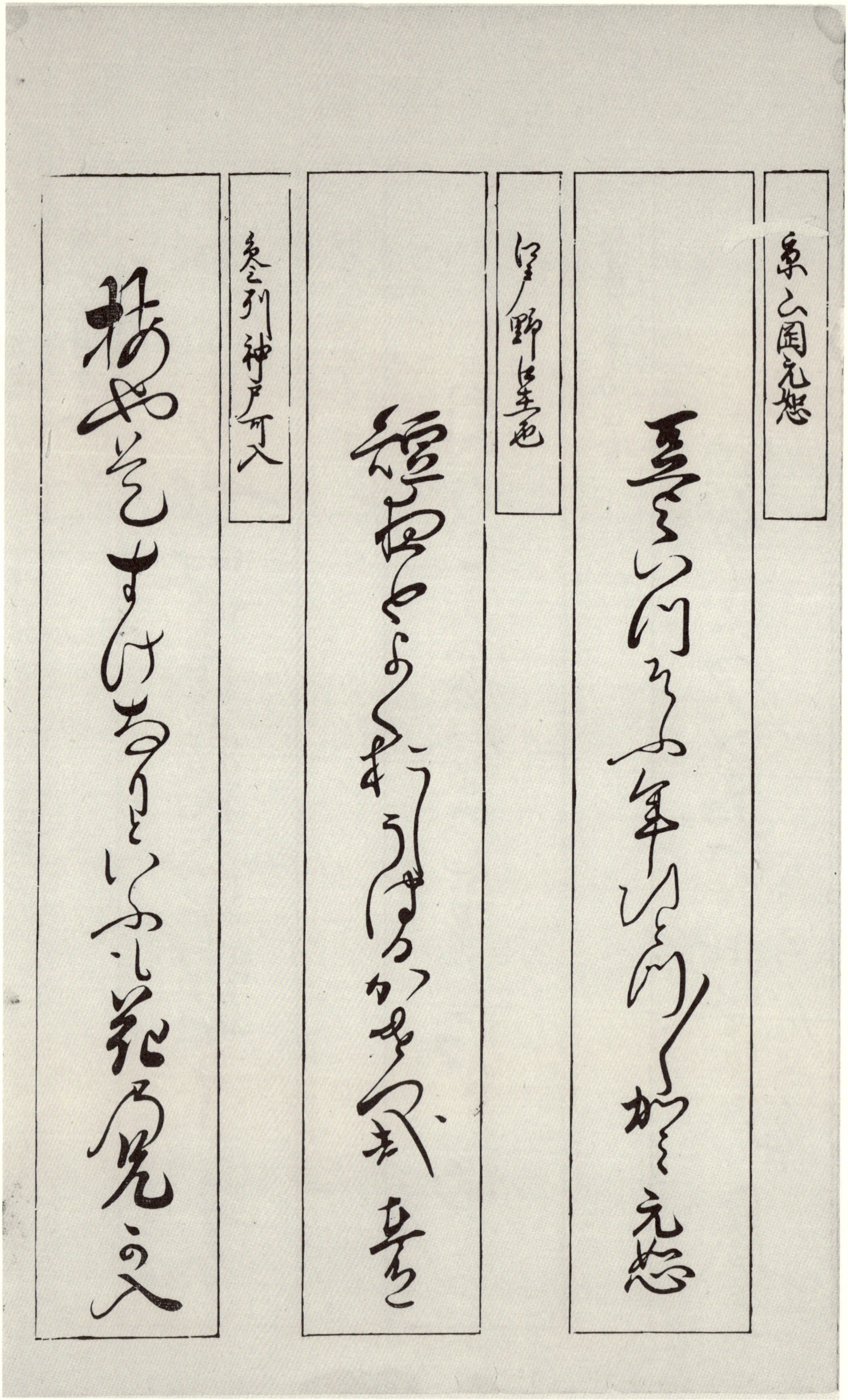

京　岩井不ト

尾州山本荷兮

江ノ本屋正友

きぬぎぬゝ月影やかろ行きし
　　　　　　　　　　不ト

凡そみる娘さんもあや駒むく
　　　　　　　　　　荷兮

姓望よりむ魁町と這井乱雲

京橋江林鴻

艶净草寺遠川

ふち田重德

夕露のぬるゝ萩や薄むらすゝき 遠川

萩九月あまねき松ぞ松鴻 林鴻

河也に凧高き床の夕卸 重德

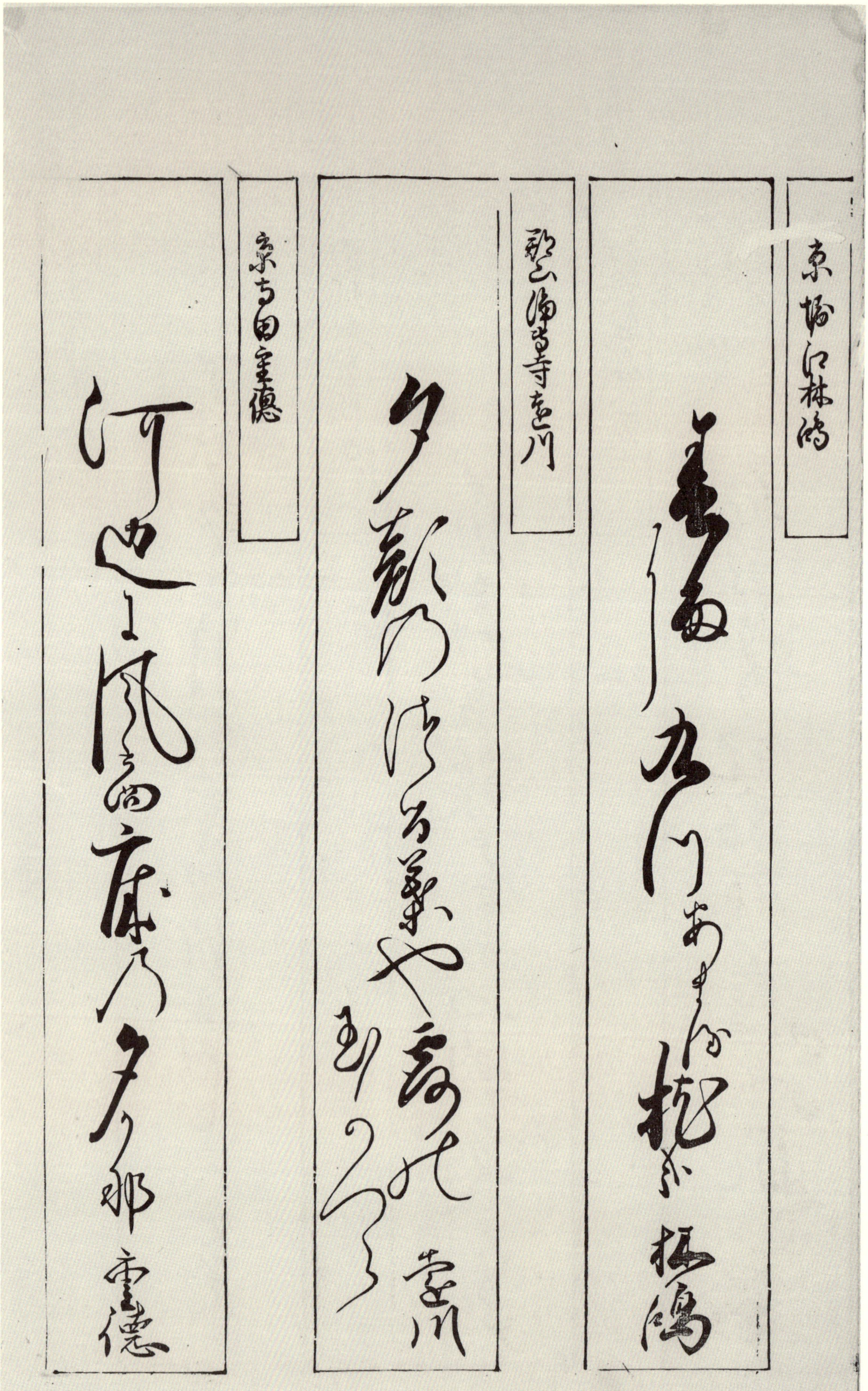

三十八

江戸 菅井 宣安

春色もみゆるやらぬるゝ淵乃水 宣安

京 平野 尚好

此里まで白梅こそや玉つゝ白幣 尚好

参河 小野 愚侍

冬の夜はねしこそあはれ山の井 愚侍

続古今誹諧手鑑 三十八（ウ）　松臼・秀延・世恥

松臼

きりかへし囲炉裏すゝけるやどの松　松臼

京弥副毎度秀延

風のやら吹ほきりて飛もせぬ布　秀延

進蒼世恥子

いつ迄て姫椿子綿穿　女恥

一七〇

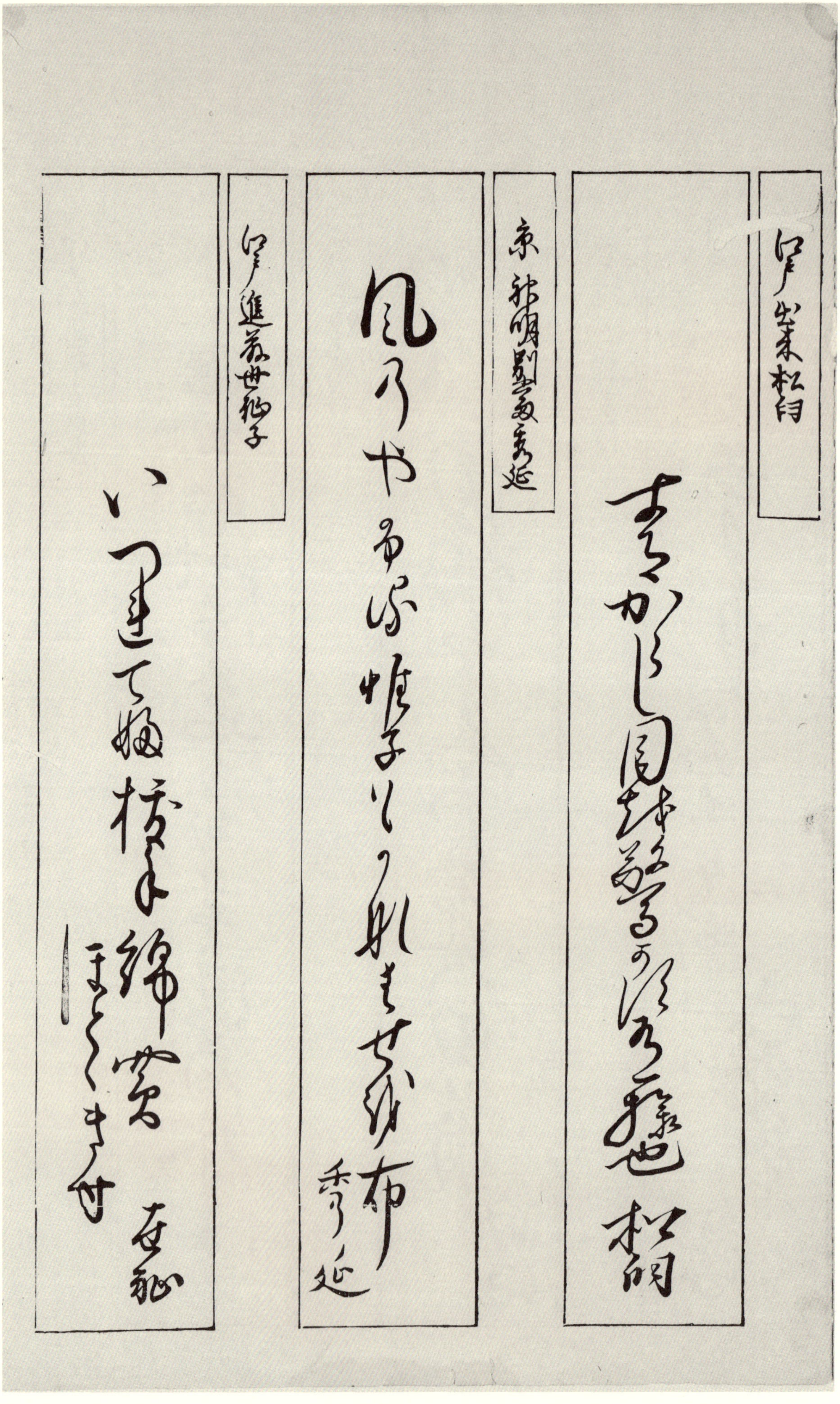

大坂後素亭愛貞

ねふもとおもひ出でゝ火燵哉　愛貞

摂州金龍寺桜叟

ゆめやあちてもとれぬぬふ櫻哉

京中尾我黒

ほそ/″\と出る（つゝむ東山　我黒

大坂 武村万海

江戸 松木青雲

堺 佐田松安

柴くれ人ぬ気色と咏こてふかすみ 万海

此浦りやけん滑 青雲

もれふ曲やあらし立柳 松安

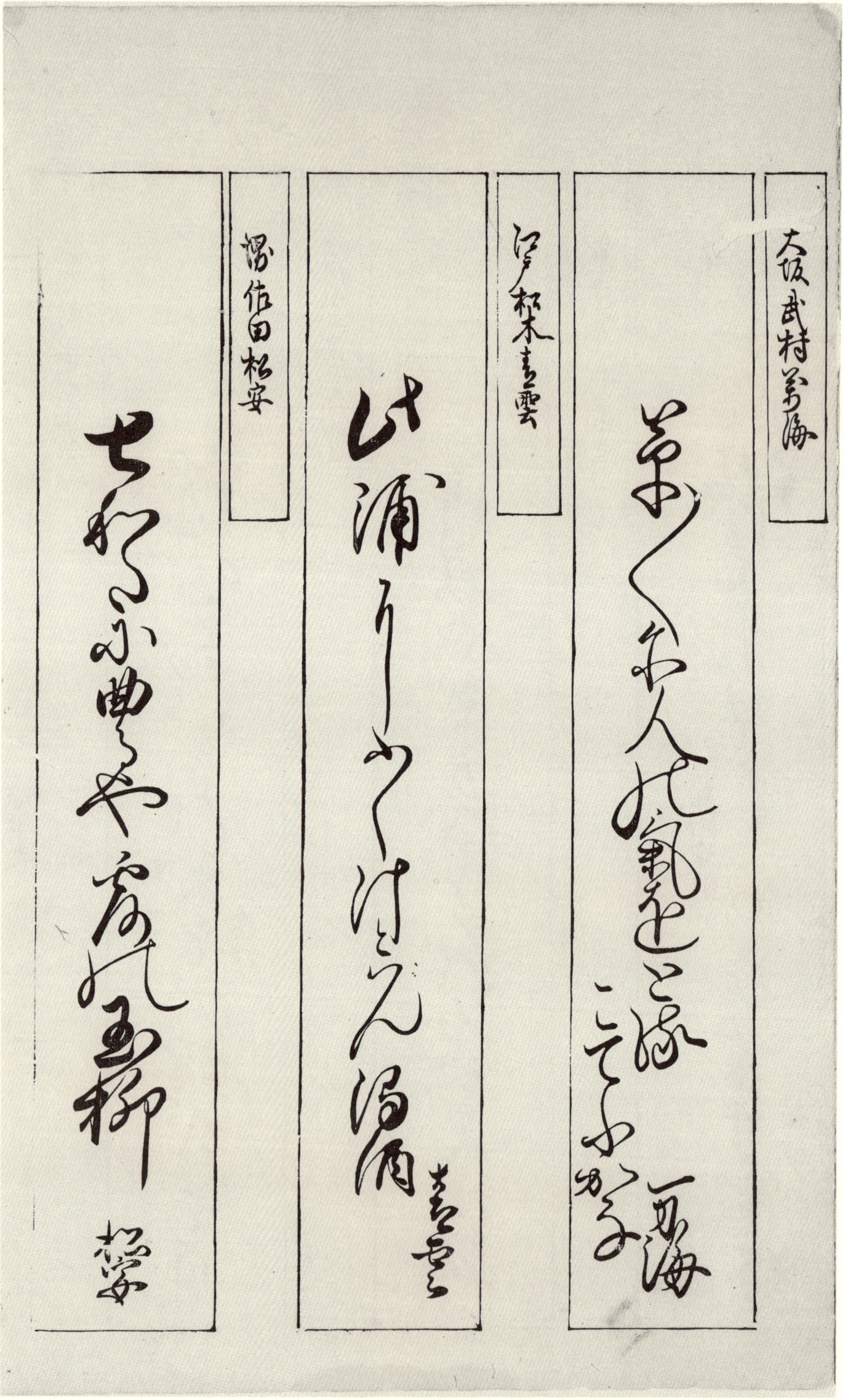

出羽野代僧里鶯

とし
かさね
訳い待つく
あうを言参かくて
手こかさの
里鶯

出雲目墨之厳

あさいら
風いえをも鰊峯
風水

京車嵐良和

米槇もほくもや梅濃する茂訛
良和

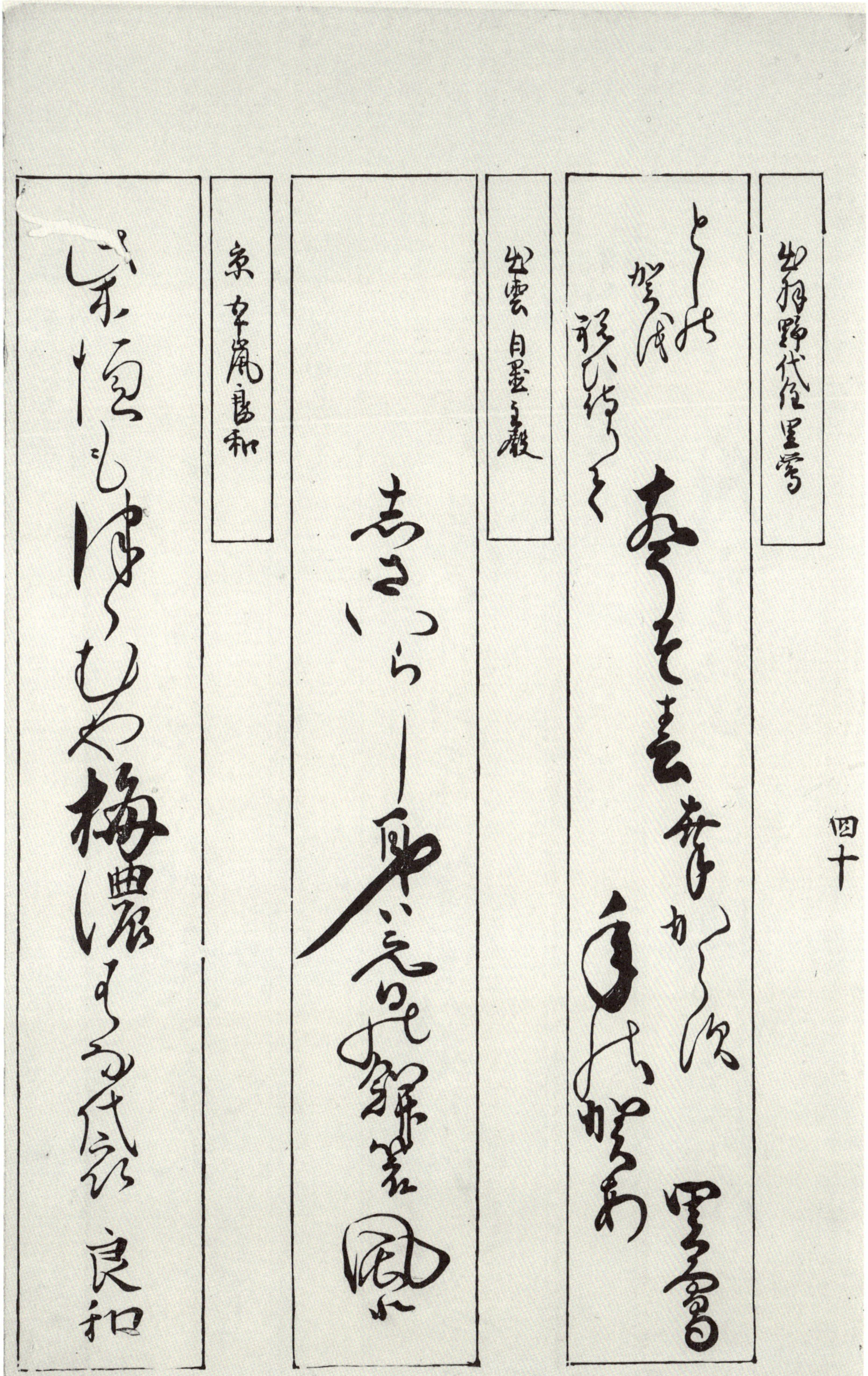

京　松波雲鈴

蝶のかげ松に針やおろさん

羽田掃立

いつねふ庵よ筝閑乃友きく露　露言

大坂品川古義

鮒少し鰭々をてははつ磯の月もえんや翁

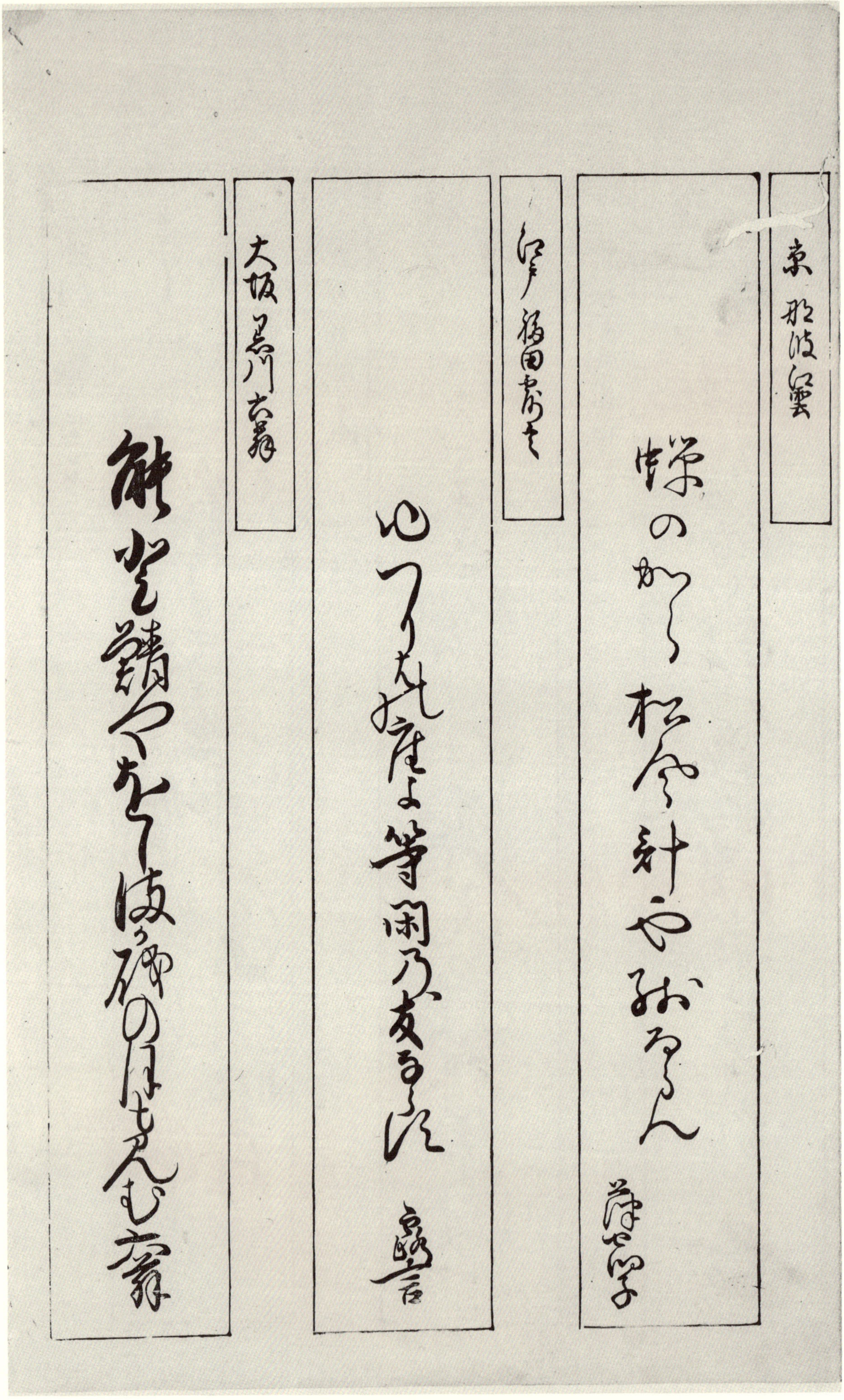

卌一

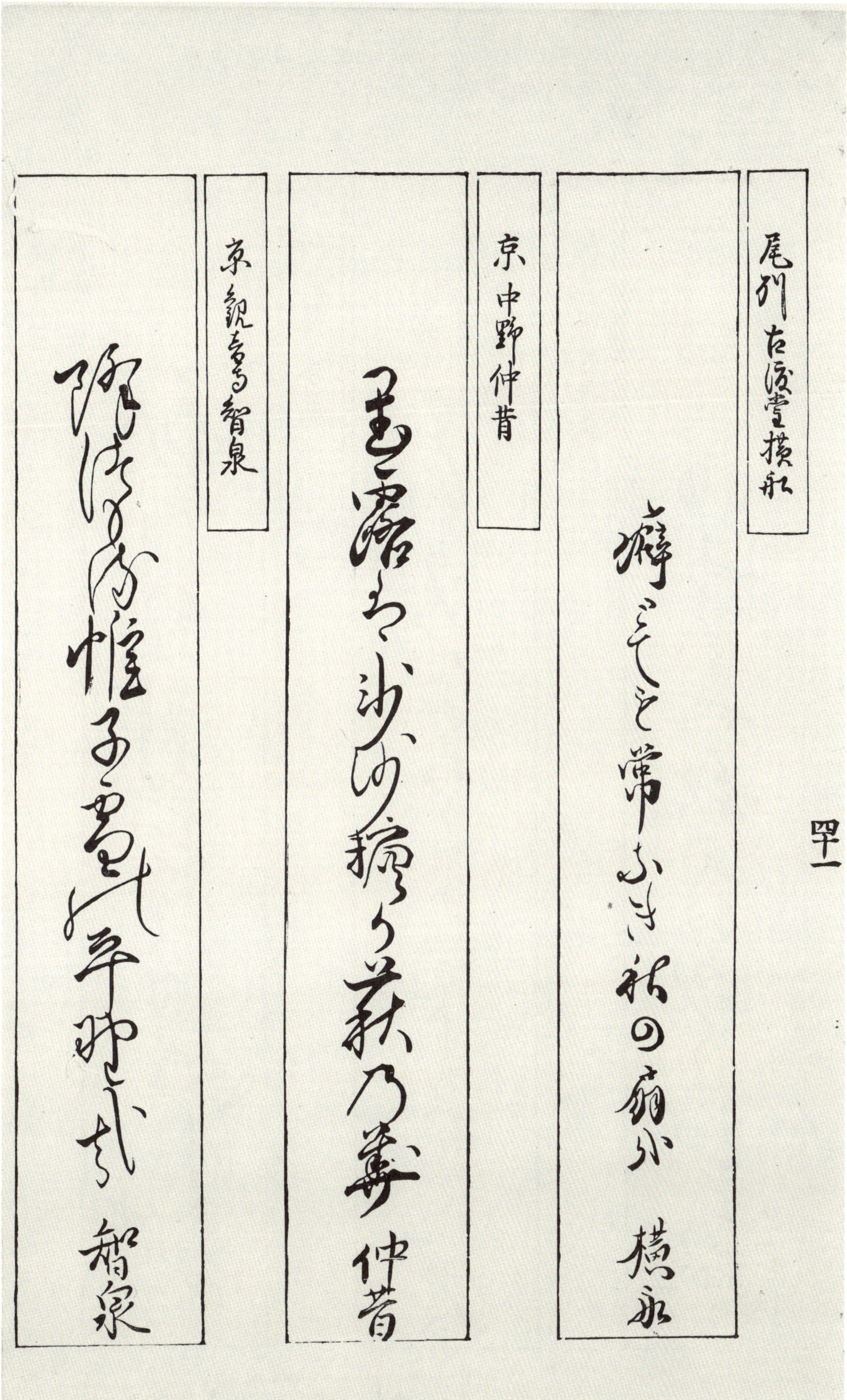
尾州 古渡堂横船

塒こそと帶ふき秋の扇小　横船

京 中野仲昔

玉露ち沙ゝ撓り萩乃華　仲昔

京 観音寺智泉

雁ほとゝ帷子書て年野ちらし　智泉

続古今誹諧手鑑 四十一（ウ）　仏兄・山人・はせを

176

伊丹上島佛兄

秋のの目夜かられ佛兄

江戸螺舎子葉

ちりゝやや打あらうしてまあぎこみ山人

江戸松尾芭蕉

ゆふふや秋ごろふの抜く鳫

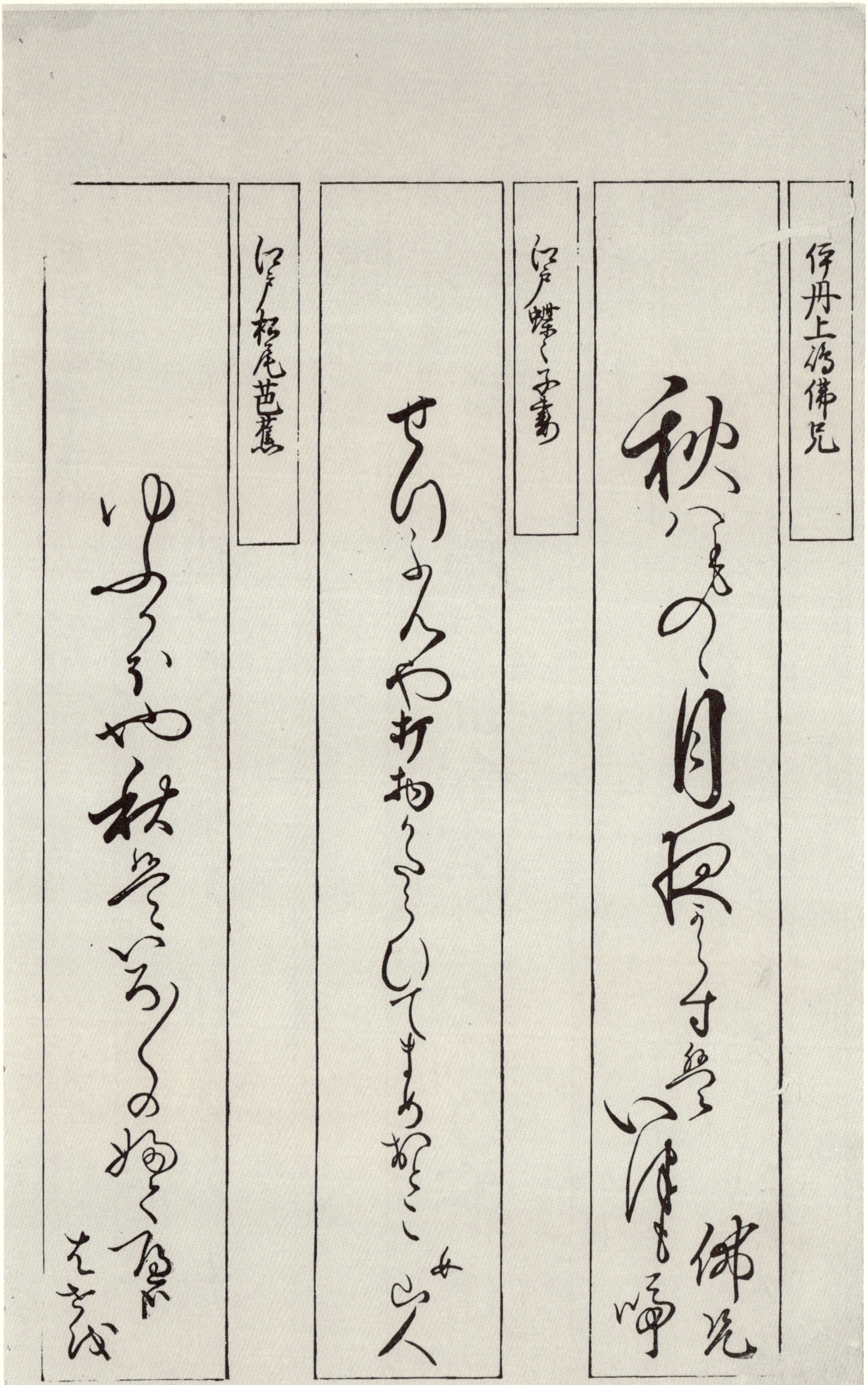

四十二終

京　鈎舎茂入

かりかねハ来天文字かけハおいの守紙
道順

天王寺秋野坊

生魂
奉納
花乃影
社壇も上﨟月夜哉
露情

京要法寺日禅上人

蓬莱や備代〻の花王
友閑

内裏上野守殿

手祝の残され我や色露沾

西洞院殿時成

蔦あつや冠あて内花の下 牧

細川殿書肯法中

とほくかすり々々と折あるの戀 玄旨

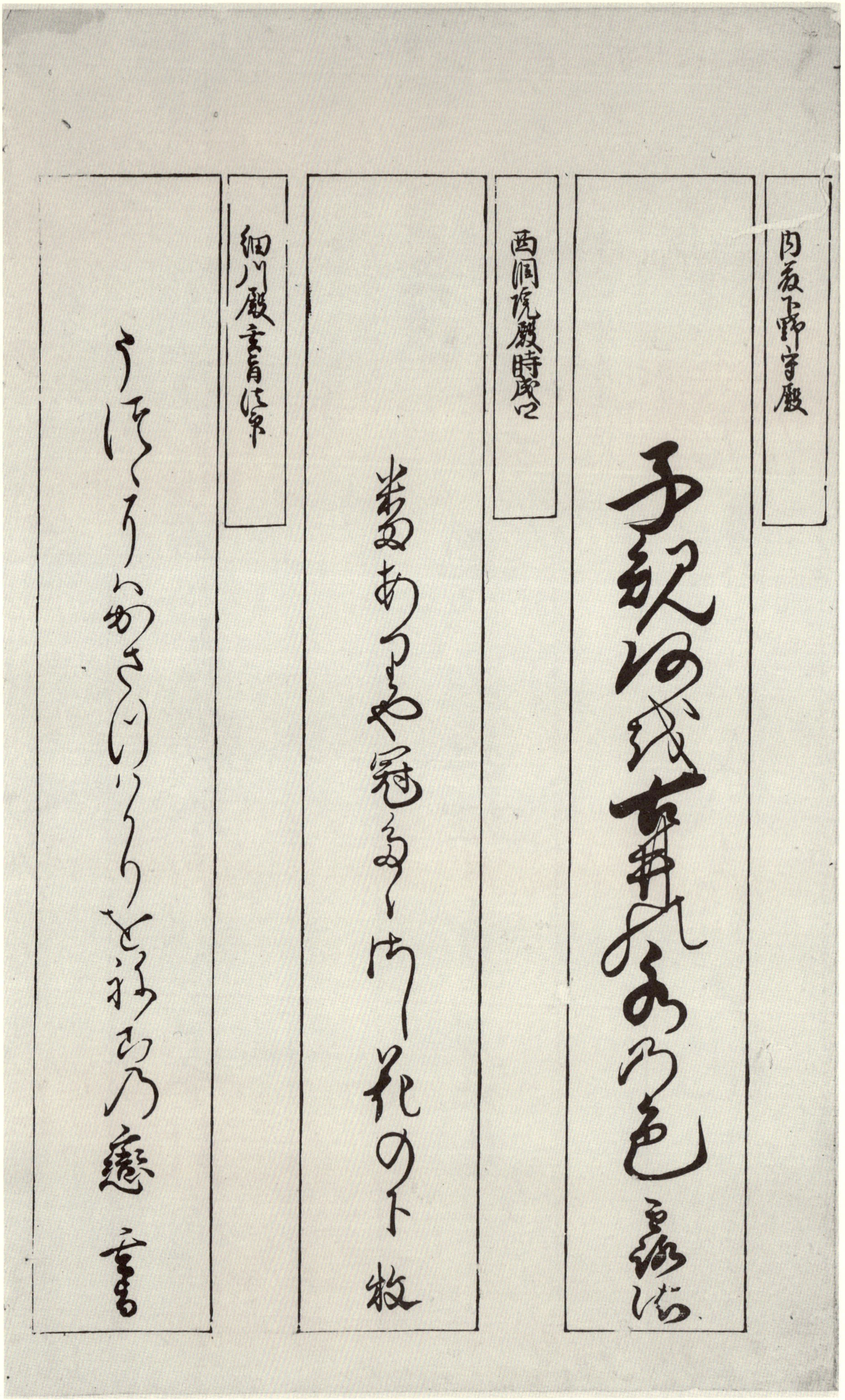

解題

本巻には、俳諧家の筆蹟を模刻して上梓した西鶴編『古今誹諧手鑑』(延宝四年序)と笑種編『続古今誹諧手鑑』(元禄十三年序)の二種を収める。

古今誹諧手鑑

先に、歌人・連歌師等の筆蹟の模刻を掲げた『御手鑑』(称硯子編、慶安四年刊)があり、その覆刻版が延宝三(一六七五)年に上梓された。本書は、西鶴がその覆刻版に触発され、これを範として、守武以下師宗因に至る古今の俳諧師二四六名の筆蹟(短冊)を模刻にて掲出し、翌四年自ら序を認め、上梓した書。これらの筆蹟は、古筆家治平が集めたものに、諸国の諸家が所持するを尋ね求めたと序にいう。書名は仮題。

書　誌

〔古今誹諧手鑑〕　井原西鶴編

延宝四年序　(出版地・出版者未詳)　特大本一冊

題簽中央(判読不能。剥落跡縦二五・九糎、横六・二糎)。序「諫鞁苔むして驚ぬ鳥の跡絶さる/誹諧に目をふれこゝろを悦しむる輩/古今多しといへとも筆蹟いつれと知かたし/こゝに古筆治平自眼をもつて其徳其/名世にみてる作者集をかれ(虫損)しを望寫/是を種と(虫損)して其外國ゝ所ゝに所持/いたされしを尋もとめ凡貳百四十六枚(虫損)(第一丁オ)/なき跡のかたみにもやと梓にちりはめ/侍る又若竹のふし〳〵世に/うたふ人濱の真砂の數〳〵なれハしるし/かたしなを抜出たるたかかなハ後人/の選をまてるものならし/延實四丙辰陽月廿五日　大坂松寿軒井原西鶴(第一丁ウ)」。

刊記なし。

袋綴(五針眼訂装)。紺色地に空摺(丸に三ツ葉葵・菊・抱茗荷・舞鶴・水芭蕉・梅・三・牡丹・桃・巴・桐・桔梗等紋様の亀甲繋ぎ)を施した原表紙縦四一・一糎、横二七・五糎。毎半丁序文七行・本文短冊図三枚。一冊。丁付が各丁表ノド中央部にあり(但し序文一丁は白)。序文一丁、本文四十一丁(「一」〜「四十一」)。

料紙画仙紙。書名は仮題。序文一丁と本文「一」「二」・「三十四」〜「四十一」丁に裏打ち補修。本文作者名を記す枠内及び枠外に作者に関する注記の後人墨書あり。印記「炭」(黒印)。伝本は、ほかに本書と同版の綿屋文庫蔵別本(紺色原表紙、題簽剥落。後筆外題中央「古筆誹諧集」。わ五一―三九)・早稲田大学図書館蔵本(上青下紫打曇後補表紙、中央に後補題簽墨書「濱のまさご」。全丁裏打ち補修)・松宇文庫蔵本(伊藤松宇編『誹諧師手鑑』昭5　厚生閣書店刊に線画版掲載。未見)が知られる。いずれも原題簽を欠き、書名は未詳。なお、本書序文中の数箇所に虫損がある。参考までに館蔵別本の序文第一丁表を図版にして、次に掲出した。

(請求番号わ五一―二五)

徒然草はしてと歌よみ連歌師なと
諷詠する見せ物うつる成ける
古人も申されしかな筆すさむとて筆
うちにおよ筆治までにて歌仕
名無き三でき絵筆集きこと一段置
菅茂程とこして更外図ゝ心にふ捨
いさゝゝ事しれ歌もあ内式百回十六段

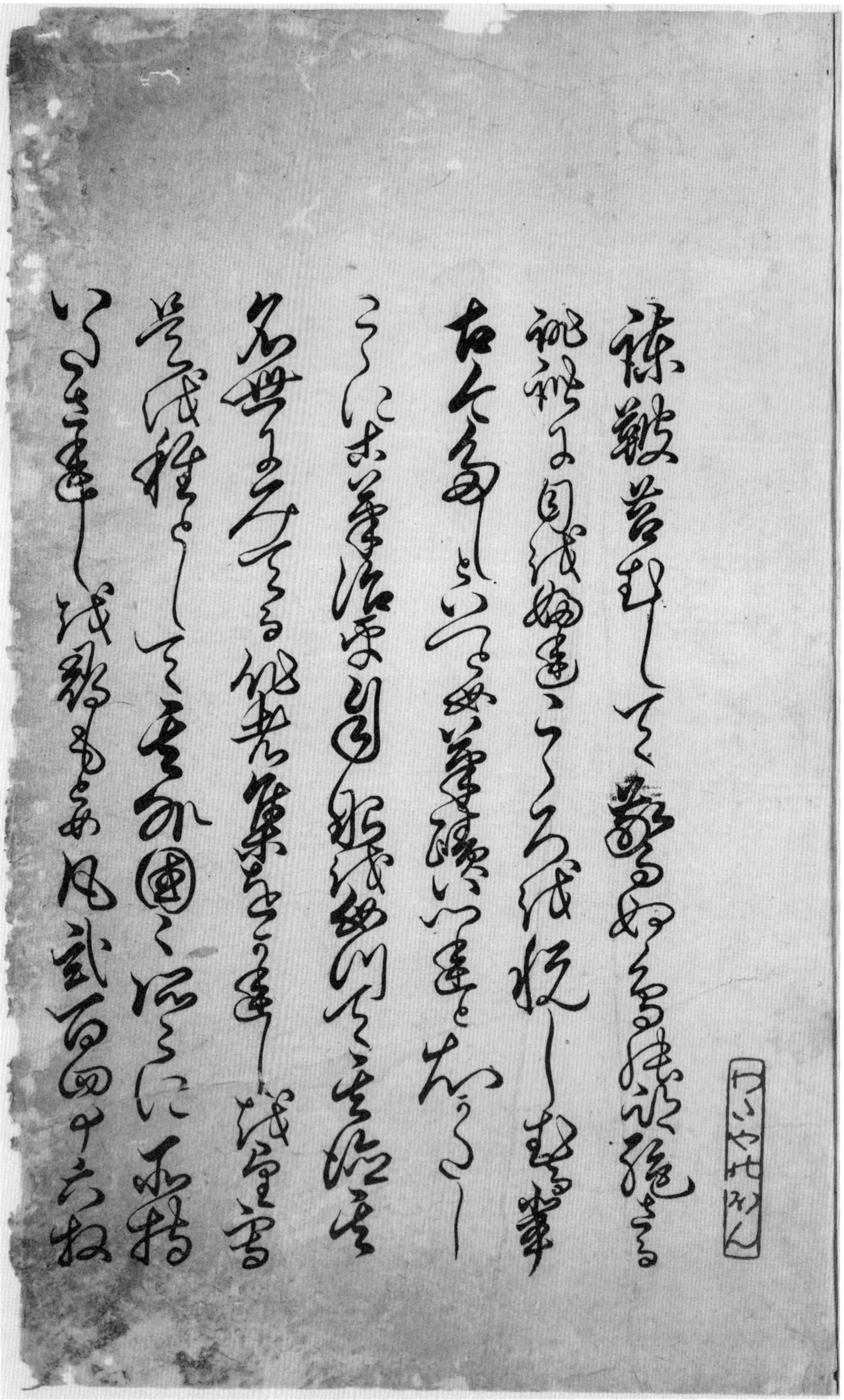

続古今誹諧手鑑

本書は、笑種が先の西鶴編『古今誹諧手鑑』に漏れた俳諧師及び当代諸家の短冊二四六点を集め、元禄十三（一七〇〇）年執筆の自序を巻頭に掲げ、上梓した書。版式・作品点数とも、全て前集に倣う。

書　誌

〔続古今誹諧手鑑〕　佐倉笑種編

元禄十三年序　（出版地・出版者未詳）　特大本一冊

題簽中央「續古今誹□□（虫損）鑑」（縦二五・四糎、横六・八糎）。序「延寶の中頃二万翁の西鶴撰ひおかれし／誹士の手鏡を見るにふるき作者の／もれたるありその比未熟にてのそき／たるありかれ是拾ひあつめけるに／其數さためかたけれは前集の例に習ひ／今又二百四十余り六人もさため侍へる／かつは京も田舎に遠きちかき風[雅の]（虫損）世に隠れたるもほひなくおもひて紙[上]（虫損）に（「一」オ）／顕すこれにもれたる人もあまたあれと／數つまりたれはやミぬなを又の後集／あらまほしくこそされは儒に後なき／事をほめすそれにしたかひ此一集思ひ／立て終にやむ事を得すして誹諧／手鏡後集となすものならし／元禄十三庚辰陽月上旬　難波案山子佐倉笑種（「一」ウ）」。

刊記なし。

袋綴（五針眼訂装）。紺色原表紙縦四〇・九糎、横二六・七糎。毎半丁序文八行・本文短冊図三枚。一冊。丁付が各丁表ノド中央部にあり。序文一丁（「一」）、本文四十一丁（「二」～「三十一」「三十一」「三十三」～「四十二終」）。

料紙画仙紙。書名は原題簽により推定。序及び本文「二」「三」・「四十」～「四十二終」丁に裏打ち補修。印記「炭」。伝本は、ほかに松宇文庫蔵本（本書と同版か。未見）が知られるのみ。なお、本書序文の虫損による判読困難な文字は、松宇編『誹諧師手鑑』に掲載の松宇文庫蔵本の影印によって補った。（請求番号わ七八―四三）

本解題を執筆するに際し、早稲田大学図書館に資料閲覧で御高配を賜った。記して篤く御礼申し上げます。

俳人署名索引

＊本巻所収の俳人署名を音読みして五十音順に配列した。
但し、言水・高政・三千風・守武・常矩・正章・青人・千春・稲丸は通行の読みにて配列した。

俳人署名索引

【さ】
幸方 …… 一六〇
好与 …… 一六一
幸和 …… 一三
言水 …… 一六〇
国信 …… 一四六
谷遊 …… 一六
湖春 …… 一七七
彩雲 …… 四七
西翁(宗因) …… 八八
西海 …… 一四〇
西鶴 …… 七三
西丸 …… 六六
西鬼 …… 八七
西吟 …… 六九
西武 …… 一四九
在色 …… 一六六
策伝 …… 一一
昨非 …… 九八
杉(近衛信尹) …… 一五八
三箇 …… 一四八
三吉 …… 一一五
三信 …… 三二
山人(蝶々子妻) …… 一七六
山夕 …… 一〇四
山石 …… 一二八
賛也 …… 六九

【し】
自悦 …… 八二
只丸 …… 一二四

似空 …… 一八
慈敬 …… 一五五
似重 …… 一二八
氏信 …… 一一四
似春 …… 一四七
旨恕 …… 八一
似船 …… 一四五
之白 …… 一四八
氏範 …… 一三六
治平 …… 三六
資方 …… 七六
社楽 …… 七三
舎羅 …… 五二
秀安 …… 三八
重以 …… 一四〇
秀延 …… 一七〇
重軌 …… 三四
重供 …… 一三六
秋月 …… 四四
重興 …… 七七
重治 …… 一七
重種 …… 一四三
重昌 …… 一五七
重当 …… 一二六
重道 …… 八一
重徳 …… 一〇九
秋風 …… 一六八
重方 …… 一二三
重頼 …… 九
秀和 …… 一三二
秀栄 …… 一五九
種寛 …… 一六七

守職 …… 三五
寿白 …… 四七
俊安 …… 一一二
俊可 …… 一三
春丸 …… 一四七
俊佐 …… 一〇七
俊秀 …… 七六
春宵 …… 三七
春澄 …… 一六三
松安 …… 一二
松意 …… 六三
松意 …… 一七二
松雲 …… 三三
松臼 …… 六三
昌意 …… 二二
笑言 …… 一七〇
笑言 …… 四〇
浄治 …… 二七
乗種 …… 一六九
尚好 …… 四八
昭種 …… 一六一
常辰 …… 九九
照星 …… 二九
常知 …… 八四
直常 …… 一四一
尚白 …… 一二二
小弁 …… 一三五
昌房 …… 一一九
常牧 …… 一五三
松緑 …… 一〇九
常倫 …… 四七
如見 …… 八五

如自 …… 八三
如泉 …… 一二一
如貞 …… 四六
次良 …… 一六
信海 …… 一五
信元 …… 一八
信元 …… 六二
塵言 …… 一五六
信勝 …… 一一〇
親十 …… 一六三
親信 …… 八四
信世 …… 三四
信徳 …… 六〇
信房 …… 一二九

【す】
ステ …… 一九
酔鴬 …… 一二一
寸斗 …… 一〇三

【せ】
成安 …… 一七二
青雲 …… 一九
成元 …… 八〇
正在 …… 一四一
正察 …… 八五
盛山 …… 一〇〇
成之 …… 二六
成次 …… 四六
正式 …… 一五
正舎 …… 一六五
静寿 …… 五〇

正春 …… 一五八
政勝 …… 七五
政信 …… 二七
正信 …… 一一五
正盛 …… 六〇
成政 …… 八四
正信 …… 一二〇
正村 …… 一七〇
世恥 …… 一七
清長 …… 一三〇
正朝 …… 一〇四
正直 …… 一七
正伯 …… 二九
正甫 …… 七二
正由 …… 一一
正友 …… 一二九
盛庸 …… 一六七
晴嵐 …… 一四八
盛翁 …… 一〇六
夕翁 …… 一六
石斎 …… 三七
是誰 …… 六五
雪柴 …… 三三
宣安 …… 六九
禅閑 …… 一七九
宣慶 …… 一一八
千之 …… 八五
沾徳 …… 一二五
善入 …… 一六〇

天理図書館綿屋文庫 俳書集成 第三十六巻 俳諧師手鑑

発行 平成十二年二月二十三日

定価 本体一五、〇〇〇円
＊消費税を別途お預かりいたします

編集 天理図書館綿屋文庫 俳書集成編集委員会
代表 飯田照明

刊行 天理大学出版部
代表 梅谷忠昭
奈良県天理市杣之内町一〇五〇
天理大学附属天理図書館内

製作発売 株式会社 八木書店
代表 八木壮一
東京都千代田区神田小川町三－八
電話（営業）〇三－三二九一－二九六一
（編集）〇三－三二九一－二九六九
FAX〇三－三二九一－二九六二

製版・印刷 天理時報社
製本 博勝堂

ISBN4-8406-9536-9 第3期第12回配本

刊行の主旨

天理図書館は、今を去るおよそ七十年前、本教が図書文献類の蒐集をとおして、人を育て、道をひろめ、世界文化に貢献することを旨として創設された。所蔵するところ、宗教、思想、言語、歴史、社会、文学をはじめとして、ひろく重要古典籍類より近世庶民資料に及び、他面伝道、羈旅、東西交渉の実績、中国、西域その他、欧州、オリエント、アフリカ、両米大陸の資料にわたるものである。

この図書館は、本教初代真柱のもとに発想され、二代真柱によって大成し、現真柱にうけ継がれた。これら三代の示教——蒐集、善用、保存——にしたがい、ここに善本叢書に続いて俳書複製シリーズを刊行し、江湖に贈るものである。

平成六年四月

天理大学附属 天理図書館